籠《かご》の中のふたり

薬丸岳

双葉社

籠の中のふたり

装画　根木　悟
ブックデザイン　鈴木成一デザイン室

1

「それにしても七十一歳で逝っちまうなんて、ちょっと早すぎるよなあ……」

伯父の声が聞こえ、村瀬快彦《むらせよしひこ》は顔を向けた。少し離れた席で溜め息を漏らした伯父がコップに残っていたビールを飲み干す。

快彦は伯父の近くにいた白鳥織江《しらとりおりえ》に目配せした。すぐに織江がテーブルにあった瓶ビールを手に取って伯父のコップに注ぐ。

「おお、ありがとう……快彦、織江さんと結婚するつもりなんだろう?」

酔いが回っているのか一際大きな伯父の声に、その場にいるすべての視線がこちらに注がれる。

「ええ……まあ……」

快彦が答えると、照れ臭いのか織江が顔を伏せた。

「見舞いに行くたびに安彦《やすひこ》は言ってたよ。織江さんは快彦にはもったいないほどいいお嬢さんだと。どうせならふたりが結婚した姿を見せてやりたかったよなあ。そんでもって孫もさあ。安彦はおれとちがってせっかちな性格じゃなかったのに、どうしてこんなに早くに……なあ」

伯父の言葉が伝播《でんぱ》したように、それまで親戚や知人同士で歓談していた場がふたたびしんみりしたものになる。

父の四十九日法要には父方の親戚と、定年まで勤めていた大学の関係者など二十二人が参列してくれた。会食の場には快彦と織江を含めて十二人が残っている。

「それとも早く知世《ともよ》さんに会いたかったのかなあ……」

ふいに母の名前が耳に飛び込んできて、心に暗い影がさす。

すぐに「あなた」と隣にいた伯母が窘《たしな》めるように伯父の肩を叩く。そのまま伯母がこちらに目を向けて、「ヨシちゃん、そろそろお開きの時間じゃない？」と促す。

快彦は腕時計を見て、「そうですね」と椅子から立ち上がった。

「……本日はご多用中にもかかわらず最後までお付き合いいただき、誠にありがとうございます。名残りは尽きませんが、これにてお開きとさせていただきたいと存じます。父が亡くなり大変寂しくなりましたが、どうか今後とも変わらぬお付き合いをお願い申し上げます。本日はありがとうございました」

深々と頭を下げてから顔を上げると、参列者が会釈をして立ち上がり、次々と個室から出ていく。

快彦も織江とともにセレモニーホールの受付に行き、引き出物を渡して参列者を見送った。スタッフに自分たちのタクシーを手配してもらうと、織江をその場に待たせて個室に戻った。祭壇に飾られていた遺影と位牌を鞄にしまい、ふたたび受付に向かう。スタッフに礼を告げているときにタクシーの運転手が現れ、織江とともにセレモニーホールを後にした。

「お疲れ様。ありがとう」と織江にねぎらいの言葉をかけて、快彦はタクシーに乗り込んだ。

快彦の実家は同じ川越《かわごえ》の神明町《しんめいちょう》にあるが、織江は上尾《あげお》に住んでいる。

「とりあえず川越駅でひとり降ります」

運転手に告げると、車が走り出した。しばらくして「ちょっと話がしたいんだけど……」と小さな声が聞こえて快彦は隣に目を向けた。織江はうつむいていて視線が交わらない。

「じゃあ、駅の近くにある喫茶店にでも行く?」

「できればふたりきりで話せるところがいい」

織江は上尾にある病院で看護師をしているが、明日は朝八時から夜九時半までの長日勤だと聞いていた。早く家に帰ったほうがいいはずだが、いったい何の話だろう。

いずれにしても先ほどの伯父の言葉に触発されて、自分もきちんと話さなければならないことがあるのを思い出した。ちょうどいいかもしれない。

「うちに来る?」

うつむきながら織江が小さく頷《うなず》いたのを見て、「すみません。駅ではなくこのまま神明町に向かってください」と運転手に伝えた。

快彦は生まれてから三十二年間、ずっと神明町にある一軒家で生活してきた。川越駅から徒歩で四十分近くかかり繁華街からは離れているが、一階には広いリビングダイニングと客間と父が書斎にしていた部屋があって、二階にも洋室が三つあるかなり大きな家だ。

一人っ子の快彦は子供の頃から二階の八畳の部屋を与えられていた。家族三人で暮らすには広すぎる家だと子供ながらに感じていたが、二十一年前に母が亡くなり、さらに父が亡くなってからは、ひとりで暮らす寂しさも相まって持て余すようになっている。

自分が生まれた頃からある家なので、キッチンや風呂場などの水回りにかなりガタがきていた。それに部屋の内装も古めかしい印象だ。織江と一緒になったら全面的にリフォームしたほうがいいだろう。もし、織江が上尾の病院で仕事を続けたいと願ったら、思い切ってあの家を売りに出すのもいいかもしれない。自分が働く法律事務所は浦和《うらわ》にあるので、ふたりの勤務地に近いところにマンションを買ってもいいと考えている。

思い出がたくさん詰まった家ではあるが、それは楽しいものばかりではない。


織江を家に招き入れると、快彦はまっさきに一階にある客間に向かった。仏壇の前に座り、母の遺影をしばらく見つめ、鞄から取り出した父の遺影と位牌を並べて置く。

立ち上がって振り返ると、こちらを見ていた織江がはっとしたように視線をそらした。

「話っていうのは?」

快彦が問いかけると、織江がこちらにゆっくりと視線を合わせた。だが、どういうわけかなかなか話し出そうとしない。

「ぼくも織江にずっと話したいことがあったんだ。父親の看病があってなかなか切り出せなかったけど……」

結婚しよう──

「わたしが先に話す」

慌てたように織江が言い、続いて発せられた言葉を聞いて、頭の中が真っ白になった。

「……今、何て?」聞き間違いだと思いながら、快彦は訊き返した。

「今日でわたしたちの関係をおしまいにしましょう」

先ほどよりもゆっくりとした口調で織江に言われたが、頭の中は混濁《こんだく》したままだ。そればかりか視界に映る織江の姿がかすんでいくように感じる。

「ぼく……何か悪いことした?」

ぼんやりとした視界の中で織江が首を横に振ったのがわかった。

「他に好きな人ができたとか？」

「ちがう。そうじゃない」

声音が少し尖っている。

「じゃあ、どうして……」

「うまく言葉にできないけど……三年間付き合ってきて、快彦さんとの将来を思い描けないの」

自分との将来を思い描けないとはどういうことなのか。

あえて口にしたくないが、弁護士をしている快彦は同世代の人たちの平均よりも給与は高いはずだし、駅から遠いとはいっても持ち家もある。それに後々面倒くさい関係になるかもしれない姑や舅もいない。

「いったいぼくの何が不満なんだよ」

「不満があるわけじゃない。快彦さんはとても善良な人だと思う」

その言われかたに寂しさを覚える。

「真面目だし、几帳面だし……それに感情的になることもない。きっと表面的にはいい夫や、いいお父さんになるんじゃないかと想像できる」

「表面的には？」

その言葉が引っかかって訊き返すと、織江が頷いた。

「今まで付き合ってきて一度も喧嘩したことがなかった。わたしが何かわがまま言ったり、文句を言ったりしても、快彦さんがいつもうまく流してやり過ごしてきたから」

「喧嘩がしたかったっていうのか？」

「そういうことじゃない……ただ、相手のことを知りたいと思えば、自分のことを知ってほしいと思えば、時には相手にとって踏み入られたくないところに触れてしまって喧嘩になることだってあるんじゃないかな。快彦さんと一緒にいると、わたしのことを本当に必要としているのか不安になるの。快彦さんはわたしのことを深く知りたいと思っていないんじゃないかって……自分のことを深く知ってほしいと思っていないんじゃないかって……」

織江の言うことを否定できない。子供の頃から人と深く関わらずに生きていくのを望んできた。

人の心に触れるのが怖いから。心に触れてしまった相手が自分のもとを去っていくのが怖いから。

「快彦さんはわたしに興味がないんじゃないかって……そもそも自分以外の人に興味がないんじゃないかって、付き合ってしばらくした頃から感じてた。喧嘩もしたことないけど……快彦さんの口から一度も他の人の話を聞いたことがなかった。友人や、仕事で関わっている人の話なんかを……唯一出てくるのはお父さんだけだった」

「別に興味がないわけじゃない……ただ、怖いだけだ」

「怖い？」

「人の心に立ち入るのも、自分の心に立ち入られるのも……」

「どうして？」

「そういう性格だとしか言いようがない。子供の頃からずっとそうやって生きてきた。今さら変えられない」

寂しげな眼差しで織江がこちらを見つめる。

「そう……一年ぐらい前から別れたほうがいいんじゃないかって考えてたけど、お父さんが病気になっちゃって……お父さんのこと好きだったから……」

一年ほど前に末期の肝臓がんに罹ってから父は入退院を繰り返していたが、織江は休日のときによく自宅や病室を訪ねてくれていた。

父が亡くなって寂しい思いをしているだろうから、せめて四十九日を過ぎてから別れを切り出そうという彼女なりの心遣いだったのだろう。

「わかった……今までありがとう」

快彦はその言葉を絞り出して、織江に背を向けた。崩れるように畳の上に座り、そのまま仏壇を見つめる。

しばらくすると玄関ドアが開閉する音が聞こえ、息をひとつ吐き出してから振り返った。

織江に渡していた自宅の合鍵が座卓の上に置かれていた。

2

ＪＲ川越駅の改札を抜けて、快彦は東口のロータリーに向かった。

階段を下りて乗り場に着くと、ちょうど神明町に向かうバスが発車したばかりだった。

時刻表を見て、時間を確認する。民事訴訟の裁判を終えてそのまま直帰したので、まだ午後五時を過ぎたばかりだ。

そんなに早く家に帰ってもやることがない。それ以前にあの広い家に長い時間ひとりでいると、悶々といろんなことを考えてしまって気が滅入りそうだ。

織江と別れて一ヵ月近く経つが、まだ傷心から立ち直れていない。

夕食は自宅近くのコンビニで買っていたが、少しでも家に着くのを遅らせるために今日はどこかで済ませていこうと、快彦はバス乗り場を離れた。

クレアモール商店街から一本入った通りを進んでいると、三階建ての雑居ビルが目に留まって足を止めた。

子供の頃に通っていた二階の学習塾がなくなり、新しい店になっている。ビルの階段の脇に『CAFE&BAR　グリッパー』と立て看板が掲げられていた。

今までひとりで飲み屋に入ったことはない。

普段であればそのまま通り過ぎてしまうところだが、立て看板に貼られた店内写真を見て少し興味を覚えた。店内の壁に何枚ものレコードのジャケットが飾られていたが、いずれも自分の好みである80年代の洋楽だったからだろう。

時間をつぶすには打ってつけの場所かもしれないと、快彦は階段を上った。ドアを開けると、ロックのリズムが耳に響いた。タイトルは忘れたがブライアン・アダムスの曲だ。

店内には十人ぐらい座れそうなL字のカウンターとテーブル席が三つあるが、客はいない。

「いらっしゃいませ。おひとり様ですか？」とカウンターの中にいた男性が声をかけてくる。

快彦が頷くと、自分と同世代に思える眼鏡をかけた長髪の男性が「どうぞ」と目の前のカウンターを手で示した。

言われたとおりにカウンターの椅子に座ると、目の前に紙おしぼりとコースターが置かれた。

あたりを見回したが、メニューらしきものはなく、注文の仕方もよくわからない。

「煙草、吸われますか？」

「いえ……メニューはありますか？」

「うちには置いてないんですよ。皆さん、これを見て注文するので」男性が背後の棚を手で示す。

棚にはたくさんの酒の瓶が並んでいるが、名前を知っているものはひとつもない。

「ビールはありますか？」快彦は訊いた。

「生ビールでいいですか」

「他にもあるんですか」

「ハイネケン、ギネス、コロナがあります」

「じゃあ、ハイネケンを……」

せっかくなので飲んだことのないものを頼むと、男性が目の前から離れて冷蔵庫から瓶を取り出した。栓を抜いてそのままコースターの上に置く。どうやら瓶で飲むスタイルらしい。

快彦は瓶に口をつけると、あらためて店内を見回した。馴染みのあるジャケットを眺めながら、好みの音楽に耳を傾ける。

子供の頃に通っていた学習塾が知らぬ間にこのような店になっていたなんて。

川越でずっと生活しているといっても、快彦は街の変化に疎かった。神明町にある小学校を卒業後、都内にある私立の中学校に入ってからは自宅からの移動はほとんどバスで、地元で買い物をするにしてもほとんどが駅前にあるデパートだった。近隣の繁華街であるクレアモール商店街も、その周辺も、もう何十年も立ち入っていない。

最初は小学校の同級生たちと極力顔を合わせたくないという思いからだったが、おそらく自分のことなどとっくに忘れてしまっている頃になっても、その行動範囲は変わらなかった。

「どなたかの紹介ですか？」

快彦は男性に目を向け、「いいえ……」と答えた。

「そうですか。初めていらっしゃったお客さんだったので、誰かの紹介かと」

「昔、ここにあった学習塾に通っていたことがあって……何となく」

「川越の出身ですか？」

快彦が頷くと、「え、何小ですか？」と男性がさらに訊く。

「神明第一小学校です」

「えー!? ぼくもシンイチショウ出身なんですよ。え、おいくつですか？」興味を持ったように男性がこちらに身を乗り出してくる。

面倒くさくなってきたなと思いながら、しかたなく「三十二歳です」と告げる。

「マジ？ おれとタメだ。え、え……」

同い年と知ったとたん、タメ口に変わる。

自分はただ、好みの音楽を聴きながら時間をつぶしたかっただけなのに。どうやら入る店を間違えてしまったようだ。

「……もしかして村瀬？」

こちらに向けて指をさしながらそう言う男性の顔を見つめ、誰だろうと記憶をたどった。

「おれだよ、五年と六年のときに同じ三組だったコイズミだよ」

そう言われても思い出せない。いや、思い出す必要がないと感じているといったほうがいいかもしれない。

「ほら、よくCDを貸してやっただろう」

その言葉で思い出し、「ああ……」と思わず声を漏らした。

小泉洋一郎《こいずみよういちろう》──

当時の内閣総理大臣と一字違いなので覚えている。

そういえば自分が80年代の洋楽ロックにはまったきっかけは小泉が貸してくれたマイケル・ジャクソンのCDだった。

「おおー、懐かしいなあ。元気にしてたか」はしゃぐように小泉が言う。

「よくぼくのことがわかったね」

最後に会ってから二十年が経ち、外見も声もかなり変わっているはずなのに。

「むしろおれに気づかないことが寂しいよ。いくら中学校で別々になったといっても、小学校のときはここにあった同じ学習塾に通ってたし、けっこう仲良かったじゃない。おまえ、あれからずっと川越にいるの?」

快彦は頷いた。早くお暇《いとま》しようと瓶に口をつける。

「仕事は何をしてるんだ?」

「一応、弁護士」

「へえ、そいつはすげえなあ。さすが教育熱心な家庭で育っただけのことはある。シンイチショウから私立の中学に行ったのなんかおまえぐらいだったから。親父さん、たしか大学の教授だったよな」

別に教育熱心な家庭だったから私立の中学校に入ったわけではないが、その理由を小泉は忘れているのだろうか。それともあえてそのことには触れないでくれているのか。

「おれとは大違いだ。おれなんか高校二年のときに中退しちゃって、いろいろと職を変わりながら結果的にバーテンダーを目指して、数年前にようやくこの店をオープンすることができたんだよね」

無邪気に話しかけてくる小泉を冷ややかな思いで見ながら、ただ忘れているだけだろうと察した。

「だけどさあ……その三ヵ月後にコロナ禍になっちまって、本当にもう……今年に入ってから徐々にお客さんが戻りつつあるけど……いやあ、それにしても村瀬と再会できるなんて本当に嬉しいよ。ちなみに店名のグリッパーっていうのはつかむ人って意味があってさ、どんどんお客さんをつかもうっていう願いを込めてね……」こちらの様子などおかまいなしに小泉が話し続ける。

瓶の中のビールを飲み干すと、快彦は上着のポケットからスマホを取り出した。メール画面を呼び出し、「マジか」とわざと聞こえるように言ってポケットにしまう。

「どうした?」小泉が訊いてくる。

「ごめん。仕事の呼び出しが入っちゃった。勘定してくれる?」

「そうか。弁護士も大変だな」と小泉が残念そうにその場を離れた。戻ってくると800円と書かれた紙を載せたキャッシュトレーを目の前に置く。

快彦は財布から取り出した千円札をキャッシュトレーに置き、「釣りはいいから」と告げて椅子から立ち上がった。

「ありがとう。また飲みに来てくれよ。ここにはシンイチショウの同級生がけっこう通ってるんだ。お互い積もる話もあるだろうから、きっと盛り上がるよ」

たぶんもう来ないだろうと思いながら、「わかった。また来るよ」と答えて快彦は店を出た。

階段を下りながら、胸が疼《うず》くのを感じた。小泉と会話したことであの頃の記憶を呼び覚ましてしまったせいかもしれない。

小学校六年の秋に母が自殺してしまった頃のことを——

子供の自分が言うのも何だが、両親はとても仲がよかったと思う。快彦も母のことが大好きだった。だが、そんな母は川越駅ではない東武東上線の駅のホームから身を投げて命を絶ったのだ。朝、家を出るときには笑顔で見送ってくれた母が、小学校から戻ってくる頃にはもうこの世には存在していなかった。

遺体は損傷が激しかったらしく、快彦は亡くなった母の姿を見ることも、触れることもないまま、二度と家族三人の幸せな生活が戻ってくることはないという理不尽な現実を受け入れるしかなかった。

遺書は残されておらず、父は自殺の原因は何だったのかとずいぶん悩んだようだが、母にその選択をさせた原因が父にはないことは、ずっとふたりと接していた自分が一番よくわかっていた。

では、母はどうしてそんな選択をしてしまったのか。

母は専業主婦だったので仕事の悩みではない。交友範囲もそれほど広いわけではないので、人間関係に悩んでいたとも思いづらい。

今なら、もしかしたら父や快彦に気づかれないまま重度のうつ病などの精神疾患を患っていたのが原因ではないかと思ったかもしれないが、当時子供だった自分にはそのような考えは抱けなかった。

誰が悪いわけではないんだと父に言い聞かせられたが、快彦はそう思い切れなかった。

振り返ってみれば自分が六年生になった頃から母はどこか元気がなさそうに感じられた。特に反抗期というわけではなかったが、それでも一人っ子のわがままな小学生だったかもしれず、自分が発した何かの言葉や態度が母を悩ませ、それが死を決断するきっかけになってしまったのではないかと考えるようになった。

その煩悶《はんもん》は母に対してだけには止まらなかった。

自分が投げかけた言葉や示した態度によって誰かを深く傷つけ、母のような決断をさせてしまうことになるのではないか。

最初のうちは心の片隅に存在していたわずかな思いが、自分の成長と比例するようにどんどんと肥大していった。人と関わることが怖くなり、やがて誰に対しても当たり障りのない接しかたしかできない人間になってしまった。

母が亡くなった後、表立っては誰もそのことを口にしなかったが、クラスメートや先生のよそよそしい姿に触れて、自分のまわりにいる誰もがその事情を知っているのだろうと引け目に感じた。

父は家を売ってよその土地に移ることをいったんは考えたようだが、結果的に愛した妻との思い出が詰まった場所から離れる決断ができなかった。だが、地元の中学校に入れば、いつかまわりから母の死に関わることを言われて快彦が傷つくのではないかと父は考えたのだろう。家を移る代わりに、母の死の事情を誰も知らない都内の私立中学校に快彦を通わせることにしたのだ。元々勉強はできたので、秋から準備してもそこそこいい中学校に入ることができた。

中学校に入ってから知り合った誰にもそれらの事情を話したことはない。

もちろん織江にも。

人波を縫うようにクレアモール商店街を歩いていた快彦はあるものに目を留めて、そちらのほうに向かった。ペットショップの前で立ち止まり、店内の様子を窺う。ガラス張りの小部屋の中でじゃれ合っている子犬の愛らしい姿に導かれ、店内に足を踏み入れた。

ガラスの前に立って子犬を見つめているうちに、昔の記憶がよみがえってくる。

あれは中学校に入ってしばらく経った頃だっただろうか。学校から家に帰っても母がいない寂しさに耐えかねて犬か猫を飼いたいと望んだが、普段は快彦の意思を尊重してくれることが多い父に珍しく反対された。

たしかに母が亡くなってからは、それまで大学の関係者とだけ行っていた研究のための出張に快彦も同行させるようになっていたので、ペットを飼うのは難しいと自分も思っていた。

父としては快彦に寂しい思いをさせないようにと考えて学校がない土日の出張に同行させていたのだろうが、自分としてはそれほど楽しいことではなかったので、休みの日にはひとりで家にいてペットの世話をするからと直訴したが、それでも却下された。

そのときの父の物悲しそうな表情を見て、いつかは必ず訪れる身近な死をできるだけ遠ざけたいというのがペットを飼うことを反対する理由なのだろうと察して、快彦は引き下がった。

母の自殺によって父は一生分の心労を抱えたにちがいない。動物を飼うか飼わないかだけでなく、これ以上余計な悩みや心配や苦しみを抱えないよう父が亡くなるまで自分なりに努めてきたつもりだ。

「――どの子が気になりましたか?」

ふいに声をかけられ、ぎょっとして目を向けた。すぐ横に若い女性の店員が立っている。

「……しいて言えば、その子ですかね」

無視するのもどうかと思い、目の前で寝転がっている黒と茶色の短毛の子犬を指さした。

さっきから何度か目が合い、その度に小首を傾げるしぐさをしていて可愛らしい。

「ミニチュアピンシャーですね。抱っこしてみますか?」

「いや……別に飼うつもりはないので」

「いいですよ。この子もさっきからお客様のことをじっと見ていて、そうしてもらいたがっているみたいですから。よかったら抱っこしてあげてください」

「はあ……」

断り切れずにそう呟くと、店員がドアを開けて小部屋に入っていった。黒と茶色の毛の子犬を抱き上げて出てくる。

「どうぞ」と子犬を向けられたが、どのように持っていいのかわからない。とりあえず店員がやっているように両手を上げて合わせると、その上に子犬を載せられた。少しでも力を入れると壊れてしまいそうで怖い。両手に体温と鼓動を感じながら、こちらを見上げる子犬を見つめ返す。

「この子はオスですか？　メスですか？」快彦は訊いた。

「オスです。いつもは抱っこされるとイヤイヤって暴れるんですけど、すっかりリラックスしちゃって。お客様のことが好きみたい」

「でも、犬を飼ったことがないからなあ……」

おいおい、飼うつもりもないのに何を言っているのだと心の中で自分に突っ込みを入れる。

「大丈夫ですよ。愛情があれば」

ふと、こいつがいれば少しでも今の寂しさが紛れるのではないかと考えている自分に気づく。

先ほどからずっと子犬がつぶらな瞳をこちらに向けている。

「おまえ、うちに来たいのか？」

子犬に向かって呟くと、両手の中にいる相手が小さく頷き、あくびをした。

3

「村瀬先生――新田《にった》さんというかたからお電話が入っています」

事務員の松下《まつした》の声が聞こえて、快彦は目を向けた。新田という人物に心当たりがない。

「とりあえずこちらに回してください」

松下に告げて外線ボタンが点滅すると、受話器を持ち上げて「お電話代わりました。村瀬です」と電話に出た。

「もしもし……突然、お電話を差し上げてしまい申し訳ありません。わたくし、渋谷《しぶや》にあります道玄坂《どうげんざか》法律事務所というところで弁護士をしております新田と申します」

丁寧な口調の男性の声が聞こえた。

東京の弁護士が自分にいったい何の用だろうか。

「実は……村瀬先生に折り入ってお話ししたいことがございまして……」

「どのようなことでしょうか?」

「できましたら直接お会いしてお話しさせていただきたいと思っておりまして……近々、お時間を作っていただくことはできないでしょうか。もちろん村瀬先生のご都合の良い場所に伺いますので」

どんな話なのかとても気になる。

「まあ、それはかまいませんが……どのようなお話か、触りだけでも聞かせていただけないでしょうか」

「村瀬先生のご親族についてのお話です」

「わたしの親族の？」

どんな内容なのか、さらに見当がつかなくなった。

「この続きはぜひお会いしたときにお願いできないでしょうか」

「はあ……まあ……」悶々としながらもそう応えるしかない。

「ちなみに本日のご予定はどのような感じでしょうか？」

「夕方まで事務所におりますが」

「この後、そちらにお伺いしてもよろしいでしょうか。指定していただければその時間に伺うようにしますので」

こちらも、この悶々とした思いを今日以降に引きずりたくない。

「わかりました……三時にこちらに来ていただくのでいかがでしょうか」

快彦が言うと、「了解しました。どうかよろしくお願いいたします」と声が聞こえて電話が切れた。


内線ボタンが点滅して、快彦は受話器を持ち上げた。

「新田さんがお見えになって、応接室にお通ししています」

松下の声を聞いて、「わかりました」と受話器を下ろし、机の上に置いてある名刺入れを手に取って立ち上がった。

応接室の前にたどり着くと、ノックをしてからドアを開けた。ソファに座っていた男性がすぐに立ち上がる。

「お時間を作っていただいてありがとうございます」五十歳前後に思える男性が恐縮するように頭を下げる。

「いえ、こちらこそ。渋谷から埼玉《さいたま》の浦和まで来ていただいて」

名刺を交換すると、「つまらないものですが、事務所の皆さんでお召し上がりください」と菓子折りを渡された。「どうもすみません」と快彦は受け取り、向かい合わせに座る。

「あの……わたしの親族のことでお話があるとのことですが、いったいどのような……」

快彦が切り出すと、新田が居住まいを正して「ハスミリョウスケさんのことでご相談させていただきたくて」と返した。

その名前に覚えがなく、快彦は首をひねった。

蓮見《はすみ》は母の旧姓だ。

「知世さんのお兄さんである昌弘《まさひろ》さんの息子さんです」

そこまで言われて、ぼんやりとだがその人物のことを思い出した。

母には奄美《あまみ》大島に住んでいる兄がいた。その息子である従兄弟《いとこ》が、たしかに自分と同い年で亮介《りょうすけ》という名前だった。すっかり忘れていたが、交流した記憶が何となくある。明るくて活発な子だった気がする。

だが、もう二十年以上も会っていない。埼玉と奄美大島とは距離が離れていることもあり、母方の親戚との交流はほとんどなかった。そして母が亡くなってからは完全に没交渉になっている。伯父や伯母が母の葬儀に参列していたかどうかははっきりと覚えていないが、少なくとも亮介がいなかったことはたしかだ。

亮介と最後に会ったのは、母が亡くなる三年前、奄美大島で昌弘の家族と一緒に暮らしていた祖母の葬儀でだった。

「あの……それで……その亮介くんのどういった話なんでしょう……」戸惑いながら快彦は訊いた。

「実は六年ほど前に蓮見さんはある事件を起こしまして、わたしが弁護を担当しました」

「どのような事件を？」

「傷害致死です」

新田を見つめながらぎょっとした。

「飲み屋で一緒に飲んでいた男性と喧嘩になり、相手に暴行を加えて死なせてしまいました。裁判で懲役七年の刑が言い渡されて現在は静岡刑務所に服役しているんですが……最近、わたしのもとに彼から手紙が届きましてね。仮釈放の申請をしたいので何とか身元引受人を捜してくれないだろうか、と」

「まさか、その身元引受人をわたしに……ということですか？」

動揺しながら快彦が訊くと、新田が頷いた。

冗談ではない——

「あの……ちょっと待ってください。わたしと彼とはもう二十年以上も顔を合わせていないいんですよ。そんな人間に身元引受人を頼むなんておかしくないですか？　彼の家族になってもらえばいいじゃないですか」

「それが難しいんです。蓮見さんのお母さんは十二年前にお亡くなりになっているので……」

「お父さんもお亡くなりになったんですか」

快彦が訊くと、「わかりません」と新田が首を横に振った。

「わからない？」

「蓮見さんが子供の頃に失踪してしまったそうで」

快彦は言葉を失った。

何とか言い返そうと亮介についての記憶を引っ張り出す。亮介は自分と同じく一人っ子だった。祖父も祖母もいない。

「お父さんが失踪してから亮介さんはかなり苦労されたようです。家計を支えるために十七歳のときに高校を中退して働き始めたそうですが、二十歳のときにお母さんが亡くなり、ひとりで東京に出てくることにしたとのことです」

そして二十六歳で人を殺して刑務所に服役することになったということか。

「彼の手紙には埼玉に住んでいる従兄弟が弁護士をしているらしくて、ぜひわたしのほうからその人に自分の身元引受人を頼んでもらえないかと村瀬先生のお名前が書いてあって……事務所を調べてご連絡を差し上げたというわけです」

「そう言われても……」

新田の話を聞いて何か引っかかるものを感じたが、それが何であるのかわからないまま快彦は頭をかきむしった。

「もちろん人を死なせてしまった罪は重大ですし、これからの人生をかけて償っていかなければならないと考えています。手紙を読むかぎり、蓮見さんは事件を起こしたことを深く反省していて、更生の意欲も窺えました。弁護を担当したわたしも、できれば一日も早く社会復帰をして、更生の道を歩むのを望んでいます。失礼ですが、村瀬先生は刑事弁護をされますか？」

「年に何度かは……」

本当はやりたくないが、所長の方針で年に数回は刑事弁護をするように命じられていて、渋々ながら受け持っている。

「それならおわかりいただけると思いますが、三十二歳の今仮釈放されるのと、このまま刑務所で過ごして身寄りのない状況で社会に放り出されるのとでは、彼の心情や更生への意欲に相当な違いが出るのではないかと思います。実際、満期出所よりも仮釈放のほうが再犯率が低いというデータがあります。それに弁護士という職業柄、彼の身元引受人は村瀬先生が適任なのではないかと感じるのですが」

それであればあなたがなればいいではないかと思ったが、口にはしなかった。

「どうかお願いできないでしょうか」新田が深々と頭を下げる。

「ちょっと……すぐにはお答えできません」

歯切れ悪く言うのと同時に新田が顔を上げた。

「もちろんそうでしょうね。ひとつご提案なのですが、実際に蓮見さんにお会いになってみてはいかがでしょうか」

「静岡刑務所に面会に行けと?」

冗談ではない。どうして自分がそんなことをしなければならないのだ。従兄弟とはいえ、何十年も会っていない男だ。どんな大人になっているかわからないし、面倒はごめんだ。

「もちろん費用はこちらで持ちますし、わたしも同行いたします。今現在の彼と話をしてみて、お決めになってはいかがでしょうか」

「どうしてそこまで彼のためにしてあげるんですか」

疑問に思って問いかけると、こちらを見つめ返しながら新田が首をひねる。

「新田先生にとっては依頼人のひとりでしかないでしょう。ご自身が受け持った依頼人のすべてにこうしたアフターケアをしてらっしゃるんですか？」

快彦の事務所を調べて手土産を携えて訪ね、さらに静岡の刑務所まで面会に赴き、ふたり分の費用を負担するという。

「たしかに依頼人のすべてにこのようなことをしているわけではありません。六年ほど前に受け持った事件でしたが、今でも心のどこかで彼のことが気になっていた……というのがあったからでしょう」

「気になっていた？」

「彼はまわりからとても人望があったようです。職場の人たちも、友人たちも、事件を起こした彼のことを悪く言う人はひとりもおらず、むしろ彼がそんな事件を起こすなんてとても信じられないと口々に言っていました」

「でも、亮介くんがやったんですよね？」

「目撃者もいますし、本人もそう認めています。情状証人として出廷してもいいという人がたくさんいましたが、その人たちを裁判の証言台に立たせてさらし者にするのは嫌だと言って彼は断りました」

「職場の人や友人に身元引受人になってもらったらどうですか？」

「わたしも手紙にそう書きましたが、彼はそれを望みませんでした。あくまでも村瀬先生に身元引受人になってほしいと。どうか会うだけでも会ってもらえないでしょうか。手紙にも二十数年ぶりに村瀬先生に会いたいと書いてありました」

最後の言葉を聞いて、先ほどから引っかかっていたものが何であるのかに気づいた。

「……亮介くんはどうしてわたしが弁護士をしているらしいということを知っていたんですか？」

「そのことについては何も書いていませんでしたので、わたしにはわかりません」

そう言って首を横に振る新田を見つめながら、どうにも不可解な思いに駆られる。

「わかりました……彼に会うだけ会ってみます」

快彦が言うと、「そうですか！　ありがとうございます」と新田が相好を崩した。

身元引受人になる気は毛頭ないが、どうして快彦が弁護士であるらしいというのを知っているのかの謎は解きたい。


玄関ドアを開けると、けたたましい吠《ほ》え声が耳に響いた。

快彦は息を潜めながら中に入り、ドアを閉めて鍵をかけた。靴を脱いで玄関を上がる。

「わかった、わかった……」とすぐ横にあるリビングダイニングのドアを開けた瞬間、足首に鋭い痛みが走った。

「痛い！　ロウ！　やめろ！」

快彦は自分の足もとに向けて叫んだが、靴下に噛みついたままロウは離そうとしない。

リビングダイニングの電気をつけて中の様子があらわになると、こらえていた溜め息が漏れた。

噛みちぎられたトイレシートの残骸と糞があちこちに散らばり、ロウの尿でできた水たまりがいたるところにある。

「待て！　ステイ！　お座り！」と立て続けに指示したが、いっこうに靴下を離そうとしないのでロウを引きずるようにしながら前に進んだ。キッチンに行ってドッグフードを皿に入れて床に置くと、ようやくロウが靴下から口を離して食べ始める。

快彦は近くに置いてあるトイレットペーパーを手に取って、ロウが食事に夢中になっている間に糞と尿の始末を始めた。転がっている糞を回収し、尿の水たまりをトイレットペーパーで拭うと、部屋を出てトイレに向かった。トイレットペーパーごと糞と尿を便器に流すとリビングダイニングに戻り、心もとないほど脚の細くなった椅子に腰を下ろした。

ロウを飼い始めてもうすぐ一ヵ月になるが、ペットショップで初めて対面したときの健気さや可愛さが嘘のように、今では傍若無人な振る舞いばかりが目につく。

犬のしつけ教室のホームページを見ながら何度もしつけに取り組んだが、いっこうに言うことを聞いてくれないで困っている。

撫でてやろうと手を伸ばせば嚙みつき、無視していれば足もとに飛びかかってくる。快彦がリビングダイニングにいないときには置いてある家具にかじりついているようで、テーブルや椅子の脚はぼろぼろになる始末だ。トイレ用のケージを用意してシートを敷いているが、一度たりともそこでしてくれたことはない。

ホームページの情報によれば、ミニチュアピンシャーは運動能力がかなり高く、なかなか暴れん坊な犬種なので、初心者が飼うのは不向きだという。そのことを黙ったまま笑顔で快彦に売りつけたペットショップの店員を恨みたくなったが、飼ってしまったからには面倒を見るしかない。どんなに反りが合わなかろうと家から追い出すわけにはいかないのは自分も理解している。

皿に入れたドッグフードを食べ尽くすと、ロウがふたたび快彦の足もとに嚙みついた。

それでなくても今日は憂鬱な案件を持ち掛けられて疲れ切っているというのに。

「まったく勘弁してくれよ……」足もとにまとわりつく子犬を見ながら快彦は頰杖をついた。

4

ドアが開いて、快彦はタクシーから降りた。支払いを済ませて新田も降りてくると、ふたりで刑務所の正門に向かって歩き出す。

新田が正門の近くに立っている警備員に近づき、「あの……面会に伺ったのですが」と声をかけた。

「建物を入ってすぐのところに受付がありますので」

警備員に会釈をして建物に向かい、受付で新田が来意を告げる。もらった紙の一枚とペンを新田に差し出され、快彦は『蓮見亮介』という受刑者の氏名と面会の目的、自分の氏名と生年月日、住所、職業、受刑者との間柄を記入して受付の職員に提出した。身分証明書の提示を求められ、運転免許証を見せる。

「お呼びしますので待合室でお待ちください」と番号札を渡され、新田とともに廊下を進んでいく。

被疑者や被告人との接見は仕事上何度も経験しているが、刑務所で面会するのは初めてなので少し緊張する。

待合室のベンチに座ってしばらく待っていると、自分たちの番号が呼ばれて立ち上がった。

刑務官に言われて荷物をロッカーに預け、金属探知機で身体検査をされてから面会室に通される。

警察署や拘置所の接見室と同じようにアクリル板で仕切られた小さな部屋だ。

快彦はアクリル板の前に置かれた椅子に新田と並んで座った。しばらくすると奥のドアが開き、刑務官に連れられてグレーの舎房着に頭を五分刈りにした男が入ってくる。

こちらと目が合うと、人懐っこい笑みを見せた。

それまではおぼろげな記憶でしかなかったが、目の前の男を見てあの頃の彼の姿がよみがえった。

強い意志を感じさせる太い眉が印象的な少年だったが、それは今も変わっていない。変わっていることといえば、あの頃は自分のほうが背が高かったが、今は亮介に抜かれてしまったようで、さらに体形もがっちりしている。

自分たちと向かい合わせに亮介が椅子に座り、その隣の席に刑務官も腰を下ろす。

「面会時間は三十分ですので、よろしくお願いします」

刑務官に言われ、「わかりました」と快彦は頷き、亮介に視線を戻した。

「本当に来てくれたんだ」少し身を乗り出すようにして亮介が言った。

「ひさしぶりだな」

そう言った自分の声音が硬くなっているのに気づく。

「ここに来てくれたってことは、おれの身元引受人を引き受けてくれるってこと？」

「申し訳ないけど、それはまだわからない。新田先生に会うだけ会ってくれないかと説得されてここに来た。今のぼくはきみが知ってるぼくじゃない」

「どういうこと？」

「人と関わることがとても苦手になってる。正直に言うと、煩わしい人間関係は極力持ちたくない」

「人と関わることが苦手なのに弁護士をしてるのか。それこそいろんなやつらと関わることになる仕事だろう」

「たしかに煩わしさを感じることも多いけど、仕事だと思って割り切ってる」

最初に口を開くまではここまであけすけに自分のことを語るつもりはなかったが、これぐらい突き放すようなことを言っておかないと、快彦が身元引受人になると期待を抱かせてしまうだろう。

「ひとつ訊きたいんだけど」

快彦が言うと、「何?」と亮介がさらに顔を近づけてくる。

「どうしてぼくが弁護士になってるらしいって知ってたんだ」

「叔父さんに聞いたんだよ」

「叔父さんって……ぼくの父親に?」

亮介が頷く。

母方の親戚とは何十年も年賀状のやり取りすらない。

「いったいどこで……」

「八年ぐらい前だったかな……叔父さんがオープンカレッジの講義をするのを知って聞きにいったんだよ。講義が終わった後に訪ねていくと、ひさしぶりだねって嬉しそうに言ってくれて、それから喫茶店でお互いの近況なんかを話した。そのときにおまえは弁護士を目指してて司法試験に合格したって聞いた」

父からそんな話は聞いたことがない。どうして自分には黙っていたのだろう。話すほどのことでもないと思ったのか。

「それにしても叔父さん……残念だったな……まだ七十一歳ということだろう」

神妙な声で亮介に言われ、不思議に思った。

「どうしてぼくの父親が亡くなったのを知ってるんだ？」

「たまたま新聞のお悔やみ欄を目にしてな。知ってたか？　刑務所でも新聞は読めるんだよ」

「そうか」

刑務所の中でのことなど興味はない。

「……というわけで、おまえに身元引受人になってもらおうと思って新田先生に手紙を出したってわけだ」

「どうしてそんな話になるんだよ。ぼくの父親が亡くなったのと、きみの身元引受人になるのにいったい何の関係があるんだ」

「快彦は結婚してるのか？」

ふいに話題が変わり、戸惑いながら「してない」と快彦は答えた。

「恋人は？」

「……今はいない」

「親友はいるか？」

「いったいそれが何なんだよ！」苛立《いらだ》たしさに思わず声を荒らげた。

「叔父さんはおまえの行く末を心配してたよ。自分が死んだ後、もしおまえがひとりぼっちだったらそばにいてやってくれないかとお願いされて、わかりましたと約束した」

父から自分がそのように思われていたことに動揺する。

「だけど、今のおれは人を死なせた前科者だ。出所してから友達になろうと会いに行っても、おまえは絶対に拒絶するだろう」

口にはしなかったが、そうだと目で訴えかける。

「だからそばにいるためにはおれの身元引受人になるしかないんだ」こちらに強い視線を向けながら得意そうに亮介が言う。

「勝手に決めないでくれ」

「あいにく、おれはした約束は必ず果たすと決めてるんだ。満期出所した後におれにつきまとわれるか、身元引受人になっておれと適度な距離感を保ちながらしばらくお付き合いしていくか、よく考えておまえが決めろ」

咳払いが聞こえて、快彦は刑務官を見た。

先ほどの発言は脅迫とも受け取られかねないと亮介を窘めたのだろう。

「……話も煮詰まってきたようですし、そろそろいいでしょうか」

刑務官に言われ、快彦は新田に目を向けた。自分から話すことはないと新田が頷きかけてくる。

「ええ、面会を終了してください」

快彦はそう答えて立ち上がった。アクリル板の向こう側で笑みを浮かべながら手を振る亮介を一瞥《いちべつ》してから面会室を出る。

預けていた荷物を受け取り、無言のまま新田とともに廊下を進み、建物を出た。

刑務所の敷地の外に出ると、新田がスマホを取り出してどこかに電話をかけた。通話を終えるとこちらに顔を向け、「十分ほどでタクシーが来てくれるようです」と言う。

「すみませんが、一服してもいいでしょうか」

快彦が頷くと、上着のポケットから煙草とライターと携帯灰皿を取り出して新田が煙草を吸い始める。

それを見ているうちにある衝動が胸にこみ上げてくる。

「ぼくにも一本いただけないでしょうか?」

快彦が言うと、「煙草をお吸いになるんですね」と新田が持っていた箱をこちらに向ける。

「いえ、生まれて初めて吸います」

そう答えながら煙草を一本引き抜いてくわえた。小首を傾げながら新田が煙草に火をつける。

何でもいいから父に反抗してやりたい気分だった。

空を見上げながら煙草を吸った瞬間、激しくむせた。涙で視界が滲《にじ》む。

「大丈夫ですか?」

何度も咳き込んだ後、ようやくそれがやんだ。袖口で涙を拭ってから新田に目を向け、快彦は苦みが充満している口を開いた。

「あいつの身元引受人になります」

5

ドアが開き、ふたりの刑務官に挟まれるようにして被告人の月島信也《つきしましんや》が廷内に入ってきた。

快彦は弁護人席からこちらに近づいてくる月島を見つめた。

これから判決が言い渡されるが、月島の表情に緊張した様子は窺えない。むしろ笑みさえ浮かべているように思える。

二十七歳の月島は二ヵ月ほど前、街で因縁をつけてきたと言って男性に大怪我を負わせて逮捕された。過去にも同様の事件を起こして法廷の場に立たされているので、慣れたものなのかもしれない。

弁護人席の前にある長椅子に月島が腰を下ろすと、刑務官が手錠と腰縄を外して両脇に座った。

「ご起立ください――」と声が聞こえ、快彦は立ち上がった。男性の裁判官が入ってきて、一礼した後に席に座る。

「それでは開廷します。これから判決文を読み上げますので、被告人は証言台に来てください」

裁判長の言葉に、月島が立ち上がって証言台に向かう。人定質問を終えて裁判長が口を開いた。

「主文、被告人を懲役二年六月に処する。この裁判が確定の日から四年間その刑の執行を猶予する。その猶予の期間中被告人を保護観察に付する」

殊勝な表情で判決理由を聞く月島を見ながら白々しさを感じた。

判決理由の朗読が終わり、裁判長に促されて月島がこちらに戻ってくる。

「それでは閉廷します」

その声に、快彦は立ち上がって一礼した。裁判長が法廷から出ていくと、目の前に立っていた月島がこちらを振り返った。

「刑務所に行かずに済んでよかったですね」

快彦が声をかけると、「そうだね」と月島が口もとを綻《ほころ》ばせた。

「先生もよかったね。これでおれの顔を見なくて済むって清々《せいせい》してるっしょ?」

月島を見つめながら何も言葉を返せない。

「最初の接見のときからおれを見る先生の目でそう感じたよ。弁護人をしているけど、おれらみたいな輩《やから》は毛嫌いしてるんだろうなって」

「刑務所に行かなくて済むといっても完全に自由の身になったわけではありません。罰金刑以上の刑に処されたり、保護観察の規則を守らなかったりしたら、執行猶予を取り消される可能性もありますので気をつけてください」

快彦は冷ややかに言うと、月島から視線をそらして荷物をまとめた。法廷を出てエレベーターに向かう。

弁護人をしているけど、おれらみたいな輩は毛嫌いしてるんだろうなって――

法廷から離れても、先ほどの月島の言葉が頭にまとわりついてくる。

月島の言うとおり犯罪者を毛嫌いしているが、最初からそうだったわけではない。

快彦が弁護士を志望した動機はいくつかある。そのひとつは子供の頃から父が安心できる仕事に就きたいと思い続けてきたことだ。

親が安心する職業というと、医師や学校の教師や公務員などがまず挙げられるだろう。大企業に勤めるのもそうだろうが、そのいずれも自分には向いていないと子供の頃から察していた。

血を見るのが何よりも苦手だったから、医師にはなれないと早々に諦めた。さらに教師や公務員や会社員になれば、その中で濃い人間関係を築いていかなければならなくなるだろうと考えた。

親が安心できて、それなりに高給をもらえ、さらに同じ人間とずっと接しなくて済みそうな職業ということで、選択肢の上位に挙がったのが弁護士だった。

弁護士も人と接しなければならない仕事だが、一つの案件が終わればそれ以降は関わりを持たないで済むように思えた。さらに事務所に所属したとしても、基本的にはひとりで案件を受け持つことが多いだろうから、同僚とあまり接しなくて済む。最終的には自分で事務所を構えてひとりで仕事をこなせばいいと考えた。

けっして高い志や意欲を持って選んだ仕事ではないのは自分でも認めるところだ。

それでも弁護士になったばかりの頃は、罪を犯した者の弁護をするのも仕事のひとつだと、それなりに使命感を抱いていたが、最初に請け負った刑事弁護によってその思いは覆された。

快彦が二十八歳のときに当番弁護士として初めて担当したのは、横山博史《よこやまひろし》という同い年の男が起こした傷害致死事件だった。酒を飲んで泥酔していた横山が駅に向かっている途中、通りすがりの男性と肩がぶつかったことから口論となり、相手に殴る蹴るの暴行を加えてその場を立ち去った。目撃者の通報で男性は病院に搬送されたが亡くなり、その後の捜査で横山が逮捕された。横山には過去にも酒に酔った末に起こした傷害事件による前科があった。

警察署の留置場で接見したとき、相手を死なせるつもりはなかったと横山は泣きじゃくった。被害者への謝罪の気持ちを口にすると同時に、こんな事件を起こしてしまった自分の将来を悲観する言葉をあふれさせていた。

同い年ということもあって単なる依頼人のひとりとは思えず、少しでも早く社会に復帰できるよう、快彦は弁護活動に全力を尽くした。

裁判では被告人質問でも最終陳述でも横山は涙ながらに反省の言葉を口にしていたが、執行猶予が付かない懲役六年六月の実刑判決になった。

閉廷した後、快彦は悄然《しょうぜん》としている横山に「こういう結果になりましたが、これからも被害者やご遺族への償いの思いを持ち続けてくださいね」と声をかけた。すると横山はそれまで見せたことのないふてぶてしい顔つきになり、「けっきょくムショに行くんなら、泣いて損したよ」と言い残し、刑務官に連れられて去っていった。

それからは自ら望んで刑事弁護を引き受けることはなくなった。もっとも事務所の所長の方針で、年に一、二回は嫌々ながらやらなければならないのだが。

月島や横山や今まで担当した被告人と二度と顔を合わせることはないだろうが、今の事務所にいるかぎり同じような輩の相手をまたしなくてはならず、それを考えると憂鬱《ゆううつ》でしょうがない。最近では他の事務所への移籍も考え始めている。

裁判所を出ようとしたときに「おい、村瀬」と声をかけられ、快彦は足を止めた。振り返ると背広姿の中西《なかにし》が立っている。

「ひさしぶりだな。元気にしてたか?」中西が訊いてくる。

「はい。あいかわらずです」

司法修習の同期だが、自分よりも三つ年上なので一応敬語で応える。

「そういえば敦子《あつこ》から聞いたんだけど、織江ちゃんと別れたんだって?」

ふいに中西に言われ、快彦は動揺した。

織江と知り合ったきっかけは数合わせのために中西に半ば強引に誘われた合コンだった。女性看護師四人と男性弁護士四人の合コンで、他の六人は目の色を変えて話に夢中だったが、快彦の向かいに座っていた織江はほとんど会話には乗らず、まわりの盛り上がりを邪魔しないように率先してみんなの食事を取り分けたり、ドリンクの注文を代わりにしていた。

けっきょく織江とはほとんど話をしなかったが、合コンが終わった後に女性陣の中で唯一好感を抱いた彼女にお礼のLINEを送ったことがふたりで会うきっかけになった。

後で聞いた話によれば、織江も自分と同様に合コンには興味がなかったが、同僚の敦子に数合わせのために強引に誘われ、渋々参加したとのことだった。

「織江ちゃん、ずっと元気がなさそうだって敦子も心配してたよ」

中西の言葉を聞いて、心がぐらついた。

織江から別れを切り出されたが、まだ自分に思いが残っているのだろうか。

「まあ……何があったか知らないけど、もったいないことをしたな。村瀬には出来過ぎた彼女だったから」

自分でもそう思っている。おそらく天国にいる父もそう思っているにちがいない。


ポストから郵便物を取り出し、快彦はドアに向かった。鍵を開けて玄関に入った瞬間、ロウのけたたましい吠え声が耳に響く。

靴を脱いで玄関を上がり、すぐ横のリビングダイニングに入る。電気をつけると、いつもの惨状が視界に浮かび上がった。

ロウに足もとを噛みつかれながら、快彦は鞄と郵便物をテーブルの上に置いてキッチンに行った。ドッグフードを用意してようやくロウから解放されると、トイレットペーパーを手に取って部屋中にまき散らされている糞と尿の処理をする。

一通りの片づけを終わらせ、冷蔵庫から缶ビールを取り出して椅子に座った。あいかわらずロウは快彦の足もとに噛みついている。

いつもであれば「いい加減にしろ」と足で払いのけるが、今はそうする気力も起きない。

昼間、中西に会ってから、織江のことだけが胸の中を占めている。

織江は今頃、どうしているだろうか。

別れてからずいぶんと経っているが中西から聞かされたように元気がないということは、織江はまだ快彦のことを思っているのかもしれない。もしそうだとしたら、自分から別れを切り出した手前、快彦に連絡したくてもできずにいるのではないか。

こちらから連絡してみようかと、快彦はズボンのポケットからスマホを取り出した。LINEを表示させ、メッセージを考える。

『今何してる?』とメッセージを打ち込み、間抜けだと思い直して消去する。元カノに対して『元気にしてる?』というのも、何だか軽薄な感じがする。

こちらの未練をあまり感じさせず、さりげなく近況を報告し合えるきっかけになるメッセージがいい。

だが考えれば考えるほど、どんなメッセージを送ればいいかわからなくなってくる。

ふと、あることを思いついて、快彦は足もとに目を向けた。ロウは我関せずといった様子でズボンの裾をかじっている。

スマホをカメラモードにして「ロウ」と呼びかけた。ロウが顔を上げた瞬間を写真に収める。

快彦は織江のLINEにロウの写真を送った。『新しい同居人。いや、同居犬か』とメッセージを添える。

そのまま食い入るように画面を見つめた。缶ビールを飲み切る頃に既読がついた。それからしばらくして『名前は?』と織江からメッセージが届き、胸の中が熱くなった。すぐに『ロウ』と返信する。

『かわいいね』とメッセージが届くと同時に、織江が好んで使っていた猫のキャラクターの『おやすみなさい』のスタンプが貼りつけられる。

とりあえず再生への第一歩としては上出来だろう。

そう自分を慰めながら、快彦は目についたテーブルの上の郵便物に手を伸ばした。ダイレクトメールや光熱費の請求書に交じって封書があった。封を切って中を確認すると、身元引受人宛てに送られてくる仮釈放が許可されたという報せだった。

蓮見亮介の仮釈放は九月二十日の水曜日に行われると記されていて、出所日に出迎えが可能かどうかを記す書面が同封されている。身元引受人が出迎えなくても仮釈放はされるとあった。

わざわざ仕事を休んで静岡まで行く義理もないだろう。

叔父さんはおまえの行く末を心配してたよ――

ふいに数ヵ月前に亮介に言われた言葉が脳裏をかすめた。

自分が死んだ後、もしおまえがひとりぼっちだったらそばにいてやってくれないかとお願いされて、わかりましたと約束した――

父がどうしてそんなことを亮介に託したのか、いくら考えても理解できない。

ひとりになったとしても別に心配されるようなことはない。きちんとした仕事を持ち、誰に迷惑をかけることなく生活している。

ずっと一緒に暮らしていた父なら誰よりもわかっているはずではないか。

6

バスが停まり、快彦は座席から立ち上がってドアに向かった。下車したとたん、灼熱《しゃくねつ》に包まれて全身から汗が噴き出す。

ハンカチで顔を拭いながら高い塀沿いの道を歩いていくと、静岡刑務所の正門にたどり着いた。

正門のそばに立っている警備員に会釈して建物に入り、前回面会に来たときに立ち寄った受付に向かう。

受付にいた職員に来意を告げると、講堂に行くように言われ、場所を教えられた。

仮釈放許可決定書交付式が行われる講堂にはすでに四人の男女がパイプ椅子に座っていた。いずれもかなりの年配者なので、これから仮釈放を受ける受刑者の親なのだろう。場違いな思いを感じながら快彦は一番後方の席に座った。

しばらくすると制服姿の刑務官とともに六人の私服姿の男性が入ってきた。その中に亮介がいた。この場にそぐわない派手な柄の長袖のシャツにジーンズ姿で、面会したときよりも髪が伸びている。

刑務所の規則について自分はよく知らないが、仮釈放が決定した後には髪を伸ばせるのかもしれない。

亮介と目が合ったが、表情ひとつ変わらない。

ここに快彦がいるのは当たり前だと思われているようで、少し癪《しゃく》に障る。

所長の挨拶が終わると、五十歳前後に思われる山本という男性が呼ばれ、まわりから一歩前に出た。刑務官から紙を渡されて読み上げる。

「一つ、一定の住所に居住し、正業に従事すること……一つ、善行を保持すること……一つ、犯罪性のある者、または素行不良の者と交際しないこと……」

たどたどしい口調で仮釈放後の遵守《じゅんしゅ》事項を読み終えると、仮釈放許可決定書や仮釈放証明書などの授与が行われ、幹部の刑務官から今後のことについての助言や説明を受けて式は終了した。

所長と幹部が退室し、それから少し経ってから残った数人の刑務官と身元引受人と受刑者も講堂を出た。刑務所の正門に行き、亮介たち受刑者が整列させられる。写真を持った刑務官に本人で間違いないか最後の点検をされた後に解放となったようで、亮介が笑みを浮かべながらこちらに向かってくる。

亮介と並んで快彦は歩き出した。正門を出たすぐのところで亮介が立ち止まり、両手を広げて深呼吸する。

何をしているのかと見つめていると、亮介がこちらに顔を向けて口を開いた。

「ほんの数メートル離れただけだけど、やっぱシャバの空気はうまいな」

やはりそういうものなのかと思いながら、返す言葉が見つからない。

「なあ。ずっと黙ったままだけど、お勤めご苦労さまっす、とかねえの？」亮介が冗談めかして言う。

「別にぼくは亮介の子分じゃない」

快彦が返すと、「つまんねえやつ」と不満げな顔で言って亮介が歩き出す。

「そっちじゃない。バス停はこっちだ」

亮介を誘導してバス停に向かう。

「なあ。煙草持ってない？」亮介が訊く。

「吸わないから」

「そっか、残念。出所したらすぐに煙草が吸いたいから用意しておいてくれって、手紙に書いときゃよかった。もうちょっと気の利くやつだと思ってたけど」

イラッとするが亮介の言葉を無視して歩く。

バス停にたどり着いて五分ほど待ち、やってきたバスに乗り込んだ。まばらに乗客がいて、空いていた一番後ろの席に亮介と並んで座る。

快彦はスマホを取り出して新幹線の時刻表を調べた。

「ちょうど駅に着いてすぐの時間に発車する新幹線があるな」

「次の新幹線にしようぜ」

その声に、スマホから亮介に視線を移す。

「駅に着いたらとんこつラーメンが食べたい」

「こんなに暑い日にとんこつラーメンって……腹が減ってるんなら冷たいそばとかにしないか?」

「おれはこの六年間ずっと思い続けてきたんだよ。シャバに出たらすぐにとんこつラーメンが食いてえって」

乗客の数人がこちらを振り返った。

「おまえにはわかんねえだろうなあ。切実なおれの思いが。ムショじゃラーメンなんか食べられないからな。もっともそばも出なかったけど。よくムショの飯は臭いって言うだろ? でも実際にはそんな変な臭いや味はしなかったな。だけど、おれはけっこう舌が肥えてるから、この六年なかなかつらいものがあったよ」

ちらちらとこちらを見る乗客の視線などお構いなしに大声で亮介が熱弁をふるう。

「わかった。わかったから。駅に着いたらとんこつラーメンを食べよう」

執り成すように言うと、亮介が満足げな顔を窓外に向けた。しばらく外の景色を見つめる。

「ところで……約束は守ってくれよな」

亮介がこちらに顔を向けて、「約束がどうした?」と他人事のように訊く。

「手紙に書いただろう」

身元引受人になる条件として四つの約束事を記した。亮介から届いた手紙には約束を守ると書いてあったが、先ほどの態度で快彦が出した手紙をきちんと読んだうえでの返事だったのか怪しく思える。

「ああ……そういえばそうだったな。わかったよ。守るよ」

適当な物言いにさらに不安になる。

「じゃあ、どんな約束か言ってくれよ」

快彦が詰め寄ると案の定、亮介が頭をかいて言葉を濁した。

マジで、ふざけんなよ。

「約束を守る気はしっかりあるんだけどな。秀才のおまえと違って、おれは物覚えがよくないから。もう一回言ってくれよ」

「一つ、六ヵ月以内にぼくの家を出ていく。今日は九月二十日だから来年の三月十九日が期限だ」

「わかったよ」

「一つ、ぼくが入室禁止だと言った部屋には絶対に立ち入らない」

亮介を住まわせるために長らく物置部屋にしていた二階の一室を整理したが、自宅のそれぞれの部屋には鍵はついていない。自室に入られたくないのはもちろんだが、父の書斎も両親の寝室だった部屋も自分にとっては大切な思い出が詰まった場所だ。亮介に与えた部屋とリビングダイニングと客間と水回り以外はいっさい立ち入らせたくない。

「わかった」

「一つ、お互いのプライバシーにはいっさい関与しない。この前会ったときに話したけど、ぼくは人と関わるのが好きじゃない。関わられるのはもっと好きじゃない。だから必要なとき以外は話しかけないでくれ。食事も別々にとるつもりだ」

父に言われたからといって友人気取りをされるのはまっぴらごめんなので、はっきりと告げておく。

こちらを見つめる亮介の眼差しがそれまでのものから変化したのを感じた。

「返事は？」

「わかったよ……あともう一つは？」

「それは後で話すよ」

まわりに人がいるので今は話さないほうがいいだろう。

「何だよ、気になるじゃねえか。話せよ」

「いいよ、後で」

「途切れ途切れに言われたら忘れちまって、守れる約束も守れねえかもしれねえぞ」

こいつはわざと忘れた振りや、わからない振りをしているのではないかと勘繰った。自分の言動で動揺する快彦を見て楽しむために。

しかたなく快彦は亮介の耳もとに顔を近づけた。

「一つ、仮釈放中は絶対に罪を犯さない。どんな軽微な罪も」小声で囁《ささや》くように言う。

「仮釈放が解けたら罪を犯してもいいっていうのか？」

亮介の言葉に、ふたたび乗客の何人かがぎょっとしたようにこちらを振り向く。

もう勝手にしてくれ。

「そうなったら身元引受人としてのぼくの責任はなくなる。罪を犯したいなら勝手にすればいい。

ただ、その場合は二度ときみには会わないし、もちろんもう身元引受人になることもないけどね」

投げやりになって快彦が言ったすぐ後にバスが停まった。亮介に据えていた視線を窓外に向ける。静岡駅に着いたようだ。

ドアが開くと、乗客たちが好奇の視線をこちらに向けながら、そそくさとバスを降りていく。乗客から投げかけられる視線の意味にまったく気づいていないような顔で亮介が立ち上がり、ドアに向かう。亮介に続いて快彦は最後にバスを降り、ふたりで駅周辺を歩き回った。

「そこの店にしよう」

目の前にあるラーメン店を指さしながら言って亮介が店内に入る。入り口近くの券売機の前で亮介が立ち止まり、ズボンのポケットに入れていた財布を取り出す。

快彦も財布を取り出そうとすると、「いいよ」と亮介が手で制する。

「わざわざ静岡まで出迎えに来てくれたんだ。ここはおごってやるよ。とんこつラーメンでいいか？」

快彦が頷くと、亮介が券売機に千円札を二枚入れて七百円のとんこつラーメンのボタンを二回押す。カウンターに移動して並んで座る。しばらくすると目の前にラーメンが置かれ、快彦は割り箸を手に取った。

丼に箸を伸ばそうとしたとき、「二日分の給料だ。よく味わって食えよな」と亮介の声が聞こえ、隣に目を向けた。

「二日分の給料？」

快彦が言うと、「ああ、そうだ」と亮介が頷いた。

「あそこでのおれの初任給は時給六円十銭だった。それから何年かして最終的には時給四十三円五十銭まで出世したけどな。一日八時間働いて三百四十八円。七百円のラーメンだから約二日分だ」

亮介の話に気が重くなりながら快彦は箸を動かした。

二日分の給金にはとても見合わないと思うが、それでもラーメンはうまかった。

「今、全財産はいくらあるんだ?」ラーメンをすすりながら快彦は訊いた。

「もともと持っていた領置金が四万円ほどで、六年間の作業報奨金が十五万円ほどだ」

合わせて二十万円弱か。快彦の自宅を出て部屋を借りるには敷金や礼金などの契約金も含めて三十万円から四十万円は必要になるだろう。

「とにかく一日も早く仕事を見つけろよ。それでぼくの家にいる間に新しい部屋を借りるための資金を貯めるんだ。一日だって期限は延ばさないからな」

「わかってるよ」面倒くさそうに答えて亮介が正面に顔を戻す。

「ところで……それまで仕事は何をやってたんだ?」

「府中《ふちゅう》にある居酒屋で働いてた。頑張って金を貯めて、将来は自分の店を持ちたいと思ってたんだけどな……」こちらに顔を向けることなく亮介が言う。

どこか遠くを見つめるような眼差しに思えた。

人を死なせて前科者になったことで、その思いを果たすのは難しいと感じているのかもしれない。

ラーメン店を出ると、「ごちそうさま」と快彦は一応礼を言って、亮介とともに静岡駅に入った。新幹線の券売機に向かおうとする快彦を亮介が呼び止める。

「ちょっとあそこで土産を買っていきたいから」駅構内にある土産物屋を指さして亮介が言う。

「土産？」

静岡にいるといっても刑務所に服役していたのに、よくそういう気分になれるものだと半ば感心する。

「まあ、観光で来たわけじゃないけど、一応な。悪いけどおれのぶんの切符も買っておいてくれ」

財布から取り出した一万円札を快彦に渡すと、土産物屋に向かって亮介が駆け出していった。


ドアを開けて玄関に入ると、快彦は鍵をかけて靴を脱いだ。

珍しく静かだ。いつもよりも帰りが早いので、快彦の存在にまだ気づいていないのかもしれない。

リビングダイニングに入ったが、それでもロウの吠え声は聞こえない。

室内を見回すとソファの上で悠々《ゆうゆう》とくつろいでいるロウの姿が目に留まり、忌々《いまいま》しい思いに駆られた。

座面の低いソファに座ると顔に向かってロウが飛びかかってくるので、しばらく自分は使っていない。どんなに疲れて帰ってきても、この家の主人であるはずの快彦はいつも硬い背もたれの椅子で我慢しているというのに。

テイクアウトした二人分の寿司を入れた袋をテーブルに置き、快彦はひさしぶりにソファに座った。とはいってもロウが中央にでんと横たわっているので、身を縮めるようにしてだが。

肩をすぼめながら深くもたれかかると、思わず重い溜め息が漏れた。

何とも疲れる一日だった。

もちろん川越と静岡を往復したこともあるが、それ以上に亮介と過ごした時間に疲弊させられた。新幹線に乗ってからも会話の端々で快彦を苛立たせ、時にげんなりさせた。

これから保護観察所に行かなければならない亮介と東京駅で別れたときには心底ほっとしたのだ。

子供のときからおしゃべりだった気がするが、あの男は饒舌《じょうぜつ》で、軽薄で、遠慮がなく、教養もなさそうだ。数時間接しただけで快彦が苦手で嫌いな要素をかなり満たしている人間だと感じさせられた。

あの男とこれから最悪半年は一緒に過ごさなければならないと思うと、どうにも気が滅入ってしょうがない。

快彦は隣に目を向けて「ロウ」と呼びかけたが、ロウはこちらに顔を向けずにあくびをするだけだ。

「いけ好かないやつだけど、半年の辛抱だからよろしくな」

そう言いながらロウの背中を撫でたが、唸り声を上げられてすぐに手を引っ込めた。

リビングダイニングはロウの縄張りと化している。立ち入る者には容赦なく吠え、噛みつくだろう。だから亮介がここで過ごす時間はほとんどないはずだ。

ロウを飼って初めてよかったと思いながら快彦は立ち上がり、着替えをするために二階の自室に向かった。

7

ベルの音に反応したように、ロウが激しく吠えだした。

快彦は椅子から立ち上がってリビングダイニングを出た。玄関ドアを開けると、片手に紙袋を持った亮介が立っている。先ほどまで着ていた派手な服ではなく、落ち着いた色のシャツにチノパン姿だ。

「これからよろしくな」と片手を上げて亮介が玄関に入ってくる。

「服はどうしたんだよ？」

手に持っているものは小さな紙袋だけで、着替えた服が入るようなバッグはない。

「新しい服や下着を買って、風呂に入った銭湯でそれまで着ていたものは捨ててもらった。ちなみに靴もな」

「もったいない」

「事件のときに身に着けていたものなど二度と着たくはないからな」

その言葉にあらためて亮介の過去を突きつけられ、全身がこわばった。

ロウの激しい吠え声を聞きながら返す言葉を考えたが、けっきょく何も口にできないまま亮介を家に上げる。

「犬を飼ってるんだな」

快彦は頷いた。

「かなりの暴れん坊だ。噛みついてくるから気をつけてくれ」

　ドアを開けて亮介をリビングダイニングに促すと、ロウの吠え声がさらに激しくなった。見も知らぬ侵入者に今にも嚙みつかんばかりの姿勢で威嚇《いかく》する。

「この子、いくつだ？」亮介が訊く。

「五ヵ月ほど前から飼い始めた。生後八、九ヵ月ってところだろう」

「名前は？」

「ロウ」

「そういえば新幹線の中で80年代の洋楽ロックが好きだって言ってたな」

　途中で亮介と会話するのが煩わしくなり、スマホで音楽を聴き始めたことからそんな話になった。

「もしかしてスキッド・ロウからつけたのか？」

　スキッド・ロウはアメリカのヘヴィメタル・バンドだ。

「スキッド・ロウは好きだけど、そっちのロウじゃない。ＲＯＷじゃなくてＬＡＷ。法律や秩序という意味だ。まわりに迷惑をかけない犬になるよう願いを込めてつけた」

「ずいぶんとセンスのない名前のつけかたをされたものだな。同情するよ」

　ロウに向けて言った亮介の言葉にムッとする。

「ロウちゃん、これからよろしくな」

　そう言いながら亮介が身を屈《かが》めると、案の定ロウが飛びかかっていく。シャツやチノパンを嚙まれながら、「いい子だ、いい子」と亮介がロウを抱き上げようとする。ロウが警戒したように亮介の身体から離れ、キッチンの奥のほうに逃げていく。

「とりあえず第一印象はよくなかったみたいだな。昔実家で犬を飼ってたから、扱いにはそれなりに自信があったんだけどなあ」頭をかきながら亮介が笑う。

そういえば亮介の実家に行ったときに犬がいたのを思い出した。たしかフェアという名のとても利口なシェパードだったと記憶している。

「犬の扱いに慣れてても、うちのロウは手ごわいぞ」

「まあ、半年あるし、ぼちぼちいくかな。ところで……一緒に飯は食わないんじゃなかったのか?」テーブルに視線を向けて亮介が言った。

テーブルの上に先ほど買ってきた二人分の寿司が用意してある。

「今日は特別だ。二十数年ぶりに会って、これからしばらく一緒に生活していかなきゃいけないんだ。プライバシーに必要以上に立ち入るつもりはないけど、亮介について最低限の情報は知っておきたい」

「その前に叔父さんと叔母さんにご挨拶させてくれ」それまでの軽薄さとは打って変わった神妙な表情で亮介が言う。

快彦は頷いて、亮介を隣の客間に通した。仏壇の前で正座すると、亮介が持っていた紙袋から箱を取り出した。静岡名物のうなぎパイだ。包装を破って箱から取り出したうなぎパイを一枚ずつ両親の遺影の前に供え、亮介が手を合わせた。

案外、律儀なところがあるんだなと意外に思いながら、亮介の背中を見つめる。

「残念だな……」

呟きが聞こえ、亮介が合わせていた手を下ろして立ち上がる。

こちらを振り返った亮介を見て、はっとした。亮介の目が潤んでいる。

「おれ……叔父さんも叔母さんも好きだったよ。叔母さんは優しくてきれいで、叔父さんはおもしろかった」

「おもしろい？」

父は典型的な仕事人間で、ユーモアのかけらもない人だったと思っている。

「ああ……たしか、おれたちが九歳のときだったかな。おばあちゃんの葬式に来てくれたときに、つまらなそうにしているおれたちのためにいろいろと鳥の話をしてくれただろう。自分が住んでいるところの近くにそんな珍しい鳥がいるなんて、それまで知りもしなかった」

父は鳥類学を研究する大学の教授だった。

亮介の実家は奄美大島で小さな民宿を営んでいた。天然記念物のルリカケスやオオトラツグミをはじめ、奄美大島には珍しい鳥が生息しているので、父は観察のために度々亮介の実家の民宿を訪れていたそうだ。そこで手伝いをしていた母を見初めて結婚したという。

「たまに聞くからおもしろいんだ。毎日のように鳥の話ばかりされてみろ。うんざりするぞ」

快彦が言うと、「そうかもしれないな」と亮介が苦笑した。

「だけど、もう叔父さんの話を聞けないのかと思うと寂しい」

亮介の言葉を聞いて、織江の姿が脳裏によみがえってくる。

父は織江にもよく鳥の話をしていたが、がんが末期の状態になると同時に認知症を患ってしまい、その話以外ほとんどしなくなった。見舞いに行ってもまともに親子の会話を交わせなくなった父に自分は戸惑うしかなかったが、織江はいたって楽しそうにいつも父がする鳥の話に耳を傾けてくれていた。

それまで快彦は無理して楽しそうにしてくれているのだと思っていたが、父が亡くなった後に「お父さんのお話をもう聞けないと思うととても寂しい」と言って織江が泣いたのが印象に残っている。

「とりあえず飯にしよう。腹が減った」

織江と父との思い出をいったん断ち切って、快彦はリビングダイニングに戻った。

「ビール飲むか？」

亮介が頷いたのを見て、快彦は冷蔵庫に向かった。缶ビールをふたつ取ってテーブルに戻り、亮介と向かい合わせに座る。

「一緒に食事をとるのはあくまでも今日だけだ。さっきラーメンをごちそうになったから、これはぼくからのお返しだ」

「貸し借りは作りたくねえってか？」

「そういうことだ」

「じゃあ、最初で最後の乾杯をしようぜ」亮介がプルタブを開けて缶ビールをこちらに差し出してくる。

少しためらった後、快彦は缶ビールを持って亮介の缶と合わせた。

食事をしながら亮介の情報を聞き出そうと思っていたが、胸が詰まりそうな話も切り出さなければならないので、とりあえず先に寿司を食べることに専念した。

「……それにしても大きな家だよな」

その声に、快彦は亮介と目を合わせた。

「こんなところにひとりで住んでて寂しくはないのか？」

余計なお世話だと、快彦は寿司をつかんで口に放り込む。

「ひとりが寂しくなって犬を飼うことにしたってか？」

うるさいやつだと、亮介を睨《にら》みつける。

「図星みたいだな」

「遵守事項を守れよ。一つ、お互いのプライバシーにはいっさい関与しない。ここから追い出すぞ」

「さっき、今日は特別だって言ってたじゃねえか。おまえもこの後、おれの話をいろいろと訊いてくるつもりなんだろう?」

まったく口が立つやつだ。

「……そうだよ。ずっと父親とふたりで生活してきたからな。急にひとりになって寂しくないと言えば嘘になる。だけど苦手な人間と一緒にいたくないんで犬を飼うことにしたんだ」

亮介には織江のことは口が裂けても言うべきではないだろう。

こちらを見つめながら満足げな表情で亮介が寿司を頬張る。

「飯を食ったら案内するけど、もともと物置部屋にしていた二階の一室を空けてある。その部屋とここととそっちの客間と水回り以外は立ち入り禁止だからな」

「廊下と階段は?」

その質問に呆気にとられて、寿司を口に運ぼうとしていた手を止めた。

馬鹿にしているのだろうか。

「外壁をよじ登って勝手に侵入されたくないから許可するよ」快彦はそう返して最後の一貫を口に入れた。

「それを聞いて安心した」

ビールを飲みながら亮介が寿司を食べ終えるのを待った。最後の一貫を亮介が口に入れると、快彦は少し前のめりになった。

「新田先生に聞いたけど、亮介が子供の頃に昌弘さんは失踪したって」

快彦が切り出すと、「ああ、そうだよ」と亮介が事もなげに答える。

「おれが小六のときにいきなりいなくなった。それから会ってない」

「小六のとき?」その言葉に反応した。

快彦も小学校六年生のときに母を自殺で失っている。

「いつ頃、昌弘さんは家を出ていったんだ?」

「たしか九月の終わり頃だったかな」

母が亡くなったのは九月十日だ。

「ああ。そういえば叔母さんが亡くなったのもそれぐらいだってことだったな」

「ぼくの母親が亡くなったのはいつ知ったんだ?」どのように伝えられているのか気になって快彦は訊いた。

「叔父さんと再会したときに聞いた。それまで知らなかったから驚いた」

どうして亮介の両親は叔母の死を彼に伝えなかったのだろうか。

亡くなった理由を子供に訊かれるのを避けるためか、それとも昌弘が失踪してしまいそれどころではなくなったのか。

「どうして亡くなったかは?」

ためらいながら訊くと、思い出すように亮介がこちらから視線をそらした。すぐに視線を戻して「……事故だとしか聞いてない。交通事故だったのか?」と逆に訊き返される。

「そうだ」

嘘をついた。

「話を戻すと……ちっちゃな民宿とはいえ、お袋ひとりで切り盛りするのは難しい。おれがもう少し大人だったら手伝うこともできたんだろうが。けっきょく民宿を畳んで、お袋は違う仕事を探して働き始めた。だけど、その数年後に体調を崩して入退院を繰り返すようになった。おそらく亭主に裏切られたショックや、慣れない仕事の心労が祟《たた》ったんだろう」

「それで家計を助けるために高校を中退して働き始めたのか？」

「まあ、そういうことだ。だけど、二十歳のときにお袋が病気で亡くなって、その数年前にはフェアも死んでいたから、あの場所にも未練がないと思って他所の土地で生きていくことにしたんだ。東京に来たのはいいけど、学がないからなかなかいい仕事に恵まれなかった。そんなときに雇い入れてくれたのが大将だった」

「府中にある居酒屋の店主？」

亮介が頷く。

「『ばってん』っていう薩摩《さつま》料理を出してる店だ。大将には本当の父親みたいによくしてもらったよ」

「どうして……傷害致死事件なんか起こしてしまったんだ」

快彦が問いかけると、亮介が落ち着きなく視線をさまよわせる。

「話したくないだろうけど、事情を聞いておきたい」

「どうして？」

「身元引受人として、それを知る権利はあるだろう」そうとしか言えなかった。

実際、どうしてそんなことを知りたいのか自分でもよくわからない。人と関わるのが怖いと誰よりも自覚していて、当たり障りのない接しかたしかしたくないと思っているというのに。

「運が悪かった。それだけだ」絞り出すように亮介が言った。

「運？」

「そうだ……被害者は見ず知らずのおっさんだ。その日、そのおっさんと知り合わなければこんなことにはならなかった」

「被害者とはどうして知り合ったんだ？」

「その日……仕事が休みだったおれはばってんの近くの店でひとりで飲んでた。そしたらそのおっさんと知り合った。近くでやってた競馬で大穴を当てたとかで、ずいぶんと上機嫌でな……それで一緒にはしご酒をすることになった。最初のほうは楽しく飲んでたけど、そのうち相手がしつこくからんできて腹の立つことをいろいろと言われて、それで思わず胸倉をつかんで何度か殴りつけちまったんだが……倒れたときの打ち所が悪かった。それで店員の通報で駆けつけた警察官に逮捕された」

「腹の立つことって何を言われたんだ？」

視線をそらして亮介が首を横に振る。

「正直言って、おれも酔っぱらってたからあまり覚えてない」

「何度も殴りつけるぐらい腹が立ったのに、その原因になった相手の言葉を覚えてないのか？」

「ああ……殴ったのは事実だけど、殺すつもりはなかった……」

どこかで聞いた台詞《せりふ》だ。以前、弁護した横山も同じようなことを言っていた。

運が悪かったのではなく、亮介が殴ったからその人は死んだ――

その言葉が喉元まで出かかっていたが、思い留めた。

「そうか、わかった。部屋に案内するよ」代わりの言葉を口にして快彦は椅子から立ち上がった。

「他に何か言うことはないのか？」

そう訊いてきた亮介に目を向ける。

「特にない」冷ややかに言って快彦はリビングダイニングを出た。


アラームの音が聞こえ、快彦は目を開けた。スマホに手を伸ばしてアラームを切ると、気力を振り絞ってベッドから起き上がった。

午前七時三十分。いつもと起きる時間は変わらないが、今朝は異常に身体がだるい。

昨夜は亮介を部屋に案内すると、そのまま隣の自室に入ってすぐにベッドに横になったが、深夜を過ぎてもなかなか寝つけなかった。

亮介のせいであるのは言うまでもない。

あの男がすぐそばにいると感じるだけで神経が昂《たかぶ》り、苛立ちと腹立たしさがこみ上げてきてしかたなかった。

快彦は気を取り直して着替えを持って部屋を出た。一階の浴室でシャワーを浴びて、出かける準備をする。背広を着込んでリビングダイニングに入ると、ソファに座っていた亮介がこちらに顔を向けた。

「よお、おはよう」

茶を飲みながらテレビを観ていたようだ。ロウも珍しく亮介の隣に寝そべっておとなしくしている。

「勝手に茶を淹れさせてもらった。今日、買い足しとくから。おまえも飲むか？」亮介がそう言ってうまそうに茶をすする。

「いい。いつから起きてたんだ?」

「六時半にぱっちり目が覚めちまったよ。せっかく出所したんだから今日はゆっくり寝てようと思ったんだけどな。六年間その時間に起床してたから身体に染みついちまってるんだろう」

亮介の言葉を半分聞き流して快彦はキッチンに行った。今日はプラスチックごみの回収日だが、ダストボックスに入れていたごみが袋ごと取り換えられている。

「起床したらすぐに身の回りの掃除をするのも習慣でな。ところでおまえ、どんだけコンビニ弁当食べてんだよ。毎日あんなものばかり食べてたら栄養が偏るぜ」

「余計なお世話だ。きちんと栄養はとってる」キッチンにあった複数のサプリメントの袋をこれ見よがしに示した。

「そんなもの……遵守事項だからおまえのプライバシーに関与するつもりはないが、買い出しに必要なものを調べるためにキッチンにあるものを一通りチェックさせてもらった。どこを探しても米も味噌も野菜もねえ。醤油すらなかったぞ」

「つけなきゃいけないものなら弁当についてるから必要ないだろ」

亮介が大仰に肩を竦《すく》める。

「なあ、ひとつおれのプランに乗らないか?」

「プラン?」訝しく思いながら快彦は訊いた。

「そうだ。仕事が見つかるまで、おれが毎日朝飯と夕飯を作ってやるよ。昼飯の弁当をつけてやってもいい。その代わり材料費としておまえが一日千円払うっていうのはどうだ」

「居候《いそうろう》してるうえにぼくから金をせびろうっていうのか?」

「せびるなんて人聞きの悪い。自慢じゃないがおれの料理はかなりうまいぞ。二千円出しても惜しくないと思えるようなものを毎日食わせてやるけどな。もちろん食べる場所は別々だ。それにおまえが材料費を払ってくれるなら、おれも食費を節約できて早く目標の金額を貯められるかもしれないし」

一瞬、心が揺れ動いた。だが……

「断る。そんな余裕があるなら雑誌やネットの求人を読み漁って、電話をかけまくって、一日でも早く仕事を見つけろよ」

そして早くここから出ていってくれ。

「もちろん今日から仕事探しをするんだろうな?」強い口調で快彦は訊いた。

一日中、いや、これからしばらく先まで、ここでロウとくつろがれてはたまらない。

「ああ。今日は保護司との面会があるけど、それが終わったら市役所に転入届を出してハローワークにも行ってくるつもりだ」

亮介の言葉に頷き、快彦はグラスに水を注いで数種類のサプリメントを一気に飲んだ。

ソファの前を素通りして客間に入り、いつものように仏壇の前で正座する。

手を合わせて目を閉じると、心の中で早く亮介のいない生活が来るのを両親に願った。

目を開けて視界に仏壇が映し出されたとき、光景がいつもと違うのを感じた。昨晩供えられたうなぎパイではない。その奥に湯気の上った茶碗がふたつ置いてあるのに気づく。

たまに水や茶を供えていたが、毎日ではない。

いつもよりも遺影の両親が微笑んでいるように思えて、快彦は首を振った。

今まで忘れていたことを思い出し、仏壇の引き出しを開ける。数ヵ月前に織江から返された鍵をつかみ、立ち上がった。

ソファにいる亮介に合鍵を渡すと、「行ってきます」と言って快彦は部屋を出た。

8

棚に並んだ弁当を眺めているが、どれも食べ飽きてしまってまったく食指が動かない。

邪魔だと言わんばかりに男が棚の前に割り込んできたので、快彦はとりあえずその場を離れた。

コンビニ弁当ではなく、どこかの店で食べていこうか。だが、ここから一番近いラーメン屋でも歩いて五分ほど戻らなければならない。

それも面倒だと、快彦は男が離れた弁当コーナーに引き返した。何も考えずに手に取った弁当とサラダをカゴに入れてレジに行く。会計をしてコンビニを出ると、薄暗い住宅街を進む。

自宅にたどり着き、鍵を取り出して玄関ドアを開けた。亮介の靴が目に入り、暗い気持ちになる。

従兄弟の亮介が我が家で居候を始めて五日が経つ。

二十三年ぶりに刑務所で対面したときからいけ好かないやつだと感じていたが、一緒に生活するようになってさらにその思いが増している。

何よりあの男には遠慮というものがない。二階の一室を与えているのだから、居候らしくそこでおとなしく過ごしていればいいものを、快彦が家に戻ってくるとだいたい亮介は我が物顔でリビングダイニングを占拠しているので、こちらの気が休まる場がない。

しかも昨日家に戻ったときには、大切にコレクションしている80年代の洋楽ロックのCDを勝手に聴きながら踊っていたのを目撃し、快彦は激怒した。

それでなくとも先に同居している飼い犬のロウの傍若無人さによって自分の居場所が侵食されつつあったが、亮介という新たな厄介者が加わったことで、さらに窮屈で苛立たしい思いを強いられている。

靴を脱いでリビングダイニングのドアを開けると、うまそうな匂いが鼻を刺激した。同時にこちらに駆け出してきたロウに足もとを嚙みつかれる。

「おかえり」

キッチンで料理を作っていた亮介がこちらに顔を向けずに言う。

「ああ……」と快彦は応え、足もとに嚙みついたロウを引きずりながらテーブルに向かう。鞄とレジ袋をテーブルに置いて椅子に座り、あたりを見回す。

亮介が居候を始めて唯一よかったと思えるのは部屋がきれいに保たれていることだ。以前までは帰宅した際にロウのおしっこや糞で悲惨な状態だったから。

テレビ台の横にプラスチック製の箱が置いてあるのに気づいた。おそらくロウを入れるためにクレートを買ってきたのだろう。

だが、金の無駄だ。暴れん坊のロウがあの小さなクレートに入っておとなしくしているはずがない。きっと閉じ込めた瞬間、半狂乱になって早くここから出せと吠えまくることだろう。

「今日の飯は何だ?」と亮介の声が聞こえ、「唐揚げ弁当」と答えた。

「今日は唐揚げ弁当で、昨日はハンバーグ弁当で、一昨日はチキン南蛮弁当か。そんなものばかり食ってると、そのうち身体を壊すぞ」

居候を始めた翌日から亮介は自分のぶんの料理を作っている。栄養バランスを考えているのか品数も多く、元料理人だけあってたしかにどれもおいしそうだ。だが、亮介の提案を拒否した手前、今さら自分のぶんも作ってほしいとは言えない。

「……余計なお世話だよ。ちゃんと身体のことを気遣ってサラダも買ってる。そっちこそ、今日の夕飯は何だ？」

キッチンから漂ってくるうまそうな匂いが先ほどから気になっている。

「メインはビーフシチューだ。もっとも高級洋食店で出てくるようなものじゃないけどな」

亮介がそう言ってロウ用の皿に鍋の料理をよそってこちらに向かってきた。

「おい、犬にビーフシチューなんか食べさせて大丈夫なのか？」

「もちろんおれが食べるものと同じじゃない。犬に与えちゃいけない調味料もあるし、玉ねぎなんかはご法度《はっと》だからな。ロウの分を取り分けてからさらに温めて、玉ねぎを加えてコンソメキューブや調味料で味を調える」

「ドッグフードはまだいっぱいあるのに、もったいないだろう」

「おれの食事のあまりで作るんだから逆に経済的じゃないか。それにロウはミニチュアピンシャーにしてはちょっと肥満気味だ。ミニピンは糖尿病にかかりやすい犬種だとネットに出てたから気をつけてやらないと。ロウ、ごはんだぞ」

亮介が呼びかけた次の瞬間、それまで快彦のズボンの裾をかじっていたロウが駆け出していく。早くよこせと亮介の足もとでぴょんぴょん飛び跳ねる。

「ロウ、待て」

亮介が手で制するとロウの動きが止まった。

「お座り」

一本指を向けた亮介の前で殊勝《しゅしょう》な様子でお座りするロウを見て、呆気にとられた。飼い始めてしばらくの間、あの手この手を尽くしてしつけを試みたが、まったく自分の言うことを聞かなかったというのに。

お座りしているロウの前に皿を置き、「よしっ！」と亮介が合図すると、がつがつと食べ始める。

「いつの間に……」

快彦の呟きに反応したように亮介がこちらに得意げな顔を向けた。

「この三日間、おまえがいない間にしつけてた」

「この三日間ずっとって……仕事探しは？」

「そんなものは後回しでいいだろう」

「後回しってどういうことだよ」反発を込めて快彦は言った。

早く仕事を決めて金を貯めなければ、いつまで経ってもこの家から出ていけないだろう。

「これから同居するものといい関係を築くことを優先したほうが建設的じゃないか？　仕事はそのうち見つかるだろうが、犬のしつけは早いに越したことはない」

仕事はそのうち見つかるというのは、甘く考えすぎだ。

傷害致死の前科がある男を雇ってくれる職場を見つけるのは容易《たやす》くないと思っているが、その話をして重苦しい空気になるのも嫌なので口には出さないでおいた。

快彦は椅子から立ち上がり、食事を終えたロウに近づいた。一本指を向けて「お座り」と言うと、ロウが足もとに嚙みついてきた。

その様子を見て亮介がおかしそうに笑う。

おまえをこの家に連れてきてやったのは自分なのにと、恨めしい思いでロウを見つめる。

「ロウ、ハウス」

亮介の言葉に反応して、ロウが快彦の足もとから離れてクレートの中に入っていく。

「犬は家族を順位付けするからな。おまえもロウから慕われるよう頑張れよ」亮介がそう言ってキッチンに戻っていく。

まったく忌々しいやつらだと苛立ちながら、快彦はテーブルに戻ってレジ袋から弁当を取り出した。

9

川越駅で電車を降りると、快彦は重い足を引きずりながら改札に向かった。

今日は二件の訴訟をはしごしたので疲れ切っている。

改札を抜けてバス乗り場に向かっていたが、あることを思いついて足を止めた。駅前のデパートを見てそちらのほうに向かう。まだ営業しているなら、ひさしぶりにデパートのレストラン街で夕飯を食べていこう。

デパートの案内板を確認するとレストラン街はまだ営業しているので、快彦はエレベーターに乗って七階に向かった。レストラン街を巡り、鰻屋の前で足を止めた。店前に掲げられたメニュー表の金額を見て逡巡《しゅんじゅん》する。

最後に鰻を食べたのはいつだっただろうかと思い返す。はっきりとは覚えていないが、父が亡くなってから食べていないのはたしかだ。ひとりでは何を食べてもおいしさを感じられないと悟ったからだろう。思えば毎日コンビニ弁当で済ませるようになったのは、父が亡くなり、織江と別れてからだ。

ひとりでする食事でこの金額を出すことにためらいもあるが、今日が金曜日なのを思い出して快彦は店内に入った。

明日からの土日は仕事が休みだ。かといってどこかに出かける予定もないから、いつも以上に亮介と接しなければならないだろう。うまいものを食べて先に憂さを晴らしておこうと、一番高い二段重ねの鰻重を頼んだ。

スマホでネットニュースを読みながら鰻重が届くのを待っていると、『今、どこにいる?』と亮介からLINEのメッセージが届いた。

『アトレのレストラン街で食事してる』

快彦がメッセージを送ると、すぐに返信があった。

『食べ終わったら至急ここに来てくれ』というメッセージとともに『グリッパー』という店名とホームページアドレスが添えられている。

どこかで聞いたことがあるような店名だと思いながら、ホームページアドレスをタップした。店内写真に切り替わった画面を見てぎょっとする。

小学校のときのクラスメートの小泉洋一郎がマスターをしている店だ。

どうして亮介がここにいるのだ――

たまたまこの店に飲みに入ったのだろうが、快彦を呼び出していることがどうにも気になる。

鰻重が運ばれてきたが、嫌な予感に胸を締めつけられて急速に食欲が失せていた。それでももったいないと無理やり鰻を口に運ぶ。鰻重を食べ終えて満足感のないまま店を出ると、急いでグリッパーに向かった。

ビルの階段を上り、ためらいながら店のドアを開けると、カウンターの中にいる小泉とその前の席に座る男女の背中が目に入った。男は亮介だ。

「おう、いらっしゃい」

小泉の声に反応したように、亮介と女性がこちらを振り返る。

「思ってたよりも早く到着したな。座れよ」

亮介が隣の椅子を手で叩くがそれには応じず、「どういうことだよ」と快彦は口を開いた。

「いやあ、ひさしぶりに外で飲みたくなってネットで調べてこの店に入ったんだよ。80年代の洋楽ロックを流してるっていうのがおれのツボにはまってね。それでマスターといろいろ話しているうちに、みんなつながってるじゃないってことになってね」

「驚いたよ。村瀬の従兄弟で一緒に暮らしてるんだってな。しかもおれたちと同い年なんて何とも奇遇だって」

「村瀬くん、おひさしぶり」

女性に声をかけられ、快彦は首をひねった。

「覚えてないか？　六年のときに学級委員長だった吉本《よしもと》だよ」

小泉の言葉を聞いて、動悸が激しくなる。

吉本清美《きよみ》――快彦の初恋の女性だ。

「もっとも今は谷口《たにぐち》だけど。夫婦関係で悩みがあるってことで今まで亮介とふたりで相談に乗っててさ……なあ？」小泉が気安そうに亮介に目配せする。

今日初めて店に来たばかりなのに、亮介のことを名前で呼んでいる。

「そう。それで弁護士のおまえの意見を聞いてみようってことになって呼び出したってわけ。そんなところに突っ立ってないで早く座れよ。呼び出した手前、今夜はおれがおごるから」

亮介に手招きされながら、快彦はためらった。

饒舌で開けっ広げな男だから、みんなと話をしているうちに自分が刑務所に服役していたことまで言いかねない。

「村瀬くん……急に呼び出して本当にごめんなさい。もし時間があったら相談に乗ってほしいな」弱々しい口調で清美が懇願する。

自分が知っている清美はいつも明るくて元気な女の子だった。だが、目の前の女性の暗い表情に触れても、その頃の記憶といっさい重ね合わせられない。

清美の身に何があったのか気にならないわけではないが、とりあえずこの状況だけは回避したほうがいいと頭の中で警戒音が鳴っている。

「ごめん……これからちょっと大事な用事があるんだ。またあらためて話を聞くから」

快彦が言うと、「そう……わかった」と清美が呟いた。

「何だよ、大事な用事って」訝しそうに亮介が訊く。

「いいから亮介も来てくれ」

「何でおれも行かなきゃならないんだ。おまえが相談に乗れないんならおれがもうちょっと彼女の話を聞くよ」

「だから大事な用事だって言ってるだろ」

語気が荒くなってしまったようで、小泉と清美が身構えた。

亮介は動じる様子もなく、こちらを見据えている。

「亮介のぶんのチェックを」快彦は小泉に言いながら財布を取り出した。

「おまえからおごられてやんねえよ」

亮介が反抗的な口調で言って財布を取り出す。会計を済ませると快彦が先導して亮介とともに店を出た。階段を下りてビルから出ると駅のほうに向かう。

「大事な用事って何だよ」と背後から亮介が訊いてくるが、応えないまま歩き続ける。

「おいッ！　大事な用事って何だって訊いてんだよ」

店から少し離れたところで快彦は立ち止まった。振り返って亮介を睨みつける。

「亮介、いったい何考えてるんだよ！」

快彦が叫ぶと、こちらを見据えながら亮介が首をひねった。

「どうしてぼくと知り合いだと話した？」

「話しちゃ悪かったかよ」

「まさか、あの話はしてないだろうな」

「あの話？」

「刑務所に服役していたことだ」

亮介が鼻で笑う。

「そんな何の得にもならないことを言うわけないだろう。もしかして、居候してる従兄弟がムショ帰りだと知られるのが怖くて出てきたのか？」

そうだ。だが、口には出さなかった。

「そういうことならおれはこのまま帰るから、おまえは店に戻って彼女の相談に乗ってやれよ。初対面のおれに恥を忍んで話さざるを得ないほどに追い詰められてるんだ」

「事務所に来て依頼されれば相談に乗る」

「冷てえな。小学校のときのクラスメートだろう」

「何度も同じことを言わせないでくれ。ぼくは人と関わるのが好きじゃない。仕事ならしかたないと割り切るけど、プライベートで余計なものを背負い込みたくないんだ」

こちらから視線をそらして亮介が溜め息を漏らす。すぐに視線を合わせて口を開く。

「どうやら叔父さんは金をドブに捨てちまったみたいだな」

「はあ？」

どうして亮介からそんなことを言われなきゃならない。

「高い授業料を払って大学に通わせてせっかく弁護士になったのに、その息子はかつてのクラスメートの相談にすら乗ってやらないなんて。ここで使わなかったらおまえの頭はどこで使うんだって、きっと叔父さんもあの世で嘆いているだろうな」

その言葉が胸の奥深くに突き刺さった。痛みと同時に激しい怒りの感情が湧き上がってくる。

「大きなお世話だ。亮介こそ、よく飲みに行きたいなんて思えるよな」

「昔から飲み屋が好きなんだからしょうがないだろう」

「飲み屋に行ってもひとりで静かに飲むことだってできるじゃないか。わざわざまわりの人と話をしたいという神経がぼくには理解できない」

「おまえと違っておれは社交的だからな。仲間は多いほうが人生も楽しい」

「そうやって知り合って仲間になっても、過去を知ったら離れていく。つらくなるだけじゃないか」

「それはおれが人を死なせたって過去か？」

「そうだ。ぼくならそうする」

快彦がきっぱりと言うと、亮介の顔色が変わった。

その悲愴な表情から、自分が与えられた以上の心の傷を負わせたと察して、快彦はとっさに背を向けた。罪悪感が湧き出るのをこらえながら駅に向かって歩き出す。

10

階下からドアが閉まる音が聞こえて、快彦はベッドから起き上がった。窓際に向かい、閉じられたカーテンを指で少し開けて外の様子を窺う。家を出た亮介がバス停のほうに向かって歩いていくのが見えた。

快彦はすぐに部屋を出ると、階段を下りてトイレに向かった。一時間ほど前から用を足したくなっていたが、亮介と顔を合わせたくなくて我慢していた。

昨晩、最後に見た亮介の悲しげな顔が今も脳裏にちらついている。

あの後、快彦はひとりで自宅に戻り、そのまま自分の部屋に行って就寝の準備をしたが、なかなか寝つけなかった。

誰も傷つけたくなくて今まで人を遠ざけて生きてきたというのに、最も身近にいる居候に言葉の刃を向けてしまった。

亮介が家に戻ってきたのは深夜二時を過ぎた頃だった。布団の中で悶々としながら、けっきょく部屋を出ていくことはできなかった。

リビングダイニングに入ると、テーブルの上にメモ紙が置いてあるのに気づいた。近づいていき、メモ紙をつかんで目を通す。『何時に帰るかわからないからロウの夕食を頼む』と書いてある。

亮介はどこに出かけたのだろう。もしかしたらもう快彦とは一緒に生活できないと、新しい住まいの当てを探しに出かけたのかもしれない。

ロウがクレートから出てきてこちらに近づいてきた。心なしか恨めしそうな目で自分を見ているように感じる。

亮介がここから出ていってうまいものが食べられなくなったらおまえのせいだからな、とでも思われているのかもしれない。

快彦はロウの視線から逃れようと、隣の客間に移動した。仏壇の父の遺影が目に留まり、昨晩投げつけられた亮介の言葉を思い出す。

ここで使わなかったらおまえの頭はどこで使うんだって、きっと叔父さんもあの世で嘆いているだろうな――

父は本当にそう思っているのだろうか。

遺影の父が頷いたように感じられ、やるせない思いで仏壇の前に座った。

しかたないじゃないか。今さら簡単に生きかたを変えられやしない。

階段を上ってグリッパーのドアの前に立ったが、なかなか開ける勇気が持てない。

もしかしたら亮介がいるかもしれないし、昨日は思わず感情をあらわにしてしまったので、小泉と顔を合わせることにもためらいがある。

やはり帰ろうかと思いかけ、しばらく迷った末にドアを開けた。

店内に客はいない。カウンターの中にいた小泉がこちらに顔を向け、「おう、いらっしゃい」と声をかけてくる。

「昨日は用事があってちゃんと話が聞けなかったから……吉本さんに会いたいんだけど連絡先を知らなくて……」緊張しながら快彦は言った。

「まあ、とりあえず座って酒を注文してくれよ。うちは飲み屋なんだから」

快彦はカウンター席に座って生ビールを頼んだ。

小泉がビールを注ぎ、「亮介の言ったとおりだな」と言いながら目の前にグラスを置く。

「どういうこと？」

「今日にでも村瀬が店に来るんじゃないかと言ってたから」

「いつ？」

「昨晩、村瀬たちが出ていってしばらくした頃に亮介が戻ってきて……今日は本当に忙しいみたいだけど、村瀬はすぐに相談に乗ってくれるだろうって」

どうして亮介にそんなことが言えたのだろう。昨晩の時点では仕事でないかぎり相談に乗るつもりはないと断言した。それ以前に自分は亮介に対してひどいことを言ったというのに。

亮介の思いを想像しながら生ビールを飲んでいると、小泉がスマホを取り出して操作する。しばらくスマホでやり取りした後、「吉本にＬＩＮＥしたらすぐに店に来るってさ」と言われ、快彦は頷いた。

「新しい仕事と住むところが決まるまでの間、村瀬の家で世話になるって言ってたけど……亮介はそれまでどこで生活してたんだ？」

小泉に訊かれて、快彦は戸惑った。

「府中のほうにいたって」

口が裂けても静岡刑務所とは言えない。

「どうして府中から出ることになったんだろう」さらに小泉が訊く。

「さあ……詳しいことは何も聞いてない。いきなり連絡があって、しばらく居候させてくれと言われただけだから」

「村瀬の家って今でも神明町のあそこ？」

快彦は頷いた。

「じゃあ、お父さんも一緒に生活してるの？」

その言いかたで快彦の母が小学生のときに亡くなっているのを覚えているとわかった。おそらく亡くなった原因が自殺であることも覚えているのではないか。

「今年の二月に亡くなった」

「そうか……村瀬にはたしか兄弟はいなかったよな」

「ああ」

「それじゃ、亮介が居候することになってよかったじゃないか」

「どうして？」

「小学生のときに何度か遊びに行ったことがあったけど、すごく大きな家だって記憶に残ってる。あんなところにひとりで住んでたらどうにも寂しいだろう」

「ぼくはひとりのほうが気が楽だ。しかたなく了承したけど、正直に言えば一日も早く出ていってもらいたい」

「そんなこと言うなよ。いいやつじゃないか」

「亮介がいいやつ？　いったいどこが？」

勢い込んで反論したときにドアが開く音が聞こえて、快彦は振り返った。

店に入ってきた清美が自分と目を合わせ、「来てくれてありがとう」と深々と頭を下げる。

清美が隣に座ると、「何にする？」と小泉が訊いた。

「オレンジジュースを」

小泉がグラスにジュースを注いで清美の目の前に置くと、カウンターの端に行った。それまでかけていた音楽を止めてこちらに戻ってくる。

「それで……いったい何があったの？」快彦は清美に訊いた。

「わたし、大学を卒業してすぐに結婚して七歳の息子がいるんだけど……夫が乱暴な人で……」

「乱暴って……ドメスティックバイオレンスってこと？」

清美が頷いた。

「結婚してしばらくはそんなことなかった。優しい人だと思ってた。だけど、息子が幼稚園に入った頃からわたしに暴力を振るったり、威圧的な言動をとるようになって……」

「暴力って、具体的にどんな？」

「顔は殴られたことない。だけど、少しでも気に入らないことがあるとお腹とか脚とか……外からわからないようなところを殴られたり蹴られたりして。数週間痣《あざ》が消えないぐらいに……」

「病院で診察してもらったことはある？」

清美が首を横に振った。

「最初の数年間はあの人から暴力を受けても、できるかぎり表沙汰にしたくないと思って。暴力を振るった翌日にはすごく反省して、泣いて謝ったりされたし……それに……そういうことが表沙汰になって夫が職を失うことにでもなったら、それはそれで家族も困ってしまうし……」

「旦那さんの仕事は？」

「警察官……神奈川の武蔵小杉《むさしこすぎ》警察署の刑事課に勤務してる」

清美を見つめ返しながら納得する。暴行が発覚して逮捕されるようなことになれば懲戒免職になるだろう。

「とりあえず今回だけ我慢すればきっとまともな人に戻ってくれると、そう思い続けながら数年間過ごしてきた」

「でも、いまだにＤＶが続いてる」

「そう……もうあの人と一緒に生きていくのは耐えられない。離婚したい……でも……離婚できない……」

「どうして？　離婚したいと思っているなら、次に暴行を受けたときに病院の診察を受けて証拠にすれば、相手が拒否したって裁判で認められる可能性が高いと思う。それこそ警察に通報してもいいんじゃないかな」

「無理なの……自分がやってしまったことのせいで……」清美が顔を伏せる。

「どういうこと？」

「一度だけ……浮気してしまったの」

清美の呟きが聞こえたが、それでもピンとこない。

「二年ぐらい前に……あの人のことで相談に乗ってもらっていた男性と一時の気の迷いでそういうことになってしまった……だけど、ふたりでホテルに入っていく姿を写真に撮られてしまって、あの人がそれを持ってるの。離婚するなら息子の親権は自分が持つって。わたしは不貞を働いたんだから、裁判になっても間違いなく自分の訴えが認められるって。わたしには二度と息子に会わせないって……」涙声で清美が言う。

「息子さんと離れたくなくて嫌々ながら結婚生活を続けてるの？」

うつむいたまま清美が頷く。

「そのことがあってからあの人のDVやモラハラがどんどんエスカレートしていった。浮気の証拠を握っているかぎり、わたしがそれを公にしたり、どこかに相談したりすることはないだろうと高を括《くく》っていたんだと思う。一週間前……あの人の暴力にどうにも耐えきれなくなって家を飛び出したの。和希《かずき》……息子を連れて行きたかったんだけど、逃げるのに必死でそうする余裕がなくて……」

「それで今は川越の実家に？」

「もう川越に実家はないの。父はずいぶん前に他界して、母は兄夫婦と一緒に今は名古屋で暮らしてる。家を飛び出したって兄のところに行けるはずもないし……」

家を飛び出してきたと家族に言えば、理由を聞かれて夫のDVについて話さなければならないだろう。家族としてはそんな男とは離婚しろと言うにちがいないが、それが難しい理由として自分の不貞についても触れなければならなくなるかもしれない。家族にはできるかぎりしたくない話だろう。

「行く当てを考えたら子供の頃から馴染みのある川越しか思いつかなかった。今はこの近くのビジネスホテルに泊まってる」

「家を出た後に旦那から連絡はあったの？」

「一度、電話があった。出たくなかったけど和希のことがどうしても気になって……」そこで清美が言葉を詰まらせる。

「それで?」

「おまえがいなくなってやりやすくなったって」

「どういう意味?」

「これから和希にわたしがどれだけ悪い女か教え込むつもりだって。わたしが他に男を作って和希を捨てたと話すって……二度とわたしの顔を見たいと思わないよう仕向けるつもりだって。おれのもとを離れたことを一生後悔させてやるって」

話を聞くかぎり、そうとう厄介な旦那のようだ。

「和希くんは父親のことをどう思ってるんだろう」快彦は訊いた。

「きっといい父親だと思ってる。和希がいる前ではわたしへのDVやモラハラはいっさいしないし、和希にかぎらず他の人たちには理想的な父親や夫に映っていると思う。そういうこともあって、わたしも今の今まで誰にも相談できなかったの」

「吉本さんのほうから和希くんに連絡を取ることはできる状況なの?」

清美が首を横に振る。

「和希にはまだスマホを持たせてないから。それに一度、和希が学校から帰ってくる時間を見計らって自宅の固定電話に連絡したら、つながらなかった。おそらくわたしが連絡を取れないようにあの人が電話線を抜いてるんだと思う」

「もし、旦那が本当にそんなことを言ってるとしたら、和希くんの誤解を解くためには直接会うしかないわけか」

「そうだけど……もしあの人が見張っていたらと思うとそうするのが怖い。次に顔を合わせたらどんなことをされるかわからない……わたしが持っているファミリーカードは使えなくされていた。あと数日ホテルに泊まったら手もとにある現金も底をつく。そうやって追い詰めれば自分のところに戻ってくるしかないとわたしが思うにちがいないって。わたしを追い詰めて苦しめることを楽しんでるみたいに。そういう人なの……」

かける言葉を見つけられないまま、快彦は清美を見つめた。

「途方に暮れる以外に他にやることもなくてネットで街の情報を見てたら、小泉くんのことが出てて、つい懐かしくなってこの店に来ちゃった。小学校のクラスメートにこんな恥ずかしい話をするつもりはなかったんだけど……たまたま近くで飲んでた蓮見さんと話をしているうちに……なんかね……」

「不思議な男だよね」

その声に、快彦は小泉に目を向けた。

「会ったばかりだっていうのに、何か気を許しちゃうというか」

「そう……『何かつらいことでもあったの?』って訊いてくれたときの目がすごく優しくて……蓮見さんに見つめられているうちに何だかこらえきれなくなって、それまでひとりで胸に抱え込んでいたことをいろいろと話しちゃった」

「そういえば吉本の話を聞いて自分のことのように怒ってたよな。そんな男は許せないって」

清美の話を聞いて、快彦も旦那のことが許せないと思っている。

「やっぱりあいつはいいやつだよ」

小泉の言葉に同調するように清美が頷く。

だけど、その亮介は傷害致死事件を起こして人を死なせているのだ。それを知ってもふたりは亮介のことをいいやつだと思えるだろうか。

「それで亮介が自分の同居人が弁護士だから相談してみたらどうかなって言ってさ。その人の名前を聞いたら村瀬快彦っていうから、それでおまえと従兄弟であることや、おまえの家に居候してるって話になったってわけ」小泉がそう言って頷く。

「弁護士になったって知って、村瀬くんらしいって思った」

快彦は清美に視線を移した。

「ほら……村瀬くん、クラスでいじめられていた子のことをよくかばっていたじゃない。名前が思い出せないけど……」

そんなことがあっただろうか。思い出せない。

「ああ……ミフネな。あの頃はクラスで一番ちっちゃかったから、ゴトウたちによくからかわれてたよな」

ゴトウというのは覚えている。学年で一番身体の大きかったいじめっ子だ。

「あの頃は小さくて華奢《きゃしゃ》だったけど、そんなミフネも今じゃバリバリの消防士だからな」

小泉の言葉に清美が「そうなんだ」と驚いたように言う。

「たまに店に来てくれるけど、今でも村瀬のことを恩に着てるよ。村瀬の家が火事になったらまっさきにおれが駆けつけてやるって。違う管轄に配属されたくせにさ」

話を聞いているうちにぼんやりとミフネのことを思い出した。

自分の記憶にあるミフネが、今では過酷な職業である消防士をしているというのが信じられない。

あれから二十年の年月が流れている。

自分が関わってこなかった人たちもその時間の中で生きてきたのだ。

「それで……吉本はこれからどうすればいいと思う?」

小泉の声に、快彦は清美に視線を戻した。

「ぼくがわかっているかぎりのことを言うと……浮気をしたからといって直ちに親権が得られなくなるわけじゃないということ」

「そうなのか?」

小泉に訊かれ、快彦は頷いた。

「たしかに浮気などの不貞行為をしたら有責配偶者になって離婚理由にはなるけど、それと親権をどうするかというのは別問題だと考えられるんだ。たとえば妻が浮気にかまけて子供の養育を疎《おろそ》かにしているというのであれば親権が認められないこともあるけど、吉本さんの場合はたった一回きり、しかも旦那のひどい行為に悩まされた末のことだから、裁判所もそれを理由に吉本さんの親権を認めないということはないよ」

「そうなんだ……」安堵《あんど》したように清美が呟く。

「親権者の決定で主に重要視されるのは、子供への愛情、経済力、これまでの子育ての状況、離婚した後に子供にかけられる時間、心身の健康状態、そして子供の意思など……何より子供の利益が優先されるものなんだ」

「吉本はずっと専業主婦だったそうだから、経済力という面では分が悪いか……」顎に手を添えて小泉が考え込むように唸る。

「そうね……わたしは一度も就職したことがないし、資格も持ってないから……」清美が表情を曇らせる。

「だけど、これまでの子育ての状況という面では吉本さんに有利に働くんじゃないかな。和希くんと過ごしてきた時間は父親よりも長かっただろうから。子供への愛情については何とも言えない。和希くんはきっといい父親だと思ってるってさっき言ってたってことは、旦那は息子に手を上げたり、虐待のようなことはしてないんでしょう?」

快彦の言葉に、清美が頷く。

「そうなると、どちらのほうが子供に対して愛情を注いでいるかという判断はかなり難しいと思う。浮気する妻よりも自分のほうが息子に愛情を注いでいると旦那はきっと言うだろうし、その父親以上に愛情を注いでいると裁判官に理解してもらうのは容易じゃないかもしれない」

「心身の健康状態については……ふたりとも特に悪いところはない」清美が言う。

「離婚後に子供にかけられる時間については、吉本さんも離婚したら働きに出なきゃならないだろうし、どちらのほうに分があるかわからない」

「残るは子供の意思か……」

小泉の言葉に反応したように清美の表情が陰る。

「親権者を決める際に子供の年齢が十五歳以上の場合には、家庭裁判所は未成年者の陳述《ちんじゅつ》を聴くことになってるんだ。和希くんは七歳とのことだけど、十五歳未満であっても家裁の調査官からの聞き取りがされることもあるから。いずれにしても子供の意思が大きな要素になる」

「和希くんがどうしても母親と一緒に暮らしたくないと言ったら……」

「旦那に親権が認められる可能性が高いだろうね。旦那の吉本さんへのＤＶが証明できれば流れを変えられるかもしれないけど」

「浮気相手はどうだ?」

快彦は小泉を見た。

「だってその人に旦那にされてきたことを相談してたんだろう？　その人に証言してもらうことはできないのかな」

「あの人から証拠写真を突きつけられた直後に連絡が取れなくなった」清美が返した。

「そうか……証拠写真を撮ったってことは旦那も相手の身元を知っているだろうから、脅しでも入れたのかもしれないな。刑事から脅されたらたいていのやつはビビるだろう」

「いずれにしてもその人の証言だけで吉本さんへのＤＶがあったと裁判官を納得させるのは難しいと思う。相手との関係から虚偽の証言をしていると思われかねないから」

深い溜め息とともに「皮肉よね……」という呟きが聞こえて、清美に目を向けた。

「和希に自分の父親がそんなひどいことをしてるなんて知られたくなかったから、ずっとひとりで耐えてきたのに……それが仇《あだ》になるなんて……」

それから誰も言葉を発せず、長い沈黙が流れた。

快彦は正面の酒棚を見つめながら、これからどうすればいいか考えた。

椅子をずらす音が聞こえて、隣に目を向けた。椅子から立ち上がった清美がカウンターの上に千円札を置いて、こちらに視線を合わせる。

「相談に乗ってくれて本当にありがとう。八方塞がりなのは変わらないけど、それでも話を聞いてくれてすごく嬉しかった」

清美の目が涙で潤んでいる。

「じゃあね」と言ってドアに向かう清美に、「ちょっと待って」と快彦は呼び止めた。清美が足を止めてこちらを振り返る。

「自宅の住所を教えて。それと……動画を撮らせてほしい」快彦はポケットからスマホを取り出した。

玄関ドアを開けて電気をつけると、視界に亮介の靴が浮かび上がった。帰ってきたのか。

落胆とも安堵ともつかない感情を抱えながら快彦は靴を脱いだ。リビングダイニングに入ったが亮介はいない。

ロウはグリッパーに行く前にドッグフードを与えたときには不機嫌そうにさんざんわめき散らしていたが、今ではクレートの中でおとなしく寝ている。

快彦は電気を消して部屋を出た。洗面所で歯を磨いてから二階に向かう。

亮介の部屋の前で足が止まった。

小泉や清美が言うように、自分は亮介のことをいいやつだとは思えない。昨晩、亮介に投げつけた言葉も本心だ。だけど……

快彦は右手を上げてドアに近づけた。だが、思い直してノックをしないまま自分の部屋に入った。

11

武蔵小杉駅に降り立つと、快彦はスマホを取り出して地図アプリを表示させた。清美の自宅マンションの場所を確認して歩き出す。

明日から五日間は仕事があるからこの街に来ることはできない。何とかして今日中に目的を果たしたいという思いで、休日であるにもかかわらず早朝に起きて家を出た。

早朝に起きたが、玄関に亮介の靴はなかった。そんな朝早くからどこに出かけたのかわからないが、よほど自分と顔を合わせるのが嫌なのかもしれない。

好き好んで接したい男ではないが、さすがに同じ家にいるのに一日半近く顔を合わせていないと、亮介のことが気になってくる。

目の前に瀟洒《しょうしゃ》な六階建てのマンションが見えて、快彦は足を止めた。あのマンションだ。

清美の話によると、刑事である夫の隆久《たかひさ》は基本的に土曜日と日曜日が休みだそうだ。おそらくこの時間であれば、自宅にいる可能性が高いだろう。

隆久がひとりでどこかに出かけた隙を見て、息子の和希に接触する計画だ。そのために清美から隆久と和希の写真を送ってもらっている。

快彦はあたりを見回して近くにあるコインパーキングに移動した。ここであればマンションの入り口が見渡せて、通行人からもそれほど不審に思われなそうだ。

スマホを操作して隆久の写真を映し出す。

こうやって写真で見るかぎり、爽やかな人物に思える。とても清美から聞かされたようなひどいことをするようには見受けられない。

だが、外見や表情からは人の心が推し量れないことも自分は理解している。

母とは自殺する数時間前に顔を合わせたというのに、自分は何の異変も感じられなかった。

最後に見た母はいつもの笑顔だった。

「おいっ、どうしておれの写真を見てるんだ！」

ふいに背後から野太い声が聞こえて、ぎょっとして振り返った。

次の瞬間、啞然《あぜん》とした。目の前に亮介が立っている。

「ど、どうして……亮介がここに⁉」

しどろもどろになりながら言うと、「おそらくおまえと同じ理由だろう」と亮介が笑いかけてきた。

「ぼくと同じ理由？」

亮介が頷く。

「幼馴染みの清美ちゃんが抱えてる問題を何とかしたくて、おまえはここに来たんだろう？」

たしかにそうだが、亮介にそうだと認めるのが恥ずかしくて言葉を濁した。

「おれも昨日からあのマンションの近くを張ってるんだけどさあ……」亮介が斜向かいにある六階建てのマンションに顔を向ける。

「昨日から？」

「ああ……何とかして和希くんとコンタクトを取ろうとしてるんだけど、今のところうまくいってない」亮介が苦々しそうに言ってくわえた煙草に火をつける。

そういうことだったのか。てっきり自分と一緒に生活するのが嫌になって、新しい住まいの当てを探しに朝から出かけているのかと思っていた。

少しばかり安堵していることに気づいて、戸惑う。自分は一日でも早く亮介に家から出ていってほしいと願っているのではないのか。

「ひとつ訊いていいか？」

快彦が言うと、マンションを見ていた亮介がこちらに視線を戻した。

「どうして金曜日の夜……小泉くんにぼくが近いうちに店に行って相談に乗るだろうって言ったんだ？」

仕事でないかぎり清美の相談に乗るつもりはないと亮介に断言したというのに、どうしてそんなことが言えたのか不思議に思っている。

「おまえはそういうタチだろうと思っただけだ」

亮介を見つめながら快彦は首をひねった。

「おまえはそもそも情に厚い人間だ」

「ぼくが情に厚い人間？」どうしてそう思うのか理解できずに訊き返した。

「おまえは口癖のようにこんなことを言う。ぼくは人と関わるのが苦手だ。ぼくは煩わしい人間関係は極力持ちたくないんだってな。だけど、もともと人と関わるのが嫌な人間は自分からわざわざそんなことを口にしたりしない。そういう人間は相手のことなどお構いなしに自分の好きなように振る舞って、自然とまわりから人が離れていくんだ。本当のおまえは人と深く関わりたいと思ってる。だけど、自分が関わることで相手を深く傷つけてしまうかもしれないと恐れて、前もってバリアーを張って人を遠ざけてるんだ。違うか？」

返す言葉が見つからないまま亮介を見つめる。

亮介の言うように、もともとは人と関わりを持つのを厭《いと》う人間ではなかったのだろう。

昨日、小泉と清美から自分が忘れていた子供の頃の話を聞かされてそう思う。

自分が代わりにいじめの標的にされるのもかまわず、いじめられていたクラスメートの味方になった。今となっては考えられないそんな行動をしていた頃の自分も、紛れもなく自分自身であるのだ。

「今、ここにいるのが何よりの証拠だ」こちらを見つめ返しながら亮介が言う。

幼馴染みの苦しみを何とか解消したい。仕事でもなく、親や恋人のためでもなく、他人のために何かをしたいと考えたのはいつ以来だろう。母が自殺してから人と深く関わることを避け続けてきたので、小学校六年の秋以来ということになるか。

「……それで、昨日までの様子はどんな感じだったんだ?」快彦はマンションを見て訊いた。

「午後一時過ぎに旦那の隆久がマンションから出ていって、夜の八時頃に戻ってきた。おれは和希くんが出てくるのを待ってたから、どこに行ったのかはわからない」

「和希くんは出てこなかったのか?」

「いや、三時過ぎに出てきた。声をかけるきっかけを探りながら途中まで後をつけて、近くの図書館に入る前に声をかけたんだ。おれはお母さんの友人で和希くんとふたりで話がしたいから、これからファミレスに行かないかって。そしたらいきなり向こう脛《ずね》を思いっきり蹴り上げられて逃げられた。まったく近頃のガキは……」

お手上げだと両手を上げて笑う亮介を見ながら、呆れて言葉が出てこない。

いきなり見知らぬ男からそんなふうに誘われれば、誘拐犯か不審者だと思われてもしかたないだろう。

「賢明な判断だ。吉本さんは正しく子供をしつけてるってことだ」

今の姓は谷口だが、自分の中ではあくまで吉本清美だ。

「じゃあ、どうやって和希くんと話をするっていうんだよ」

不満そうに亮介に突っかかられ、快彦はポケットから取り出したスマホを掲げた。

「昨日、吉本さんの動画を撮った。ぼくは母親の友人だから安心して話を聞いてほしいと彼女が和希くんに訴える動画だ。それに和希くんに向けた彼女の思いも録画してる」

快彦が言うと、「さすがだね」と亮介が感心したように手を叩く。

「そんなこと考えもしなかった。やっぱ、おれと違っておまえは秀才だ」

視界の隅に捉えていたマンションから男性が出てくるのが見えて、亮介と顔を見合わせた。

「あれって……」

亮介が頷く。

「おれはこれから旦那の後をつけるから、おまえは和希くんを頼む。何かわかったらLINEする」

亮介が持っていた煙草を携帯灰皿にねじこみ、隆久が歩いていくほうに足を向ける。

「ちょっと待て」

とっさに快彦が呼び止めると、亮介が足を止めて振り返った。

「変な真似をするなよ」

「変な真似？」亮介が訊く。

「何か問題を起こしたら刑務所に逆戻りだからな」

妻の清美に暴行している隆久に亮介は怒りをあらわにしていたそうなので、暴走して傷害事件でも起こさないかと気にかかっている。

相手は現職の警察官だ。傷害や暴行事件にまで発展しなくても、ちょっとした喧嘩や言い争いでもその場で逮捕されてしまう恐れがある。

「そうなったほうがおまえにとってはいいんじゃないのか？」

その言葉に応えられずにいると、亮介が軽く笑って隆久のほうに向かった。適度な距離を保ちながら隆久の後をついていく。

刑事にバレないまま尾行できるのか不安に思いながら亮介の背中を見つめる。ふたりの姿が視界からなくなると、快彦は道路を渡ってマンションに向かった。

エントランスに入り、オートロックの操作盤の前に立つ。スマホを操作しながら清美から聞いた部屋番号と呼び出しボタンを押す。しばらく待つと、「はい……」と男の子らしい声が聞こえた。

「五〇二号室の谷口和希くんかな？」

快彦は問いかけたが、反応はない。

「……切らないでしばらく画面を見ていてほしい。ぼくはお母さんの友達で村瀬快彦といいます」

そう言いながら操作盤のカメラにスマホの画面を向け、セットしていた動画を再生させる。

「――和希……元気にしてる？　一緒にいられなくてごめんね……この映像を見せている人は村瀬快彦さんといって、お母さんの友達なの。和希にどうしても伝えたいことがあるから村瀬さんとお話ししてくれるかな？」

清美の動画を流している間、インターフォンを切られることはなかった。だが、動画が終わっても相手の声は聞こえてこず、不安になる。

「マンションの外にいるから出てきてくれるかな」

快彦が言った瞬間、インターフォンが切れた。不安を残したままエントランスを出る。

マンションの外でしばらく待っていると、うつむきがちに野球帽をかぶった少年が出てきた。

自分は野球に疎いのでどこの球団かはわからないが、日本のチームではなさそうだ。

「和希くんかな」

快彦が声をかけると、少年が目の前で立ち止まった。うつむいたまま頷く。

「この近くに落ち着いて話せる場所はあるかな」

和希が黙ったまま歩き出す。後に続いてしばらく歩いていくと公園が見えてきた。

「ちょっと待って。ジュースでも買っていこう」

和希の肩を軽く叩いて快彦は近くにある自動販売機に向かった。何が飲みたいか和希に訊いたが答えないので、子供が好みそうなジュースと缶コーヒーを買って、ふたりで公園に入っていく。

日曜日の昼時ということもあってか、公園では何組かの家族連れが遊んでいた。犬を散歩させている人もいる。

快彦は空いていたベンチに座り、和希を促してジュースを手渡した。プルタブを引いて缶コーヒーに口をつけたが、和希はうつむいたままなかなか飲もうとしない。

「……お母さんがいなくて寂しい？」

快彦が切り出すと、和希が小さく頷いた。

「朝ご飯や晩ご飯はちゃんと食べてる？」

和希は何も言わない。

「お母さんが心配してた。和希くんはちゃんとご飯を食べてるだろうかって」

「……朝はお父さんがトーストを焼いてくれる。あと目玉焼きも。お母さんみたいにうまくないけど」

初めてちゃんと和希の声を聞いた。

「そうか……晩ご飯は？」

「コンビニで買ってる。お父さんは仕事で遅いから」

「お母さんはどうして家を出ていったかわかるかな?」

先ほどよりも大きく和希が頷いた。

「ぼくのことが嫌いだから……」

胸に鈍い痛みが走った。

今の和希の思いは自分が長年抱えている苦しみと同じだ。自分のことが嫌いだから母はいなくなってしまったのではないか。自分のせいで自殺してしまったのではないか。

母の言葉を聞けない以上、自分のその思いは決して消えてなくならないが、和希の苦しみはなくすことができる。

「そうじゃないよ。お母さんは和希くんのことが大好きだよ。ずっと和希くんと一緒にいたいと思ってる」

快彦は訴えかけたが、そうじゃないと和希が何度も首を横に振る。

父親の隆久から、母親は自分のことが嫌いで出ていったと吹き込まれているのだろう。

そんな罪深いことを平気でする隆久に対してあらためて憤りがこみ上げてくる。

「お母さんが家を出ていった理由は和希くんのことが嫌いなんじゃなくて、お父さんの暴力に耐えきれなくなったからなんだ。お父さんは和希くんが小さいときからお母さんのことを殴ったり蹴ったりしていたんだ」

父親のそのような行いを子供に伝えるのはつらかったが、やむを得ないと考えた。

「お母さんがお父さんにそういうことをされているのを見たことがあるかな?」

和希が首を横に振る。すぐに口を開く。

「……でも……泣いてるのは知ってる」

「お母さんが泣いていた？」

「うん……ぼくが寝ているると、隣の部屋からよくお母さんの泣き声が聞こえてきた。どうして泣いているのか知りたかったけど、部屋を出るのが怖くて……」

「お母さんはお父さんと離婚したいと思ってる。離婚ってわかるかな？」

和希が弱々しく頷いた。

「離婚したらお父さんとお母さんは一緒に生活することはできなくなる。もちろん和希くんにとってお父さんはいつまで経ってもお父さんだし、お母さんもそうだけど……でも、一緒に生活する人はどちらか選ばなければならない。和希くんはお父さんとお母さんのどっちと一緒にいたいかな」

子供に対して酷《こく》な質問だと自覚していたが、思っていたとおり和希はふたたびうつむいて黙り込んでしまう。

快彦はポケットからスマホを取り出した。クラウドに保存してある動画を再生させてスマホの画面を和希の前に向ける。

「和希……こんなことになってごめんなさい」

母親の声が聞こえ、和希がかすかに顔を上げた。スマホの画面を見つめる。

「早く和希に会いたい……でも……お父さんがいる家に帰るのが怖い……お母さんはお父さんと離婚したい。だけど……だけど和希とは離れたくない。お母さんと一緒に生活したら、今までのような贅沢はさせてあげられないかもしれない。今まで当たり前のように食べていたお寿司もどれぐらい食べさせてあげられるかわからないし、旅行だってそんなに連れて行ってあげられなくなるかもしれない。できるだけ頑張って和希がしたいことをさせてあげられるようにしようと思うけど……それでも……小学校も転校しなきゃいけなくなる。和希につらい思いをさせてしまうことになるけど……でも、お母さんは和希と一緒にこれから生きていきたい。お母さんは和希がいてくれたら他に何もいらない……和希のためにこれから生きていきたい……」

隣から洟《はな》をすする音が聞こえる。うつむいているので表情はよく見えないが、母親の動画を観ながら和希が涙ぐんでいるのがわかった。

「和希——そこで何をやってるんだ?」

ふいに男性の声が聞こえ、快彦はぎょっとして顔を向けた。

隆久ではない。白髪交じりの老年の男性がこちらに近づいてくる。七十一歳で亡くなった父と同年代ぐらいに思えたが、父と違って恰幅《かっぷく》がよくて声にも勢いがある。

「おじいちゃん……」袖口で涙を拭って和希が呼びかけた。

おじいちゃん——

清美の父親はすでに亡くなっていると言っていたので、隆久の父親なのだろう。

面倒なことになってしまったと頭を抱えそうになった。

「家を訪ねても留守だったから近くをぶらぶらしてたんだが……こちらはどなたかな?」

「お母さんのお友達」和希が答える。

「清美さんのお友達が和希に何の用かな?」和希の祖父がそう言ってこちらを見る。

「あ、あの……それはですね……」威圧感を抱かせる眼差しに怯《ひる》み、しどろもどろになって言いよどむ。

「お母さんが頼んでくれたの」

和希の声に、こちらに据えられていた鋭い視線がそれた。

「頼むって何を?」

「このお兄さんがぼくの好きなユーチューバーとお友達だってお母さんから聞いて、その人の話をいろいろと聞かせてもらってたの。ぼくのメッセージを動画に撮ってその人に見せてくれるって」

とても七歳とは思えない機転に救われ、「そ……そうなんです」と快彦は和希の祖父に頷きかけた。

「なんだ、和希はユーチューブなんか観てるのか?」

「たまにお母さんのスマホを貸してもらって観るよ」

和希の答えに祖父が渋面を作る。

「ユーチューブなんて観てたらろくな大人にならないぞ」

「どうして?」

「どうしてって……人に迷惑をかけたり、くだらないことをやっているだろう」

「そういうのばかりじゃないよ」

「とにかくあんなものは観ちゃダメだ。将来はユーチューバーになりたいって子供が少なくないらしいが、まかり間違ってもおまえはそんなふうにならないようにな」

ユーチューバーと友達だという快彦を目の前にして、遠慮なくそんなことを言う祖父に唖然とする。ずいぶんと凝り固まった価値観の持ち主のようだ。

「……まったく清美さんにも困ったものだ。家にいるだけなのに子供の教育もちゃんとできないなんて。おまえはお父さんやおじいちゃんのように立派な警察官にならなきゃいけないというのに」

警察官一家ということか。

隆久が仕事でどんな活躍をしているのかは知らないが、少なくとも私生活ではとても褒められた夫ではない。

その言葉を呑み込んで、快彦は祖父から和希に視線を向けた。

「じゃあ、和希くん……ぼくはそろそろ行くね」

快彦が立ち上がると、「動画撮ってくれないの？」と和希が弱々しい声で訊いてきた。

「ぼくからのメッセージをその人に見せるって約束してくれたじゃない」

その言葉を聞きながら、快彦は和希の意図を察した。

「和希、そんな必要はないだろう！」

祖父の鋭い声に怯まず和希がこちらを見つめてくる。

「そうだったね……その人も心待ちにしてるよ」

ビデオを起動したスマホを和希に向けて録画ボタンを押す。

「……ぼくも早くあなたに会いたいな……その夢が叶うんだったら大好きなお寿司だって我慢できるし、旅行に行けなくなってもいい。だから……スマホの中じゃなくて会いたい……」祖父の目を時折気にしながらも和希が必死に絞り出すようにして言う。

これで和希の思いはじゅうぶんに清美に伝わるだろう。

停止ボタンを押して祖父に目を向けた。苦々しい表情で孫のことを見ているが、メッセージを届ける本当の相手には気づいていないようだ。

「じゃあ……和希くん、またね」

和希に言って祖父に軽く会釈をすると、快彦は公園の出口に向かった。

公園を出るととりあえず武蔵小杉駅に向かい、駅前にある喫茶店に入った。コーヒーを飲みながら亮介からの連絡を待つ。

コーヒーを飲み干してお代わりを頼もうかと考えていたとき、亮介からＬＩＮＥのメッセージが届いた。


少し先の歩道に立って煙草を吸っている亮介が見えて、「そこで停めてください」と快彦は運転手に告げた。

亮介がいる少し手前でタクシーが停まり、快彦は会計をして車から降りた。亮介に近づきながら道路の向こう側にある白い建物を見上げる。『ＨＯＴＥＬ　レガシー』と大きな看板が掲げられた四階建てのラブホテルだ。

「和希くんとはコンタクトが取れたのか?」

亮介に訊かれ、「吉本さんの思いは伝えた」と快彦は答えた。

「離婚して和希くんを引き取りたいと?」

「ああ……」

「その理由は?」

「話した。和希くんは父親が暴力を振るっているところは見てないが、母親が部屋で泣いていたのは知ってた」

「そうか……おまえにつらい役回りをさせちまったな」口もとを歪《ゆが》めて亮介が言うと、煙草を携帯灰皿に捨ててホテルに目を向けた。

「隆久はここにいるのか？」

先ほど亮介から届いたＬＩＮＥのメッセージには『すぐにここに来てくれ』という文面とともにこのホテルのホームページアドレスが貼りつけられていただけだった。

「そうだ……あの後、隆久は武蔵小杉駅まで行ってロータリーでしばらく誰かを待っていたんだ。そしたら隆久の前に車が停まってそれに乗り込んでさ、慌ててタクシーを捕まえて後をつけたらここに入っていった」

隆久も浮気しているということか。

「相手の女性は見たか？」快彦は訊いた。

「いや、運転席は見えなかった。車は紺のＢＭＷでナンバーも控えてる」

横浜ナンバーの番号を亮介に告げられ、快彦はスマホに記録した。

「ナンバーから所有者を特定することはできるかな？」

その声に、スマホから亮介に視線を戻して首を横に振った。

「ずいぶん昔であれば、ナンバーの照合だけで所有者の情報などが記載されている登録事項等証明書を入手することができたけど、道路運送車両法が改正されて今は複雑な手続きが必要になったんだ。第三者が確認するのは容易じゃない」

「そうか……これからどうしたものかねえ。ホテルの出入り口はそこと、裏手の二ヵ所ある。いつ出てくるともしれない車をふたりで見張るか？」額から流れる汗を手で拭いながら亮介が訊いた。

もうすぐ九月も終わろうとしているが今日はやたらに蒸し暑い。日陰のないアスファルトの上で、隆久がホテルに入ってから快彦が到着するまで待っていた亮介はそうとう疲弊しているにちがいない。

「……だけどこんなところじゃ都合よくタクシーが通ってくれるのを期待できないし、その後の足取りは追えないだろうけど」亮介がさらに言う。

ここにタクシーを呼んで車内で待機することも考えたが、どちらから出ていくかわからないので二台必要になる。これから何時間も待たされればかなりの金額になるだろう。それにこんな車通りの少ない道路に停まっていたタクシーがホテルを出た直後に急に走り出したら、尾行されていると気づかれてしまうかもしれない。

「とりあえず二手に分かれて出てきたところを写真に収めよう」

快彦の言葉に亮介が頷いた。

「わかった。じゃあ、おれはこっち側の出入り口を見張ってるから、おまえはあっちのほうに行ってくれ」

亮介に言われ、快彦は道路を渡ってラブホテルの裏手に向かった。

12

武蔵小杉駅で電車に乗ると、日曜日の夕方とあってか車内は空いていた。

快彦はドア近くの三人席に崩れ落ちるように座った。隣に腰を下ろした亮介も自分と同じように疲れ切っているみたいだ。

けっきょく隆久を乗せた車がホテルから出てきたのは、自分たちが合流してから五時間近く経ってからだった。

「早く川越に戻ってビールが飲みてぇ……」

悲鳴にも似た亮介の声を聞きながら、快彦はスマホを取り出して写真を表示させた。

長時間同じ場所に留まり集中力が欠けていたせいか、ふいに出てきた車への反応が遅れた。かろうじてホテルから出てきた車の助手席に乗った隆久の姿を写真に収めることはできたが、運転している相手の女性は写っていない。

ちらっとしか見ていないがショートカットにサングラスをかけていた。

「もっとアングルを考えて見張っていればよかった。そしたら相手の女性も写せたのに」写真を見つめながら悔しさが募る。

女性の姿を写真に収めて清美に見せられれば、相手が誰であるのかわかったかもしれない。

「そんなにへこむな。とりあえず上出来だよ。隆久の顔とホテルの看板がばっちり写ってるんだから。これでイーブン……いや、あっちは現在進行形だから清美ちゃんのほうに分があるってもんだ。おれだったらとっさにこんなにうまくは撮れなかった」

それはそうだろう。亮介は五時間以上、直射日光が照りつけるアスファルトの上で見張っていたのだ。

亮介に命じられて向かったホテルの裏手は日陰になっていた。蒸し暑いことに変わりはないが、それでも快彦のほうが体力的な負担は少ないだろう。

亮介はそのことを知ったうえで自分をホテルの裏手に行かせたのか。出入り口の場所を知っていたということは快彦が到着する前に実際に行ったのだろう。

今日まで亮介のことを軽薄で遠慮がなく厚かましい男だと思っていたが……

いや、きっとたまたまだ。

「何、ひとりで物思いにふけってんだよ」

その声に我に返り、亮介に目を向けた。

「別に物思いにふけってるわけじゃない。ただ……ただ……」なかなか言い出せない。

「何だよ。まさか愛の告白か？　おまえはいいやつだが、あいにく顔は好みじゃない」亮介がそう言って笑う。

「そういうんじゃない！」

「冗談だよ。本気にすんなって」

真面目な話をしようとしていたが、おちゃらけた亮介を前にして気が削がれる。だが、この機会に心に引っかかっている思いを伝えておいたほうがいいだろうと快彦は口を開いた。

「金曜日の夜はちょっと言い過ぎた……」

「金曜日の夜？」

「グリッパーを出てから言ったことだよ」

そうやって知り合って仲間になっても、過去を知ったら離れていく。つらくなるだけじゃないか――

「ああ……別に何とも思ってねえよ……おまえの言うとおりだからさ。どんなに仲良くなっても、おれの過去を知れば軽蔑して離れていくことぐらい、おれが一番よくわかってる。そうなったらどんなに自分が傷つくかってことも……」先ほどとは打って変わった真顔で亮介が言う。

「それがわかってるんなら……」

「だけど、だからこそ、今は自分らしく振る舞いたいんだ。たとえその後に心底苦しんだとしても。あそこの中で、ここから出たらそう生きようと決めたんだ」

あそこというのが刑務所を指しているのはわかったが、亮介のその心情は自分には理解できない。

いずれ苦しい思いをするとわかっているのに、どうして他人と深く関わろうとするのか。どうしてそれまで赤の他人でしかなかった清美が抱えている問題に、しんどい思いをしてまで首を突っ込むのか。

わからない。亮介という人間がつくづく自分には理解不能だ。

「それにしても……隆久って男のことがイマイチよくわかんないんだよなあ」

「どういうこと？」快彦は訊いた。

「清美ちゃんは隆久との離婚を望んでるんだよな」

快彦は頷いた。

「だったら離婚すればいいじゃないか。自分には一緒にホテルに行く相手がいるんだからさ。清美ちゃんと離婚してその女と一緒になればいい」

「離婚については同意してるけど和希くんの親権で揉めてるってことじゃないの？」

「そうなのかなあ……清美ちゃんはおれにこう話したんだよね。ふたりがホテルに入っていく姿を撮られてしまって、写真を持っている隆久に、離婚するなら息子の親権は自分が持つって言われたって。それに持っていたファミリーカードが使えなくされたって話をしたとき、そうやって追い詰めれば自分のところに戻ってくるしかないとわたしに思わせるようにしているって清美ちゃんは言ったんだ」

たしかに清美は快彦にも同じようなことを言っていた。

「それで？」亮介が言いたいことがよくわからず、快彦は先を促した。

「まるで清美ちゃんと別れたくないから息子をダシに使っているように感じないか?」

それでもよくわからない。

「清美ちゃんと離婚していいと思っていてそのうえで和希くんの親権がほしいなら、『離婚するなら息子の親権は自分が持つ』じゃなくて、『離婚したら息子の親権は自分が持つ』って言うんじゃないか?」

亮介を見つめながら、はっとした。

「もちろん言葉のニュアンスは実際に聞いてみないとわからないけど……」そう言って考え込むように亮介が唸る。

「たしかに……隆久に離婚の意思があるのなら、不倫の証拠をつかんだ時点でそうすればいいよな。だけど実際は、離婚するなら息子の親権は自分が持つって吉本さんを脅して、それから二年近く結婚生活を続けている」

隆久は和希の親権云々ではなく清美自身に執着しているのだろうか。

「……もしそうなら、今の浮気相手では満たされないものが清美ちゃんにはあるのかもしれないな」唸るように亮介が言う。

筋違いな怒りをぶつけても、何年もの間黙って耐え忍んでくれるパートナーは他には現れないという、何とも身勝手な思いかもしれない。

「いずれにしても清美ちゃんからもう少し詳しく話を聞いてみよう」亮介がポケットからスマホを取り出して操作する。

横から覗き込むと小泉とLINEのやり取りをしていた。この後グリッパーに行くので清美を呼んでほしいと伝えている。

知り合ったばかりだというのにすでに小泉とLINEでつながっているのを羨ましく思いそうになり、とっさにその考えを頭の中で打ち消した。

「次は池袋――」

電車のアナウンスが聞こえ、「降りよう」と亮介に言って快彦は立ち上がった。

「何で降りるんだよ？　このまま川越まで行けるだろう」

森林公園行きの直通なのでたしかにこのまま川越駅まで行ける。

「JRに乗り換える」

「どうしてそんな面倒くさいことするんだ？　時間だって余計にかかるだろう」当たり前の疑問を亮介が口にする。

「この電車に乗っていたくないんだ」

「どうして……」

「母親が死んだ場所を通りたくないから」

快彦が遮って言うと、驚いたように亮介が口を閉ざした。

「母親は東武東上線の駅のホームから飛び降りて死んだ」

それまで話すつもりはなかったが、何故だか自然とその言葉が口から漏れた。

「だから、それ以来使ったことはない」

「……そうか」亮介が呟いて座席から立ち上がった。

最初の言葉には驚いていたが、その次の『飛び降りた』という言葉にはそれほど大きな動揺を窺わせなかった。

亡くなった理由を知っているかと問いかけたとき、事故としか聞いていないと亮介は答えていたが、もしかしたら快彦の父から自殺だと知らされていたのかもしれないと感じた。

だが、それを確かめることはしないで、亮介とともに池袋駅で電車を降りた。


『本日貸し切り』とドアに貼り紙がされているのを見て、快彦は亮介と顔を見合わせた。かまわずドアを開けると、カウンターの中にいる小泉とその前に座るふたりの女性の背中が見えた。

「おう、お疲れ様」

小泉が言うと、ふたりの女性がこちらを振り向く。ひとりは清美で、もうひとりは同年代に思える眼鏡をかけた女性だ。

「村瀬くん、おひさしぶり」

眼鏡の女性に手を振って言われたが、誰だかわからず小泉を見た。

「マツシゲメグミって覚えてるか？　五、六年のときのクラスメートの」

そう言われてもわからない。

「醤油《しょうゆ》屋の……」

さらに言われて、「ああ……松重《まつしげ》醤油……」と彼女のことを思い出した。

松重恵《めぐみ》──川越の旧市街地と呼ばれる蔵造りの建物が並ぶ一角にある、江戸時代から続くという醤油の蔵元の娘だ。

「そちらがわたしたちと同い年の村瀬くんの従兄弟さんね？」

「蓮見亮介っす。以後、お見知りおきを」亮介が微笑みかけて恵の隣の席に座る。

快彦は先ほどからこちらの様子を窺っている清美の隣に座った。

「洋ちゃん、とりあえず生ビールを。身体から水分が抜けきって干からびそうだ」

亮介の言葉に同調して快彦も生ビールを頼んだ。

「どうして貸し切りに？」目の前にグラスが置かれると快彦は小泉に訊いた。

「これから込み入った話になりそうだからさ。ちなみに松重にはすべて事情を話してる」

「和希には会えた？」

ためらうような口調で清美に訊かれ、快彦は頷いた。

「必要なことは伝えられたと思う。もちろん吉本さんの動画も見せた」

「そう……それで……」

「お父さんとお母さんが離婚したら、どっちと一緒にいたいかなって訊いたときには答えられずにいたけど……でも……」快彦はそう言いながらスマホを取り出した。「途中で旦那のお父さんが現れたからこんな表現をしているけど……」

祖父に問い詰められて快彦が困っているときに和希に助けられた話をしながら、清美の前にスマホを置いた。動画を再生すると、清美が前のめりになって画面を見つめる。

「……ぼくも早くあなたに会いたいな……その夢が叶うんだったら大好きなお寿司だって我慢できるし、旅行に行けなくなってもいい。だから……スマホの中じゃなくて会いたい……」

画面の中の和希の姿を食い入るように見つめていた清美の目から涙があふれ出す。

動画が終わると、カウンターの上にあったナプキンで涙を拭って清美がこちらを見る。

「村瀬くん、本当にありがとう……わたしのために……」

「昔と変わってないみたいで安心した」

その声に、快彦は恵のほうに顔を向けた。

「村瀬くん、わたしのことをよくかばってくれたの覚えてる？」

覚えていない。

「しょうゆってあだ名をつけられてクラスメートからからかわれてたときに、『ぼくはとんかつに醤油をかけて食べるほど醤油が大好きだ』って言い返してくれたよね。まわりのみんなはポカーンとしてたけど、わたしは嬉しかったよ。わたしたちと違って私立の中学校に入って、弁護士になったって聞いてたから、もし鼻持ちならない人になってたらどうしようって思ってたけど、余計な心配だった」

そんなことあっただろうか。だけど、子供の頃から揚げ物にはソースでなく醤油をかけていたのは事実だ。

「鼻持ちならない人間かどうか自分ではよくわかんないけど、あの頃とは変わってしまったのは間違いないよ」

亮介の言葉に触発されていなければ手を貸したりはしなかっただろう。こんなことをするのはきっと今回だけだ。

「そうかなあ……」と頬杖をつく恵から清美に視線を戻して快彦は口を開いた。

「ところで……DVのこと、お義父さんに相談しようとは思わなかったの？」

「おとうさんって、隆久さんの？」

快彦は頷いた。

「元警察官なんだよね？」

「そう……神奈川の大きな警察署の署長を務めてらしたこともある。藤沢市内に住んでてお義母さんとよくうちにいらっしゃっていたけど、そういう気持ちになれなかった」

「息子の悪行を報《しら》せるのをためらって？」

「もちろんそれもあるけど……お義父さんはとても封建的なかたで、暴力を振るっているところは見たことないけどお義母さんに対して日常的にかなり高圧的に接してた。亭主関白を通り越してあからさまな男尊女卑っていう感じで……お義母さんは何も言い返せずにいつも黙って付き従うようにしてる。ふたりともわたしの味方になってくれるとはとても思えなかった。あの人から暴力を振るわれてると話したら、妻のわたしに至らないところがあるからだろうと逆に責められそうで……」

自分が接して感じた印象のままの人物のようだ。

「将来は和希くんを警察官にすると話していたけど」

「ええ……警察官は尊い仕事だと思うけど、それでも和希の自由を奪うようなことを言うお義父さんに抵抗感がある。だけど、わたしが何か言うと何倍にもされて責められる。もちろんあの人が助けてくれることはない。隆久さんは一人っ子で、待ち望んでいた初孫だからなのかわからないけど、和希に対する執着心がすごく強いの。自分の理想どおりの人生を歩ませたいって。もしかしたら隆久さんもそういうストレスの中でずっと育ってきたんじゃないかって、その溜まったストレスのはけ口を家族になったわたしに向けて、ああいうことをするようになってしまったんじゃないかって考えることもある。それに和希の親権を求めているのは、自分の手で育てたいというよりも、お義父さんをがっかりさせたくないからじゃないかと感じることもあって……」

やはり電車の中で亮介と話したように、隆久にとっての執着は和希でなく清美自身なのだろうか。

「……ショックを受けないでほしいんだけど、旦那は浮気してる」

快彦が言うと、驚いたように清美が目を見開いた。

「今日は亮介と一緒に武蔵小杉にいたんだ。ちなみに亮介は昨日から吉本さんのマンションの近くを張って、何とか和希くんとコンタクトを取ろうとしていた」

清美が亮介のほうを見て「蓮見さんもありがとう……」と深々と頭を下げる。

「いいって……快彦、それよりも早く本題に入れよ」

「旦那は武蔵小杉駅前でやってきた車に乗り込んで、そのまま少し行ったところにあるラブホテルに入っていった。相手の顔は撮れなかったけど誰か心当たりはないかな。横浜ナンバーの紺のBMWに乗ったショートカットの女性だ」

快彦はそう言いながらスマホの画面に写真を表示させて清美の前に置いた。

「横浜ナンバーだから、横浜市、横須賀《よこすか》市、鎌倉《かまくら》市、三浦《みうら》市、逗子《ずし》市、三浦郡葉山《はやま》町のいずれかに在住しているはずだけど」

「何、それぇ……最低な旦那ね。証拠写真が撮れたんだったらそれを突きつけてとっとと別れちゃいな。さっきまでこれからの生活の心配をしてたけど、うちで働いてくれたらわたしも嬉しいし。大丈夫だよ……」

恵の声を聞きながら様子を窺っていると、清美がスマホに手を伸ばして画面を拡大した。はっとしたようにこちらに顔を向ける。

「これ……峰岸《みねぎし》さんの車……」

「峰岸さんって誰？」快彦は訊いた。

「わたしが浮気してしまった相手……間違いない。助手席のダッシュボードの上にブルドッグの人形が置いてあるでしょう。わたしが乗せてもらったときにも同じものがあった。数字までは覚えてないけど横浜ナンバーの紺のＢＭＷ……」動揺したように身体を震わせながら清美が言う。

いったいどういうことだろうと清美から視線を移し、惚《ほう》けたような顔の亮介と見つめ合った。

「――おまえはどう思う?」

その声に、快彦は隣を歩く亮介に目を向けた。

「吉本さんが言ってたことか?」

「ああ……」亮介が頷く。

そもそも清美が峰岸と知り合ったのは地元の図書館だったそうだ。日常的に隆久からDVやモラハラを受け、また家計なども細かく管理されていた清美にとって、そこで過ごす一時が唯一の安らぎの場だったようだ。

図書館で小説を読んでいたときに、自分の今の状況と重ね合わせて泣き出してしまったことがあり、心配して声をかけてくれたのが峰岸だった。そのときは小説の内容に感動して泣いてしまったと清美はごまかしてその場を離れたというが、それからも度々図書館で峰岸と一緒になり、世間話を交わすうちに自身の家庭の悩みを相談するようになったという。

やがて親身になって相談に乗ってくれる峰岸に好意を抱くようになり、彼の誘いに応じて一度ホテルに行ったが、そのときに撮影された写真を隆久に突きつけられた直後から彼と連絡が取れなくなった。

「考えられるとしたら、その峰岸っていう男の家族……車を使わせるような間柄の人と隆久は浮気をしてるってことだろう」思っていることを快彦は口にした。

「そうなんだろうな。峰岸に女房を寝取られた腹いせに、そいつの妻を逆に寝取ってやったってことかな?」

「まあ、峰岸の妻か娘か恋人かはわからないけど……いずれにしても、ここからはぼくに任せてくれないか」

「どういうことだ?」

「隆久が浮気している決定的な証拠写真が撮れた。松重さんの口利きで吉本さんも就職先の心配はなさそうだし、和希くんもお母さんと一緒に暮らすことを願っているようだ。離婚しても吉本さんが和希くんの親権を持てる可能性はかなり高いだろう。だけど、できれば吉本さんと隆久を直接会わせたくない」

「たしかに……そんなことを切り出したら何をしでかすかわからない暴力夫だからな」

「だから、ぼくが代理人を引き受けて隆久と交渉しようと思ってる。事務所に所属しているからタダというわけにはいかないけど、友達価格でね」

亮介の手前、友達価格でと口にしたが、自分が代わりに費用を負担するつもりでいた。

離婚してすぐに松重醤油で働けたとしても、ひとり息子を抱えていればそれほど生活に余裕は持てないだろう。

家にたどり着き、快彦は鍵を取り出した。ドアを開けて玄関に入った瞬間、尋常ではない吠え声が響き渡り、亮介と顔を見合わせる。

「ちなみに……おまえ、朝、ロウに餌をやったか?」亮介が訊く。

「てっきり亮介があげたものだと思ってたんだけど……」

こちらを見つめ返しながら亮介が首を横に振った。

「やばい!」

快彦は慌てて靴を脱ぎ、リビングダイニングに入ってロウを閉じ込めているクレートに近づいた。「ごめん、ごめん」と声をかけながらクレートからロウを解放すると、半狂乱になったように室内を駆け回る。

「おれはすぐに餌の用意をするから、おまえはトイレを頼む」

「わかった」

快彦はトイレットペーパーを持ってロウを追いかけながら尿を拭い、糞を拾い上げた。亮介が二食分の餌をやると、ロウが勢いよく食べてソファに飛び乗る。それまでの暴走が嘘のようにソファの上でくつろぐ。

とりあえず落ち着いてくれたようだと安心して、快彦はトイレに行ってロウの糞と尿を始末した。リビングダイニングに戻ると亮介がテーブルに向かって缶ビールを飲んでいる。快彦のぶんも用意してあり、亮介の向かいに腰を下ろした。

「明日にでも吉本さんにさっきの話をして、彼女の担当弁護士として契約しようと思う」快彦はプルタブを開けてビールを飲んだ。

「ちょっと待ってくんないか」

「どうして?」

「もうちょっとあの男のことが知りたい」

どうしてだと目で問いかける。

「ずっと気になってるんだよな……どうしてそんなに屈折してるのかなって」

「屈折?」

「だってそうだろう? 妻に浮気されたにもかかわらず、子供を盾にして頑《かたく》なに別れようとせず、だけど暴力を振るうってことは清美ちゃんに深い愛情があるとも思いづらい。あの男が清美ちゃんの何に執着しているのか、いくら考えてもよくわからない」

「電車の中で言ってたように、今の浮気相手では満たされないものが吉本さんにはあるっていうことじゃないか」

「たとえば？」

「DVしても黙って耐え忍んでくれるパートナーは他にいないっていう、何とも身勝手な考えかもしれない」

「そういうことなのかなあ……」

亮介は納得していないようだ。

「隆久のことを知りたいっていっても、ぼくたちにはこれ以上どうしようもないだろう」

「明日以降もしばらくあいつに張りついて様子を見ようと思ってる」

快彦は眉をひそめた。

「あまりしつこく言いたくないけど、そんなことをしてる余裕は亮介にはないと思うんだよねえ。早く仕事を探してもらわないと……」

「わかってるって」

快彦の言葉を遮るように亮介が言って、缶ビールを持ったまま立ち上がった。

「とりあえず働き口のアテは見つけたから、清美ちゃんの件が解決したら面接してもらうよ」

亮介を見上げながら、本当だろうかと訝った。

「じゃ、ロウちゃん、グッナーイト」

ソファでくつろいでいるロウに片手を振り、亮介がリビングダイニングから出ていった。

13

一階でエレベーターを降りて裁判所から出ようとしたが、快彦は思い直して受付のベンチに腰かけた。

スマホを取り出してLINEを確認したが、亮介からのメッセージは入っていない。

昨日までの四日間、亮介は朝から武蔵小杉に赴いて隆久の行動を監視していた。刑事である隆久の仕事中はさすがに尾行するわけにはいかず、近くのネットカフェで時間をつぶしているそうだが、夕方警察署から出てくる彼を尾行してもまっすぐ家に帰る日々だったという。

まだ午後三時過ぎだが、今日は事務所に戻ってやらなければならない仕事は特にないのでこのまま直帰することができる。金曜日だから、もしかしたら勤務が終わった後に隆久は浮気相手に会うかもしれない。

これから亮介と合流しようかとLINEのメッセージを打とうとしたとき、「村瀬さん？」とふいに声をかけられて快彦は顔を上げた。目の前に背広姿の男性が立っている。見覚えがあると感じながらベンチから立ち上がった。

「やっぱり村瀬さんだ。おひさしぶりです。覚えてますか？　草薙《くさなぎ》です」

そう言われて思い出した。以前、中西に誘われて行った合コンに参加していた同世代の弁護士だ。

「もちろんです」

「中西さんから聞きましたけど、あの合コンの後に一番人気だった女性と付き合うことになったそうじゃないですか。何ていう名前だったかなあ……」

「白鳥さん……です」

「そうそう。村瀬さんもおとなしそうな顔してまったく隅に置けないですね」

「いやあ……」快彦は頭をかいた。

別れたとは言いづらい。

「ぼくはあのときの一回だけでそれからは行ってないですけど、中西さんはあいかわらずお盛んみたいですね。もっとも今頃はシュンとしているかもしれませんが」

「何かあったんですか?」

「聞いてませんか? 中西さん、数日前に両脚を骨折したんです」

「そうなんですか⁉」快彦は驚いた。

「合コンのときに飲み過ぎて階段から転げ落ちたって。あの合コンのときに一緒だった女性が働いてる病院に入院しているそうですけど、暇でしょうがないんでしょうね。四六時中SNSをアップしてますよ」

織江が働いている病院だ。

「何やってるんだって、事務所の所長からこっぴどく叱られたそうです。まあ、ぼくたちも気をつけましょう。それじゃあ」草薙が会釈して快彦の前から離れた。

裁判所を出ていく草薙の背中を見つめながら、織江の姿が脳裏に浮かんでくる。

ロウを飼い始めてからそれをダシにして何度か織江にLINEのメッセージを送っていたが、亮介が居候することになってそれどころではなくなった。

中西が織江の勤務する上尾の病院に入院している——

病院に入ると、快彦はまっすぐ総合受付に向かった。

「あの……こちらに入院している中西渉《わたる》さんのお見舞いをしたいんですが」

受付にいた女性に告げると、三〇五号室だと教えられた。

エレベーターに乗って三階に行き、緊張しながらナースステーションに立ち寄る。数人の看護師が立ち働いていたが、その中に織江はいない。看護師のひとりを呼び止めて、見舞いの了承を得てから三〇五号室に向かった。

病室の外に貼られた札を見て、四人部屋の窓際のベッドだと確認してから快彦は中に入った。病室の奥に進んでいくと、ベッドの上でタブレットを見ていた中西がこちらに顔を向けた。快彦と目が合って、驚いたように中西が身を仰け反らせる。

「村瀬じゃないか。どうしたんだよ?」

「さっき裁判所でばったり草薙さんと会って中西さんが入院したと聞いたので……」

「それで心配になって見舞いに来てくれたってわけか?」

「そうです」

「嘘つけ。しめたものだと思ったんだろう」

図星を突かれたが、「差し入れです」と顔に出さないよう努めながら言って、持っていた紙袋をサイドテーブルに置いた。

「何?」

「草薙さんの話だとずいぶんと暇そうにしているとのことだったので、最近刊行された民事関係の書籍を何冊か選んできました」

中西が大仰に肩を落とす。

「どうせ本を買ってくるならグラビアアイドルの写真集でも選んでこいよ。あいかわらず気が利かねえなあ」

「そんなものを持ってきたら拷問でしょう。動けないんでしょうし」

快彦が返すと、中西が大笑いした。

「ちょっと会わない間に言うようになったねえ。まあ、せっかく来てくれたんだからとりあえず座れよ」

中西に促され、快彦は近くにあるパイプ椅子を引き寄せて座った。

「それにしても災難でしたね」

身から出た錆《さび》ではないかと感じているが、言葉を選んだ。

「まあなあ……おまえの言うとおりベッドから動けないから今もオムツしててさ。この歳になって情けないったらありゃしない」

「どれぐらい入院しなきゃいけないんですか?」

「退院までに二ヵ月はかかるだろうって医者から言われてる」

織江と会うチャンスはまだじゅうぶんにあるということだ。このフロアで働いていなかったとしても病院内をうろついていれば、そのうち見かける機会があるにちがいない。

「お気の毒すぎて言葉もありません」神妙さを保ちながら快彦は言った。

「なあ、明日から毎日見舞いに来てくれよ」

「はあ?」

「おまえも仕事があるだろうから夕方に来てくれりゃいいよ。手土産を持っておれの暇つぶしの相手になれ」

「いやいや……ぼくもそんなに暇じゃないんで」快彦は手を振りながら言った。

仕事が休みの土日ぐらいは来ようと思っていたが、毎日中西の相手をさせられるなど冗談ではない。

「なんと、このフロアで織江ちゃんは働いてるんだぞ。それでも断るっていうのか」

その名前を聞いて激しく動揺する。

「いやいや……な……な……」

どぎまぎして呂律《ろれつ》が回らずにいると、中西がナースコールを手に持ってこちらに掲げてくる。

「これを押したら織江ちゃんが飛んでくるかもしんねえなあ」

「ダメですって。用もないのに呼んだら迷惑になりますよ」

「おまえが押したってことにしてやる。おまえが怒られろ」

快彦はナースコールを奪おうとしたが、中西がからかうように手をあちこちに動かす。

「ダメですってー！」

「ほれほれ」

「勘弁してくださいよ」

「――やかましいっ！」

ふいに背後から怒鳴り声が上がり、快彦はびくっとして振り返った。

目の前に織江が立っている。

快彦と目が合い、織江がはっとしたようにこちらから視線をそらした。

「他に患者さんがいらっしゃるんですからお静かに願います」

「すまんすまん。こいつが看護師を呼べってうるさいから」

「そんなこと言ってないでしょ！」

思わず中西に向けて叫ぶと、こちらに視線を戻した織江の表情が殺気立った。

「ごめんなさい……」

快彦はしゅんとして織江に頭を下げると椅子から立ち上がった。

「とりあえず今日は帰りますね。お大事に」

中西に声をかけ、「お騒がせしてすみませんでした」と同室の患者に詫びながら快彦は病室を出た。エレベーターに向かって歩いていると、「何かあった？」と後ろから声が聞こえて足を止めた。振り返り、目の前にいる織江に向けて首をひねる。

「あれから何かいいことでもあった？」

あれから——ふたりが別れてからということだろう。

いいことなど何ひとつない。むしろ飼い犬のロウの狼藉《ろうぜき》に悩まされ、居候の亮介に振り回される日々だ。

「いや……何もないけど。どうして？」快彦は訊いた。

「何か雰囲気が明るくなったっていうか、柔らかくなったような気がしたから」

そうだろうか。自分ではよくわからない。

「ワンちゃんを飼ったからかもしれないわね。ロウくんだっけ……元気にしてる？」

「まあ……腹立たしくなるぐらい元気だね」

「ミニチュアピンシャーは活発だっていうから。話したことなかったかもしれないけど、わたし子供の頃からワンちゃんが大好きなんだ。でも実際にミニチュアピンシャーに会ったことないな。

きっとかわいいんだろうな」微笑みかけながら織江がこちらに近づいてくる。

もしかして家に誘ってほしいということだろうか。

いや、今はダメだ。亮介さえいなければロウに会いに来てよと家に呼ぶのに。

「また写真を送るよ」

快彦が返すと、織江の顔から笑みが消えた。

「じゃあ……」

ためらいながら快彦は織江に背を向けてエレベーターのほうに歩き出した。

病院を出ようとしたとき、上着のポケットが振動してスマホを取り出した。亮介からＬＩＮＥのメッセージが届いている。

『退勤した隆久が武蔵小杉駅から渋谷方面行きの電車に乗った』

いつもはまっすぐ家に帰る隆久が電車に乗って出かけた。浮気相手と会うのかもしれない。

『わかった。ぼくもこれから合流する。どこに行けばいいかわかったらまた連絡してくれ』

快彦はスマホをポケットにしまうと、急ぎ足で上尾駅に向かった。


新宿三丁目駅の改札を抜けて地上に出ると、あたりはすっかり暗くなっていた。

快彦はスマホを取り出し、地図アプリを見ながら亮介に呼ばれた場所を探した。

このあたりは細い路地が入り組んでいるので地図アプリではわかりづらい。建物や電柱に貼りつけられている住居表示板を確認しながら足を進める。

ふと、コインパーキングに停められている車が目に入って足を止めた。横浜ナンバーの紺のＢＭＷだ。車に近づいていくと、ダッシュボードにブルドッグの人形が置いてある。

快彦はスマホに保存されている写真を表示させて確認した。間違いない。ラブホテルから出てきた隆久が乗っていた車と同じナンバーだ。

コインパーキングを離れてしばらく探していると、路地に佇《たたず》んでいる亮介を見つけた。

「お待たせ」と近づいて声をかけると、亮介がこちらに顔を向ける。

「隆久はひとりで二階のあの店に入っていった」

亮介が指差した先を見つめる。五階建てのビルの二階に『クイーン』と看板が掲げられている。飲み屋のようだ。

「この近くのコインパーキングにあの車があった」

亮介がはっとする。

「おれが見ていたかぎりあの建物に女性は入っていない。隆久よりも先に来てたってことだろうか……」そこまで言って亮介が顔を伏せた。

何かを考えているようで、唸り声が聞こえる。

どうしたんだと訊こうとしたとき、弾かれたように亮介が顔を上げて看板のほうに目を向けた。しばらく見つめた後、こちらに向き直って口を開く。

「どうやらおれたちは大きな勘違いをしていたのかもしれない」

「どういうことだ?」

「クイーンだよ」

亮介を見つめながら快彦は首をひねった。

「あの店に入ろう」亮介がそう言ってビルに向かう。

亮介が言ったことを呑み込めないまま快彦は後に続いた。ビルに入って階段で二階に行き、

『クイーン』とプレートが掲げられたドアの前で立ち止まると、いきなり亮介が快彦の腕に自分の腕を絡めてきた。

「何してんだよ！」

突飛な行動に腕を振り解こうとしたが、「いいからそのままにしてろ」と亮介がはねつけるように言って店のドアを開けた。すぐに「いらっしゃいませーぇ」とオネエ言葉を発しながら派手な化粧をした短髪の男性が現れ、思わず身を仰け反らせそうになった。

「初めてなんですけど大丈夫ですか？」快彦にさらに身体を密着させて亮介が訊く。

「うちは一見さん大歓迎よー。空いてる席に座っててぇ」

薄暗い店内には六人掛けのカウンターと、二人掛けのソファが四つあった。カウンターとソファ席にそれぞれ二組ずつ客がいて、ソファ席にいる隆久が目に留まった。隣にいる眼鏡をかけた男性は自分たちと同世代に思える。他の席の客もみんな男性同士で、身体を密着させながらドリンクを飲んで談笑している。

隆久がこちらに顔を向けたように感じて、快彦はとっさに視線をそらした。

隆久たちが座っている席の斜め前にあるソファに腰を下ろしながら、ようやく先ほどの亮介の言葉の意味を理解した。

自分は初めて入るが、ここはゲイバーなのだろう。

クイーンのボーカリストであるフレディ・マーキュリーはゲイとして知られ、来日した際には新宿二丁目にあるゲイバーに通っていたと伝えられている。

だが、ここがそういう場であるとしたら隆久は……

隆久と隣にいる男性の様子を窺おうとした瞬間、自分の頰に亮介が顔をくっつけるようにしてきた。「あまりじろじろ見ないほうがいい」と耳もとで亮介が囁く。

「あらー、ずいぶんと仲のいいカップルだことぉ。ほんと羨ましいー」

その声に顔を向けると、先ほどの化粧をした男性が立っている。

「ご注文はー?」

男性に訊かれ、亮介とともにビールを頼んだ。すぐに目の前のテーブルにビールが置かれ、亮介とグラスを合わせて口をつける。

隆久たちを視界の隅に捉えながら飲むビールがどうしようもなく苦く感じる。

先日、ホテルから出てきた車を運転している人物を見て自分はてっきりショートカットの女性だと思っていたが、あのとき一緒に過ごしていたのはきっと隆久の隣にいる男性なのだろう。

そして、清美が夫のDVに耐えかねて一度だけ浮気をしてしまった峰岸という相手と同一人物ではないか。

ホテルに入っていく姿を写真に撮られたと清美に聞かされたとき、初めての浮気なのにどうして隆久にそのことを気づかれてしまったのかと不思議に思った。

だが、あのふたりがグルであったなら答えは簡単だ。峰岸は清美が誘いに応じてホテルに行くことになったときに、隆久に連絡をして自分たちが行くホテルを教えたのだろう。

清美は峰岸と地元の図書館で知り合ったというが、その出会いを御膳立てしたのも隆久ではないか。夫であれば妻が度々図書館に行っていることも知っていただろう。

だが、それらのことは理解できたが、いくら考えてもわからないことがある。

あのふたりが深い仲であるとするなら、どうして隆久は自分のパートナーに妻と浮気させるような真似をしたのか。

いきなり耳に息を吹きかけられ、鳥肌を立たせながら快彦は目を向けた。キスをする寸前というぐらいまで亮介が顔を近づけていて、「眉間に皺が寄ってる」と耳もとで囁く。

わかっている。ここで隆久に自分たちの存在を気づかせるわけにはいかない。もっと決定的な証拠を手に入れなければ、興味本位で友人とゲイバーに行っただけだと言い逃れされてしまうかもしれない。

「ママ、チェック」と声がして、化粧をした男性が隆久のいる席に向かう。会計をして隆久と男性が立ち上がって店を出ていく。

「ママ、こちらもチェックして」

すぐに亮介が言うと、「あらー、もう帰っちゃうのぉ」と残念そうな顔でママが近づいてくる。

「すごく雰囲気のいいお店だったんでまた寄らせてもらいます」財布を取り出しながら亮介が言ってこちらに目配せする。

先に出てふたりを追えという意味だと察し、快彦は立ち上がって店を出た。階段を下りてビルを出て、あたりを見回す。大通りとは反対方向に肩を寄せ合うようにして歩く隆久たちの背中を見つけ、適度な距離を保ちながらそちらのほうに進んだ。

ポケットからスマホを取り出して、すぐ近くにある『ラブール』というホテルに入っていくふたりの姿を写真に収めた。スマホをＬＩＮＥに切り替えて亮介に自分がいる場所を伝える。

しばらくすると足音が近づいてきて快彦は振り返った。亮介だ。

「支払いさせて悪かった。あとで自分のぶんは払うから」

「そんなことはどうでもいい。ここに入っていったんだな？」

亮介に訊かれて、快彦は頷いた。

「入っていく瞬間をスマホに収めたけど、背中しか写せなかったから写真では隆久とは断定できないだろう。もうちょっとふたりに近づいて撮りたかったんだけど、気づかれそうだったから」

「ああ。そのほうがよかっただろう。不審に思われたらそのままホテルに入らずに適当にごまかされただろうし」

「これからどうしようか？　ふたりが出てくるまでここで粘るか？」

快彦が言うと、亮介が渋面を作って唸る。

「ふたりは明日までここに泊まっていくかもしれない」

「和希くんがひとりで家にいるんだから泊まっていくことはないいんじゃないか？」快彦は言い返した。

「いや……今日、隆久の勤務が終わる時間の少し前まで自宅マンションの近くを張ってたんだけど、エントランスの前に車が停まって和希くんがそれに乗ってどこかに行くのを見た。運転してたのは白髪交じりの男だったから、おまえがこの前話してたおじいちゃんじゃないだろうか。ふたりでゆっくりしたいから息子を父親に預けたとも考えられる」

さすがに翌日までこの近くで張り込むのはつらい。

「清美ちゃんに連絡してみよう」と言って亮介がスマホを取り出した。

「彼女をここに来させるのか？　それは……」

夫が男性と一緒にホテルに入っていったと報せるのは清美にとってあまりにも酷だろう。

「そこまではしない。隆久の携帯番号を訊くだけだ」

それを聞いて安心する。

清美からＬＩＮＥの返信が届いたようで亮介がスマホの画面をこちらに向ける。

「おまえがかけてくれ」

亮介に言われ、「ぼくが！？」と快彦は口を尖らせた。

「頭を使った交渉術はおまえのほうが得意そうだ。おれは肉体派担当だからな」

屈託のない笑みを浮かべながら亮介に返され、しかたなくメッセージにあった電話番号と発信ボタンを押してスマホを耳に当てる。

勢いでかけてしまったものの、なかなか電話がつながらず、次第に緊張感がこみ上げてくる。

「――もしもし……」

ようやく警戒したような男性の声が聞こえた。

「夜分遅く申し訳ありません。谷口隆久さんのお電話でよろしいでしょうか」

快彦が言うと、隣から「硬いなあ……」という亮介の呟きが聞こえた。しばらく間があってスマホからも「――そうですが……」と戸惑った声が聞こえる。

「わたしは浦和にある法律事務所で弁護士をしております村瀬と申します。奥様の清美さんの件でお話をさせていただきたいのですが」

「――清美が雇った弁護士ってこと？」

嘘はつきたくないのでそれには答えず、快彦は口を開いた。

「お手数をおかけして申し訳ありませんが、今から直接会ってお話しさせてください」

「――今からって、あんたふざけてんのか⁉　何時だと思ってんだよ」

「すぐ近くにおりますので」

「――近く？」怪訝そうな声音で隆久が言う。

「新宿二丁目にある『ラブール』というホテルの前です」

快彦が告げると、息を呑む音が聞こえた。

「こちらとしては明日までだろうが明後日までだろうが一週間後までであろうが、ここに留まる覚悟でおります。だからそこに籠城しようなどと考えても無駄です。和希くんをずっとおじいちゃんに預けっぱなしというわけにもいかないでしょうし、お互いのためにも速やかにホテルから出て来られることが得策だと思いますが」

息子や父親のことまで持ち出されてかなり動揺しているようで、荒い息遣いが耳もとに響いてくる。

返事がないままいきなり電話が切れた。

スマホを耳から離すと、「どうだった?」と訊かれて亮介に目を向けた。

「何も言わずに電話を切った」

快彦が言うと、亮介がしばらく考えるようにしてその場から離れた。ホテルの入り口の脇に身をひそめるようにして立ち、スマホを掲げる。

しばらくするとホテルからふたりの男性が出てきて、正面に立つ快彦に向かってくる。

シャッター音がして、隆久と隣の男性が足を止めて亮介が立っているほうに顔を向けた。

「……あいつが雇った弁護士さんと探偵さんってわけか」亮介とこちらを交互に見ながら隆久が苦笑するように言った。

「ちがう。ふたりとも清美ちゃんの友人だ」

そう言い放った亮介に視線を据えながら、「友人?」と隆久が薄笑いを浮かべる。

「そうだ。清美ちゃんが雇った弁護士であるだけならこの証拠を押さえた時点で話は終わる。だけど、おれたちはそんなに甘くはない。これからきっちりと尋問させてもらう」

「断ったら？」

最初は動揺していたものの、さすがは警察官というだけあって、今では威嚇するような目つきで亮介を睨みつけている。

「自分が最も嫌うことをさせてもらう」

どこか悲しげな表情で亮介が言うと、「自分が最も嫌うこと？」と隆久が怪訝そうに訊く。

「ああ、そうだ……あんたも、隣にいるおとなしそうなツラした男も、さんざん清美ちゃんを傷つけた。清美ちゃんの身体と、心を……。だからあんたがこのまま逃げるっていうんなら、おれはあんたが最もしてほしくないことをさせてもらう。本当は絶対にしたくないことだが、この写真をあんたの両親に見せる」

亮介を見つめ返しながら、隆久の表情がこわばっていく。

「あんただけじゃない。そっちの男の身元もきっちりと調べ上げてそれなりのお仕置きをしてやるつもりだ。紺のＢＭＷのナンバーはわかっているから、家や職場を調べるのはそれほど難しくないだろう」

ナンバーから所有者を調べるのは簡単ではないが、亮介のハッタリが効いているようで、隆久と男性がうろたえたような表情で顔を見合わせている。

「どうする？」

亮介に問いかけられて、隣の男性から隆久が視線を移した。

「わかった。あんたらに付き合うよ……」観念したように隆久が言った。

その後、じっくりと話ができる場所を探して近くにある公園に四人で移動した。

すでに夜の十時を過ぎていたが、街灯の乏しい大きな公園のあちらこちらに人影があった。男女や、男性同士や、女性同士など、様々な形のカップルと思しき人たちがいる。

人気のないほうに向かって歩いていくと、隆久ともうひとりの男性がうなだれながら大きな石造りの花壇の縁に腰を落とした。快彦と亮介はふたりと向かい合うようにして立ったままでいた。

「最初に言っておく。これから話すことに嘘はなしにしてくれ。あんたらの話が信用できないと思ったら、自分でもやりたくないことをしかねないから」

亮介が切り出すと、「わかった……」と隆久が頷いた。

「そっちの男は何ていう名前なんだ？　おれたちが知っている峰岸っていうのはきっと偽名なんだろう？」

隆久が隣に目を向けた。話していいと男性が頷きかけ、隆久がこちらに向き直って口を開く。

「杉山《すぎやま》くんだ。おれよりも五つ年下でＩＴ系の会社を経営している」

隆久は自分たちよりも七つ年上の三十九歳だと清美から聞いていたので、三十四歳ということになる。

「あんた……いつから自分がそうだと？」

亮介が問いかけたが、隆久は顔を伏せてなかなか話そうとしない。

「興味本位で訊いているわけじゃない。ただ、どうして清美ちゃんにあんなことをしてしまったのか……あんたの人生を少しでも知りたいだけだ」

さらに亮介が言うと、ゆっくりと隆久が顔を上げた。

「……初めて自分が女よりも男が好きだと意識したのは小学校高学年のときだ」

「そうか」穏やかな声音で言って亮介が頷く。

「クラスメートの男の子とふたりきりで一緒にいると胸がドキドキして、幸せな気持ちになった。だけど、男の子に対してそんな気持ちになっているのがバレたら、笑いのネタにされていじめられると思って誰にも言えなかった。そのときはそのクラスメートに対して特別な感情を抱いているだけで、大人になったら自然と女の子を好きになるんじゃないかと思ったけど……中学生になっても高校生になっても、女の子に対して恋愛感情は抱けなかった。好きになるのはいつも男で、だから……自分の本当の恋心が報われたことが一度もないまま大人になった。自分の恋心が報われないばかりか、本当の自分をひたすら隠さなきゃならなかった……」隆久が寂しそうに言ってふたたび顔を伏せる。

「家族にも話せなかったのか？」

亮介が問いかけると、「話せるわけがない！」と隆久が顔を上げて語気強く言った。

「特に親父には絶対に知られるわけにはいかなかった。親父は男は男らしく、女は女らしくっていう固定観念の塊のような人だから、自分の息子がゲイだっていうことを知ったら卒倒しちまうだろう。それに谷口家の恥だとどれだけ罵られるかわかったもんじゃない。だから親父には男が好きだというのを絶対に隠し続けなければならなかったし、そのために自分の気持ちを偽って大学生の頃には無理して女の子と付き合ったりした。どの子とも長続きはしなかったけど……」

隆久の父親に会った際、わずか十分ほど接しただけでずいぶんと凝り固まった価値観の持ち主だと快彦も感じた。

「警察のお偉いさんだった親父は警察官こそが最も尊い仕事だと考えていて、おれにもその道を歩むよう子供の頃から言い聞かされてきた。それ以外の選択肢は与えられず、おれは大学を卒業して親父の望みどおりに警察官になった。絶対君主で価値観の偏った親父のいる実家から出て少しは生きやすくなるんじゃないかと期待したけど、警察という組織は自分が想像していた以上に封建的で男社会だった。職場にいると男尊女卑的な考えや、結婚して一人前っていう古い価値観に基づいた会話が当たり前で、直属の上司から『彼女はいるのか？』とか『結婚はまだか？』としつこく訊かれる日々だった。実家に戻れば親父からも上司と同じようなことを言われて早く孫の顔が見たいと急かされた。実家でも職場でも女性に興味がないなどとはとても言えなかった」

「それで清美ちゃんと結婚することにしたのか？」

亮介の問いかけに、少し考えてから隆久が頷く。

「親父や職場の上司からのプレッシャーで悩んでいるときに、友人の紹介で大学生だった清美と知り合った。最初はグループで一緒に食事をするような関係だったが、その後ふたりで出かける間柄になった。恋愛感情は抱けなかったけど人として素敵な女性だと思った。彼女もおれに好意を抱いてくれたみたいだったので付き合うことになった。ゲイであることは出会ったときから今まで絶対に気づかれないようにしていたよ。二十八歳になっても親に紹介できる彼女もいないのかと嘆いていた親父を少しは安心させてやりたくて彼女を実家に連れて行くと、親父もお袋もえらく清美を気に入って……両親から急かされるように彼女が大学を卒業するのを待って結婚した。二年後に和希が生まれたときには何とか息子としての義務を果たせたと安堵したよ」

「ずいぶんと他人事のように話すんですね」

思わず快彦が口にすると、隆久がこちらに顔を向けた。

「清美さんと結婚したのも、和希くんが生まれたのも、自分にとっての喜びにはならなかったんですか？　親を安心させるためだけにあなたの中でふたりが存在していたのだとしたら、清美さんや和希くんがあまりにも不憫《ふびん》じゃないですか」

「もちろん夫として、父親として、自分なりに愛情は注いでいたつもりだ。恋愛感情は抱けないものの、妻としても母親としても彼女は素晴らしい人だと思っていたしね。和希だって自分にとってかけがえのない存在だと思ってる。だけどね……自分に家族ができたっていう感慨以上に、これで親に対する負い目がなくなったっていう思いのほうがおれにとっては大きかったんだ」

「負い目？」

「自分は親の期待とは違って少数派だっていう負い目だよ」

こちらを見つめ返しながら隆久に言われ、胸に鈍い痛みが走った。

「……自分は恥ずべき存在なんだって子供の頃から思ってきた。自分の本当の気持ちを誰にも言えずにひとりでずっと苦しんできた。きみたちにこの苦しみはわからないだろうね」

ゲイである隆久の苦しみは自分にはわからない。だけど、誰にも言えない悩みを抱えながら生きることのつらさは自分にも理解できる。

母はどうして自殺してしまったのか。もしかしたら自分のせいで母は自殺してしまったのではないか。小学校六年生の秋以来、誰にも言えない思いを抱えながら今まで生きてきた。

「結婚して子供ができたことで、ようやく心に染みついた負い目を拭うことができたんだよ」

隆久が苦笑する。

「別に恥じることも隠すこともねえだろう」

その声に、隆久が亮介のほうを見る。

「恥ずべきことはゲイだっていうことじゃなくて、妻に手を上げ続けたことだ」

隆久がはっとする。

「違うかな?」

「……そうだな。今となっては言い訳がましく聞こえるかもしれないが、和希が生まれて何年かはいい家庭を築いていきたいとおれ自身も願ってた。自分の本当の願望を一生抑えつけたとしても、清美と和希を幸せにしたいと考えた。だけど、和希が幼稚園に入る頃に杉山くんと知り合って、その思いが崩れ始めた」隆久が隣にいる杉山を見た。

「ふたりはどうやって知り合ったんだ?」

亮介に訊かれ、「ぼくを助けてくれたんだよ」と隆久が口を開く前に杉山が言った。

「助けてくれた?」

自分と亮介の声が重なった。

「横浜で夜遅くまで飲んで帰ろうとしていたときに、三人の若い男にからまれたんだ。そいつらから殴られて、地面に倒れてからも蹴りつけられて財布を奪われそうになって……そのときにタカさんが助けに入ってくれたんだ」杉山が愛おしそうな目で隣の隆久を見る。

「そのときおれは友人たちとの飲み会の帰りで……財布が奪われるのは阻止したけど、三人の男には逃げられてしまった」

「その後、タカさんは救急車を呼んでくれて、警察での事情聴取にも立ち会ってくれて。そのときに神奈川県警の警察官だと知った。当時は菊名《きくな》にある交番のおまわりさんで……後日、あらためてお礼を言いに訪ねた。かなりタイプだったけど、自分と同じゲイだとは思わなかったし、結婚してるってことだったから望みはないって思ってたけど、『ぜひ、助けてくれたお礼がしたい』ってダメもとで食事に誘った。そしたら……」

「それで会って話をしているうちにお互いにゲイだとわかったわけか」

亮介の言葉に、「そういうことだ」と隆久が返した。

「おれも杉山くんに好意を抱いた。彼がゲイだからというわけじゃない。彼の人となりや、自分よりも若いのに目標を持って起業して頑張っているところに惹かれた」

「それで浮気するようになったってわけか」

冷ややかな口調で亮介が言うと、「浮気じゃない」と隆久が首を横に振る。

「むしろ、杉山くんと付き合い始めてからは……清美との結婚生活のほうが自分にとって浮気のようなものだと感じた」

思わず自分の眉間に力がこもる。

「もちろん清美に対する罪悪感がなかったわけじゃない。だけど……おれにとっては杉山くんに対する思いこそが本気だった。杉山くんと過ごした後に家に戻ると、どうしようもなく苛立たしい気持ちに苛《さいな》まれるようになった。どうして自分は一番好きな人と一緒にいられず、彼女の夫でいなければならないんだと」

「その苛立ちで清美ちゃんに暴力を振るっていたのか?」

亮介が訊くと、「そういうことになるな……」と隆久が頷いた。

「それならば、清美さんと別れればよかったじゃないですか!」

ぎょっとしたように隆久と杉山がこちらを向いた。身勝手な隆久の言い分を聞いているうちに、どうにもたまらなくなって声を荒らげてしまった。

「清美さんに好きな人ができたと正直に話して離婚すればよかったでしょう。自分の夫がゲイで女性である自分を愛していないと知ったら傷つくに違いないけど、それでもそうしていればそれから何年もの間彼女は苦しまずに済んだんだ」怒りを抑えきれずにさらに言い放つ。

「それができていたら苦労しないよ」

「彼女の口からお父さんに自分がゲイだと言われるかもしれないと恐れたんですか？」

「それもある」

「それも？」隆久を睨みつけながら快彦は訊き返した。

「何とも自分勝手な男だね」

その声に、快彦は亮介に目を向けた。

「自分がゲイであることを清美ちゃんに告げずに離婚することだってできただろう。それをしなかったのはまわりが望んでいる自分の生活を守りたいっていう、単なる保身だったんじゃないのか？」

隆久に視線を戻すと、黙ったまま亮介を見つめている。

「清美ちゃんと離婚することになれば、母親に和希くんの親権がいく可能性が高い。ようやく初孫ができたっていうのに親父さんはさぞや落胆するだろうな。おそらくあんたは二度と子供を作る気はないんじゃないのか？　それに今の法律が変わらないかぎり、従来あるような家庭を持つこともできない。親や職場の人にカミングアウトしてふたりの関係を認めてもらわないかぎり、たとえ好きな人と一緒に過ごす時間が長くなったとしても、ふたりの関係を隠し続けて生きていくしかない」

「きみたちの言うとおりだよ。この四年間、自分でもどうしていいかわからなかった。清美におれのことを嫌いになってほしいという思いと、おれから離れないでほしいっていう思いが心の中でせめぎ合っていた」

ずっと自分たちが抱いていた謎が解けた。どうして妻が不倫した証拠を握りながら、離婚することなく清美との生活に執着し続けてきたのか。日常的に暴力を振るっていることから、とても清美を愛しているとは思えないのに。

「親や職場から望まれてる自分の生活を守るために、さらに心置きなくこの男との関係を続けるために、パートナーに妻を寝取らせてその証拠写真を撮り、清美ちゃんの弱みを握ろうとしたってわけか。妻の普段の行動をこの男に教えて」

「そういうことだ……」弱々しく呟いて隆久が顔を伏せる。

「最低な男だな。あんた、それでも本当に警察官か？　親父さんが言うように警察官は尊い仕事だと思うけど、あんたはクズだよ」

吐き捨てるように亮介が言うと、「さっきから聞いてれば好き勝手なことばかり言いやがってさッ」と怒声を発しながら杉山が立ち上がる。

「あの女を浮気させて証拠写真を撮ろうって提案したのはおれだよ。だってタカさんは何年もの間ずっと苦しんでいたからね。苦しんでいる恋人を助けたいって思うのはパートナーとして当然のことだろう。おまえたちの説教はしょせんきれいごとなんだよ。おまえたちは本気で人を好きになったことがあるのかよ？」

杉山に食ってかかられ、言葉が出なかった。別れた織江のことを思い出す。

「たいした困難もなくいつでも恋愛できるおまえらにはわからないんだよ。おれたちにとっては人を好きになることも、その人と付き合うのも闘いなんだよ。社会の差別と偏見とのね。おまえらみたいに生温い覚悟でくっついたり離れたりしてるんじゃないんだよッ」

「杉山くん、やめろ」

隆久が止めるが、杉山はなおもこちらに詰め寄ってくる。

「あの女を抱きながら本当に虫唾《むしず》が走る思いがしたよ。こんな尻軽女がどうして自分の大切な人の妻なんだって」

その言葉に触発されたように亮介が杉山の胸倉をつかんで右手を振り上げる。

マズい――

このまま杉山を殴ってしまえば、亮介は逮捕されて刑務所に戻ることになるかもしれない。

快彦はとっさに「やめろ！」と杉山を殴ろうとした亮介の腕をつかんだ。

「亮介の気持ちはわかるけど、ちょっと落ち着こう……」

諭すように言うと、亮介が渋々といった様子で杉山の胸倉をつかんでいた手を離した。快彦は杉山との間に割って入りながら亮介を後ずさりさせる。

「おれたちばかり責めるけど、やっていることはあの女も変わらない。いや、本当に愛し合ってるわけじゃないのに簡単にああいう関係になってしまうあの女のほうが、おれからすればよっぽどおぞましい」

背後から聞こえてきた声に、心の中で何かが弾け飛んだ。

快彦は振り向きざまに、右の拳を思いっきり杉山の顔面に叩きつけた。砕けた眼鏡が地面に落ち、杉山が手で顔を押さえながらその場に膝をつく。杉山の手の隙間から血が滴るのが見えた。

右手に熱としびれを感じながら、目に映る光景が現実のものとは思えない。

振り返ると、呆気にとられたような表情で亮介がこちらを見ている。

快彦は信じられない思いで自分の右手に視線を向けた。

生まれて初めて人を殴った。

自分の右手から隆久のほうに視線を移して快彦は口を開いた。

「ぼくを逮捕してもいいですよ。それで弁護士資格が剝奪《はくだつ》されても後悔はありません」

「いや……」と弱々しく隆久が首を横に振り、「おれも殴っていいよ」と呟いた。

「それはぼくの役目じゃない」隆久を見据えながら快彦は言った。


「小泉くんからのLINEか?」

快彦が問いかけると、隣に座ってスマホを見ていた亮介がこちらに目を向けた。

「ああ。清美ちゃんがグリッパーに来てて、おれたちが来るのを待ってるみたいだって」

先ほど清美に隆久の携帯番号を聞いたので、快彦たちと夫の間で何かあったのではないかと思っているのだろう。

新宿二丁目の公園で隆久と杉山と別れて地下鉄に乗り、これからどうするべきかとずっと考えているが答えが見つからない。

「この後、どうしようか?」

快彦が訊くと、「池袋駅でJRに乗り換えて川越に帰る」と亮介がとぼけたようなことを言う。

「そうじゃなくって……吉本さんにどこまで本当の話をするべきかってことだよ」

「両親には黙っていてくれと隆久は懇願《こんがん》してたけど、清美ちゃんに黙っていてくれとは言ってなかった」

「そうだけどさあ……すごくショックを受けるんじゃないかな」

長年浮気をしていたというだけでじゅうぶんつらいのに、夫は女性に恋愛感情を抱けないゲイで、出会ってから十年近く恋人としても妻としても愛されていなかったと知ったら、どれほどの苦しみに苛まれるだろう。

「たしかにハンパじゃないくらい打ちのめされるだろうな」

やはりそうだなと、快彦は亮介から視線をそらした。

「だけど、彼女はそんなに弱くないんじゃないか」

その声に、ふたたび亮介を見て快彦は口を開いた。

「本当のことを話したほうがいいというのか？」

「どんなに彼女にとってつらい事実だったとしてもきちんと話したほうがいいと、おれは思う。おまえも本心ではそう思ってるんじゃないのか？」

たしかに心の中では自分もそう思っていた。

先ほど隆久を殴らなかったのは、それをするべき人が他にいると思ったからだ。ただ、事実をすべて伝えることが清美にとっていいことなのかどうかがわからない。

「きっと……清美ちゃんの中にも浮気をしたという罪悪感や負い目があるんじゃないだろうか。隆久と別れて和希くんとふたりで暮らすようになっても、不貞を働いた母親だと自分を蔑《さげす》みながら生きていくことになるかもしれない。そんな感情を抱えなくてもいいんだと伝えるには、彼女が知っている峰岸が隆久の相手だったと伝えるしかない。すべてはあいつらに仕組まれたことだと。それを知って思いっきり傷ついて苦しんだとしても……そういうときのためにいるんだろう」

「いるって、何が？」

「おれたち仲間が」こちらを見つめたまま亮介が微笑む。

仲間――

ひさしぶりに自分に向けて発せられたその言葉を聞いて、何だかこそばゆい感覚になる。

だけど、不思議と嫌な感じはしなかった。

「そうだね」快彦は亮介に頷きかけた。


階段を上って店のドアを開けると、中にいた男女がいっせいにこちらを見た。カウンターに清美と恵が座っていて、奥に小泉が立っている。

快彦は店に入って清美の隣に座った。自分の隣に亮介が腰を下ろす。

清美は居住まいを正してこちらの様子を窺っているが、話をする前に小泉にハイネケンを頼んだ。亮介も同じものを頼む。

目の前にハイネケンの瓶が置かれると、乾杯しないまま快彦は口をつけた。渇いた喉を少しばかり潤し、意を決して清美に視線を向ける。

「さっきまで吉本さんの旦那と、その浮気相手と話してた」

快彦が告げると、びくっとしたように清美が肩を震わせた。

「どんな人なの?」すぐにこちらに身を乗り出して訊いてくる。

「吉本さんが図書館で知り合った峰岸だ。本名は杉山っていうらしいけど」

頭の中が混乱しているようでこちらに据えた清美の目が泳ぐ。

胸が疼くのを感じながら「旦那はゲイだ」と告げると、清美の表情が大きく歪んだ。

「嘘……」信じられないというように何度も首を横に振る。

「本当だ。子供の頃からずっと女性に恋愛感情が抱けないと旦那は言ってた。そのことを誰にも話せずにずっと苦しんでいたとも……」

快彦はそれから隆久が話していたことをできるかぎり詳しく清美に伝えた。

次第に目を潤ませていく清美を見ているのは自分もつらかったが、彼女の心の痛みを全身で受け止める思いで話を続けた。

「……旦那は離婚に応じると言ってる。もちろん和希くんの親権は吉本さんに渡すつもりだと」

目に涙を浮かべて放心したように快彦の話を聞いていた清美が、「そう……」と絞り出すように言った。

「吉本さんさえよければ、これからぼくがふたりの間に入って離婚の話を進めようと思う。吉本さんに依頼された弁護士としてではなく、法律の知識がある友人としてね」

彼女から相談料を受け取るつもりはもうない。

「慰謝料や和希くんの養育費のことで話し合わなければならないけど、もう旦那とは顔を合わせたくないでしょう?」

あまりにも動揺が激しいようで清美は反応を示せずにいる。

「旦那も、その杉山ってやつも本当に最低な男だよね! それで償えるわけじゃないけど、搾《しぼ》り取れるだけ慰謝料を搾り取ってちょうだい」

感情をあらわにした声が聞こえて、清美から恵に視線を移した。もちろんそうするつもりだと大きく頷く。

「清美ちゃんが受けた痛みの何万分の一にも満たないだろうけど、こいつがきちんとお返ししてやったよ」

得意そうに言う亮介に、「お返し?」と恵が訊く。

「ああ。杉山の顔面に思いっきりパンチを食らわせてさあ。ぼくを逮捕してもいいですよ、それで弁護士資格が剝奪されても後悔はありませーん、とか何とか言っちゃって」

「へぇえ、やるねえ。後で一杯おごってやるよ」小泉が茶化すように言う。

「肉体派担当はおれのつもりだったんだけどなあ」

自分が置かれた立場をわかっているんだろうかと呆れながら亮介を見ていると、「わたし……会う」と声が聞こえて清美に目を向けた。

「明日……あの人に会う」

こちらに向けられた目には先ほどまで滲んでいた涙はなく、意志の強さが感じられた。

「大丈夫?」

快彦が問いかけると、「ひとつお願いがある」と清美が言った。

「何?」

「ふたりにその場に立ち会ってほしい」

亮介と顔を見合わせた。すぐに清美に視線を戻す。

「わたしの人生の転換点を見届けてほしい。村瀬くんと蓮見さんに」

14

公園に入ってあたりを見回すと、以前和希と話したベンチに隆久が座っているのが見えた。

快彦たちに気づいたようで隆久がベンチから立ち上がる。

「ここで待ってて」と清美が言って隆久に近づいていく。

快彦と亮介は少し離れた場所からふたりの様子を窺った。危害を加えられそうならすぐに駆けつける気持ちでいたが、清美と対峙する隆久は萎縮《いしゅく》したように背中を丸めながら何度も彼女に頭を下げている。どんなことを話しているのかここからではわからないが、隆久がひたすら清美に詫びの言葉を口にしているようだ。

パン――と乾いた音がふいに響き、隆久が自分の頬に手を添えた。すぐにこちらに向かって清美が歩いてくる。彼女の背中に向けて隆久が何度も頭を下げていた。

「終わったわ。行きましょう」

清美に声をかけられ、三人で公園を出た。

「何て言われてあいつを叩いたの?」

そう訊いた亮介に清美が顔を向ける。

「何か言われたから叩いたんじゃない。お互いの気持ちにケリをつけるために叩いたの。和希の気持ちは尊重しなければいけないけど、少なくともわたしは二度とあの人に会わない、あの人のことを思い出さないという決意を込めてね」

「そっか……じゃあ、あとはぼくの役目だね」

快彦が言うと、清美がこちらを向いて首を横に振った。

「あの人は和希の親権はいらない、和希が望むならわたしと一緒に暮らしてくれって言った。わたしも慰謝料と養育費はいらないって返した。いや、払わせてあげないって。だから村瀬くんももうあの人に会う必要はない」

「だけど……これから大変じゃないか? いくら就職先が決まってるって言っても、女手ひとつで和希くんを育てていくのは」

昨夜、恵の実家である松重醤油で清美が働くことが正式に決まった。

「たしかにこれから大変だと思う。大学を出てから一度も働いたことはないし、仕事に慣れるのも時間がかかるにちがいない。母親としての役目をこなしながら片道一時間半以上をかけて川越に通勤するのもかなりしんどいと思う。近くに引っ越そうにもわたし自身の貯金はないし、親や兄に頼るわけにもいかないから、費用が貯まるまではとりあえずあのマンションに和希とふたりで住むことをあの人に了承してもらった」

「隆久は?」亮介が訊く。

「とりあえず恋人の部屋に住まわせてもらうって。それで警察官を辞めるって。お父さんに自分がゲイであることを正直に告げて……あの人にとっても人生の転換点なんでしょう。だから、これからどんなに大変なことがあってもわたしも変わらなきゃいけない。今までのように甘えてちゃいけない」

「別に吉本さんがそんなふうに思う必要はないんじゃない? 妻として、母親として、今まで頑張ってきたんだろうから」

快彦の言葉に、ふたたび清美が首を横に振る。

「あの人はわたしにひどいことをしたけど、だけど彼だけを責められない」

「どういうこと?」快彦は訊いた。

「あの人がそうであったように、わたしも彼と付き合い始めたときに、結婚を決めたときに打算があった。あの人と知り合った頃、わたしは就活の真最中だったんだけど、なかなかうまくいかなくて焦ってたの。まわりの友人たちは次々と内定が出ているのに自分だけ置いてきぼりにされているみたいになって、食事も喉を通らなくて、不安で夜も眠れなくなった。そんなときにあの人と知り合って、公務員で安定しているし、この人と結婚したら就活のことでこんなに苦しい思いをしなくて済むんじゃないかって……あの人に対して愛情がなかったわけじゃないけど……それでも……今振り返ってみると自分だけ被害者面はできない。真剣に自分の人生を考えていなかったしっぺ返しを食ったのかもしれないって」

自宅マンションの前を通り過ぎて清美が歩き続ける。

「どこに行くの？」

快彦が問いかけると、清美がこちらに満面の笑みを向けて口を開いた。

「和希を迎えに行くの。近くの図書館にいるっていうことだから」

再会してから初めて見る清美の笑顔に、自分が恋心を抱いていた小学生の頃の彼女の記憶を重ね合わせる。

あの頃の清美はいつも明るくて元気な女の子だった。そして今の彼女のように笑顔がチャーミングだったのを思い出した。

「明るい吉本さんが見られてほっとしたよ」口にするのは恥ずかしかったが快彦は本心を言った。

「大切なことを思い出したから」

「大切なこと？」

「あの人と出会って悪いことばかりじゃなかったって。あの人と結婚したから和希に出会えた。自分がこの世で最も大切だと思える存在に……これからはもっと強い母親になって、仕事も精一杯頑張って和希とふたりで幸せになる。そのために少しでも早くあの家から出ていくのが目標かな。あの部屋にいるかぎり嫌なことをいろいろと思い出してしまいそうだし、何よりローンを払っているのは彼だから、いつまでも世話になっていたくない」

「その目標ならすぐにでも叶えられるよ」

清美が亮介を見る。

「しばらくおれたちと一緒に暮らせばいいんだよ」

——はあ!?

かろうじて口には出さずに亮介を睨みつける。

「ほら、ウチの二階は一部屋空いてるだろう。あそこは何に使ってるんだ?」

おまえのウチじゃないだろうと言いそうになったが、清美がこちらに顔を向けたのでぐっとこらえる。

「両親の寝室だった部屋だ」

いくら清美と和希とはいえ、これ以上人と一緒に暮らすのは勘弁してもらいたい。

「じゃあ、ベッドはふたつあるのか? それともダブルベッドか?」

「シングルベッドがふたつだ。だけど……」そこで言葉を濁して頭の中で断る理由を必死に考える。

「ちょうどいいじゃないか。清美ちゃんがこれから働く松重醬油って、蔵造りの建物が並んでるところの一角にあるんだろ?」

「ええ」清美が頷く。

「それだったらウチから歩いて十五分ほどだから通勤も楽だ」

だから、おまえのウチじゃないって。

「でもさあ……何て言うか……」

「いくら部屋があるといっても、いきなりわたしたち親子が居候したら村瀬くんに悪いよ」恐縮するように清美が言う。

「そんな気を遣う必要ないって。おれたち知らない仲じゃないだろう」亮介が清美に笑いかけて言う。

　おまえが言うなとさらに心の中で突っ込みを入れる。

「おれは来年の三月十九日までに家を出ていく約束になってるから、清美ちゃんたちも半年ほどウチで生活しながら働いたら引っ越し費用だって楽に貯められるんじゃない？」

「それはそうだし……もしそうさせてもらえるならとてもありがたいけど……」清美がこちらを窺う。

「ただなあ……ウチでは凶暴な犬を飼ってるし、和希くんの身に何かあったら……」

「ロウが狂暴なのはおまえにだけだよ。普段はいたって愛らしいワンちゃんじゃないか」

　どこがだと、ロウの姿を思い浮かべながら内心で毒づく。

「そうなんだ。和希は動物がすごく好きなの。何度か犬を飼ってほしいってねだられたけど、今までのわたしにはとてもそんな余裕がなかったからなあ」こちらを見る清美の眼差しが羨望《せんぼう》に変わっている。

「……まあ……和希くんの考えも聞いてみないと。いきなり知らない人と一緒に暮らすことに抵抗があるかもしれないし、そんなにすぐに今の学校から転校したくないかもしれないし」

　何とかその言葉をひねり出すと、「そうね。和希の気持ちが一番大切だから」と清美が頷いた。

　図書館に入ると三人で歩き回りながら和希の姿を捜した。閲覧席で本を読んでいる和希を見つけると同時に清美が足を止める。

　どうしたんだろうと、快彦は清美の様子を窺った。ひさしぶりに息子の姿を目の前にして感情が昂っているのか、清美の肩が小刻みに震えている。

「和希……」と清美が泣き声のような呟きを発すると、和希がこちらに顔を向けた。すぐに泣き顔になって立ち上がり、「お母さーん」と叫びながら駆け出してくる。和希のほうに走り出した清美が膝をつき、ふたりで抱き合う。

まわりにいる人たちが好奇の目でふたりを見ているが、そんなことをかまいもせずに清美は嗚《お》咽《えつ》しながら和希を強く抱きしめている。

「ごめんね……和希……お母さん、お父さんと別れることになっちゃった……これからお母さんとふたりの生活になっちゃうけど、絶対に和希に寂しい思いはさせないから……だから……」

ふたりのもとに亮介が向かっていくと、清美に抱きしめられていた和希が気配に気づいたように顔を上げた。亮介を見て警戒した顔つきになる。

「この前はいきなり驚かせて悪かったな」

亮介が声をかけると、和希の背中に回していた両手を解いて清美が立ち上がった。

「この人は蓮見亮介さんといって、お母さんの大切なお友達なの」

母親の言葉を聞いて、和希が表情を緩める。

「和希くん……これからしばらくおれたちと一緒に暮らさないか?」亮介が和希の前で身を屈めて快彦のほうに指を向ける。

その言葉の意味がわからないようでこちらを見ながら和希が首をひねる。

「お母さんはこれから働かなきゃいけなくなる。ここから仕事場に通うとなると和希くんと一緒にいられる時間はものすごく少なくなっちゃうけど、おれたちと一緒に生活すれば夕方からはお母さんとゆっくりと過ごせる。ただ、そうなったら今の学校から転校しなきゃならないし、クラスメートとも今までのように遊べなくなってしまうけど……和希くんはどうしたい?」

和希が清美のほうに顔を向ける。すぐに亮介を見て口を開く。

「少しでもお母さんと長く一緒にいたい」

新しい同居人ふたりの笑顔を見つめながら、しかたがないなと快彦は苦笑した。

15

インターフォンが鳴って、快彦はソファから立ち上がった。キッチンで料理の準備をしている亮介に目配せして一緒にリビングダイニングを出る。玄関ドアを開けると、目の前に立っている清美と和希に「いらっしゃい」と微笑みかけた。

「これからお世話になります」

清美がそう言って頭を下げると、隣にいた和希も母親に倣《なら》ってお辞儀した。

「さあ、入って」

快彦に促されてふたりが玄関に入る。

「ふたりの荷物はもう二階に運んであるから。後で部屋に案内するよ」

今日は朝からレンタカーを借りて亮介と武蔵小杉に行き、ふたりの荷物をこの家に運び込んだ。後部座席は荷物で一杯になっていたので、ふたりは部屋を掃除してから電車で川越に来ることになった。

リビングダイニングに入ると、クレートからロウが出てきて清美と和希を威嚇するように激しく吠えた。

清美は小さな犬に動じた様子はなかったが、和希は怯えたように母親の身体にしがみついている。

「怖くないから」と亮介が言いながらテーブルの上にある袋から犬用のおやつをつまんでロウの前に立つ。

「待て」と亮介が手で制すると、ロウが吠えるのをやめてその場でお座りした。「スピン」「ターン」と指を回すと、ロウが右に左に回転する。「よしっ」と言っておやつを持った手を差し出すとロウが食べた。

「すごい！」目を輝かせながら和希が言う。

「和希くんもやってみな。こっちに回ってほしいときはスピン。逆回りがターンだから」亮介が指を回しながら言って、袋から取り出したおやつを和希に握らせる。

和希が恐々とした足つきで、威嚇するように前のめりになっているロウに近づく。

「まず、待てと声をかけるんだ」

亮介の手つきを真似しながら「待て」と和希が言うと、目の前にいたロウがお座りした。「スピン」「ターン」と指を回し、ロウが右に左に回転してお座りする。「よし」と差し出したおやつを食べるロウを和希が嬉しそうに見つめる。

「お母さん、すごい。この子、天才だよ。お母さんもやってみなよ」

「わたしは今度でいいわ。そんなにうまくできないだろうから」

「まあ、試しにやってみたら？」

亮介に言われて照れ臭そうに清美も挑戦する。

「待て――スピン――ターン――わっ、すごい！　いい子ねえ！」

新しい同居人にロウが従順になっているのを見て自分も格好をつけたくなり、快彦はおやつをつまんでロウの前に立った。「待て」と手で示すと、ロウが殊勝な様子でお座りした。

おっ、今日はなかなかいい感じじゃないか。

続いて「スピン」と指を回すと、いきなりロウが足もとに嚙みついた。あまりの痛さに手に持ったおやつを落としてしまい、床に散らばったそれをロウががつがつと食べ、しれっとした様子でクレートに入っていく。

「まだまだ修行が足りねえな」

その声に快彦は亮介に目を向けた。こちらを見ながら大笑いしている。そばにいる清美も和希も笑いをこらえているようだ。

以前、犬は家族を順位付けすると亮介に言われたが、ここに移ってきたばかりの親子に早々に抜かれて自分は四番目になってしまった。

まったく忌々しいと思いながらも、何となくこの光景を父に見せてやりたくなって快彦は隣の客間の襖を開けた。仏壇の父の遺影を見る。

亮介の話によると、父は自分が死んだ後に息子がひとりぼっちになるのを心配していたみたいだけど……

とりあえずまあまあ楽しくやっているよと心の中で父に報告して、快彦は笑い声が響くほうに戻った。

16

川越駅の改札を抜けて、快彦は東口に向かった。バス乗り場に続く階段を下りようとしたとき、ポケットの中が震えて足を止めた。スマホを取り出すと亮介からＬＩＮＥのメッセージが届いている。

『今日も遅くなる。清美ちゃんにもLINEしといたから』

この数日、亮介は夕食時に家にいないことが多かった。どこで何をしているのかはわからないが帰宅するのは深夜零時を過ぎた頃だ。

メッセージを見つめながら、明日は土曜日で休みだから今夜はどこかで少し飲んでいこうかと思いつく。

清美と和希が我が家で居候を始めて二週間ほどが経つ。清美は新生活を始めると同時に松重醤油で働き始めた。慣れない仕事で疲れているはずだが、自分にはこんなことでしか礼を返せないと言って、帰宅してから毎晩夕食の用意をしてくれている。

清美が作ってくれる料理はどれもおいしく、みんなで囲む夕食は賑やかでなかなか楽しいが、快彦は少しばかり気兼ねしていた。別に自分の家なのだからそんなふうに思う必要はないのだが、和希も転校したばかりなので母親に話したいことがあるかもしれない。それなりに打ち解けたとはいえ、赤の他人の大人がふたりいる前では話しづらいこともあるのではないか。

もしかしたら亮介も自分と同様のことを思って夜に家にいないことが多くなっているのだろうか。彼の性格からしてそんな気遣いをしているとは考えづらいが、いずれにしても清美と和希と三人で囲む食卓に若干の気まずさがある。

快彦は清美のアカウントに切り替えて、帰宅が遅くなるので先に和希と夕食をとるようメッセージを送って歩き出した。どこかで飲んでいくといっても当てはひとつしかない。

ビルの階段を上ってグリッパーのドアを開けると、「おう、いらっしゃい」と小泉が声を上げた。カウンターに座っていた恵もこちらに顔を向けて、「あら、村瀬くんじゃない」と隣の席を促す。

　快彦は恵の隣に座り、小泉にハイネケンを頼んだ。目の前に瓶が置かれ、恵が掲げたグラスと軽く合わせてビールを飲む。

「寄り道してていいの？　今夜は特製のロールキャベツを作るって、清美がずいぶんと張り切ってたよ」恵が言った。

「ロールキャベツも捨てがたいけど、たまにはひとりの時間を持ちたくてね。それに向こうも親子ふたりでゆっくりしたいだろう。亮介もどこをほっつき歩いているのか知らないけど、最近夜いないことが多いし」

　自分の言葉の何がおかしいのかわからないが、恵と小泉が顔を見合わせて笑う。

「ところで、吉本さんの仕事はどう？」快彦は恵に訊いた。

「ものすごく頑張ってくれてるよ。今は店舗で販売をしてもらっているけど、清美はわたしと違って物腰が柔らかいからお客さん受けもいいし」

「そうか。それはよかった」

　大学卒業と同時に専業主婦になって一度も働いたことがないと言っていたので多少心配していたが、それを聞いて安心した。

「うちで長年経理を担当してくれていた人が来年の春に辞めちゃうんだ。もうけっこうなお年ってことでね。できればその人に代わって清美に経理をやってもらいたいと思ってて、それを話したら簿記の勉強を始めるって」

「慣れない仕事と子育てと、さらに簿記の勉強まで始めたらかなり大変じゃないか？」

「たしかにそうだけどね。でも、資格を取ってうちの経理を任せられるようになったら今よりももっとお給料を出せるようになるし。清美は絶対に資格を取るって張り切ってるよ。いつまでも村瀬くんに甘えて居候させてもらうわけにはいかないし、和希くんに少しでもいい生活をさせたいからって」

恵の話を聞きながら、ここで清美と再会したときのことを思い出して少しばかり感慨に浸る。あのときは昔の面影が感じられないほど暗く弱々しかったが、今の彼女は前の旦那との苦しかった生活を振り払って自分の力で明るい未来を切り開こうとしている。

カウンターに今までなかったメニューが置いてあり、何気なく手に取った。ぱらぱらとめくっているうちに腹が空いていることに気づく。

以前はナッツやビーフジャーキーなどの乾き物かフライドポテトぐらいしかなかったが、ピラフやロコモコ丼やパスタなどの食事がメニューに載っている。それぞれ写真が貼りつけられていたがどれもうまそうだ。

「食事を始めたんだ?」

快彦が訊くと、「どれもめっちゃうまいぞ」と得意げに小泉が返した。「なあ?」と同意を求めるように訊かれた恵も「なかなかのものよ。特にロコモコ丼がすごくおいしかった」と太鼓判を押す。

「じゃあ、ロコモコ丼とハイネケンをお代わり」

清美が作ったロールキャベツも楽しみだが、ふたりにそこまで言われると小泉の料理の腕を確かめたくなった。

小泉がカウンターの端に向かっていき、カーテンの隙間から「ロコモコ丼一丁」と声をかける。カーテンの奥に厨房があるようだ。冷蔵庫から取り出した瓶の栓を開けて小泉がこちらに戻ってくる。

「人を雇ったのか？」

「まあな」小泉が頷いて目の前に瓶を置く。

ビールを飲みながらしばらく待っていると奥から呼び鈴の音が鳴り、小泉が厨房から受け取った皿を持ってくる。

快彦はさっそくロコモコ丼に手をつけた。たしかにハンバーグもおいしいし、目玉焼きの半熟加減も自分の好みだ。会話をするのも忘れて一気に食べ終えると顔を上げた。

「たしかにすごくおいしいよ。こういうバーでご飯ものが食べられるっていうのもいいよね」

「シェフ——同居人もご満悦《まんえつ》のようだぞ」厨房に向かって小泉が声をかける。

同居人？

すぐにカーテンが開き、エプロンをした亮介がカウンターに入ってくるのを見て呆気にとられる。

「何で……亮介がここにいるんだ？」

「何でって、ここでアルバイトをしてるんだよ」

「アルバイト？」信じられない思いで亮介から小泉に視線を移す。

「ああ。ちょっと前に話をしてるときに、亮ちゃんが以前飲食店で料理を作ってたって知ってさ」

いつの間にか亮介から亮ちゃんに呼び名が変わっている。

「前々からうちも乾き物と冷凍食品以外のフードを出したいと思ってたんだけど、あいにくおれは料理はあまり得意じゃないから」

「じゃあ、おれを雇ってくれよって話になったんだよ。清美ちゃんのことがあったから、それが落ち着いたら面接しようってことになってね。それで水曜日から働き始めた」

たしかに以前、働き口のアテは見つけたから清美の件が解決したら面接してもらうと亮介は話していた。だけど、まさかここのアルバイトだとは夢にも思っていなかった。

「亮ちゃんには水、木、金、土の週四日、六時から十一時まで働いてもらうことになった」

「時給は？」

快彦が訊くと、「千三十円」と小泉が答える。

月給にしたら十万円にも満たない。

「まあ、失礼ながらこの店もそんなに繁盛しているようには思えなかったから、おれは八百円ぐらいでいいって言ったんだけどな」亮介が頭をかく。

「そういうわけにはいかないよ。埼玉県の最低賃金は千二十八円になったばかりだからな」

わずかに二円上回っているということか。いや、そんなところで納得している場合ではない。

亮介には一日も早く定職を見つけて家から出ていってもらわなければならない。そんな給料ではいつまで経っても新しい部屋に移る費用を貯められないではないか。

それ以前に、自分の知り合いが集まるここで亮介が働くことにも大きな不安がある。亮介自身がその話をするとは今では思わないが、それでも人を死なせて刑務所に入っていたという彼の過去が何らかの形で露見《ろけん》しないともかぎらない。ネットで蓮見亮介の名前を検索すれば、今でも六年前の傷害致死事件の記事が出てくるのだ。

「亮介……考え直したほうがいいんじゃないか？」

「は!?　何を？」亮介がこちらを見つめてくる。

「ここでのアルバイトだよ」

「どうして?」

「どうしてって……その給料じゃ新しい部屋に移るお金をとても貯められないだろう。いくらうちに居候をしていて家賃はかからないっていっても、食費なんかは出してもらわなきゃならないんだ。来年の三月十九日には家から出ていくって約束だぞ」

「わかってるって。その時期になったらたとえどんなにおまえがいてくれと望んでも、いなくなるから安心しろ」

本当だろうか。三月十九日以降も亮介にいてほしいと自分が望むことなどありえない。

「その間に洋ちゃんに料理を教えて、ひとりでも作れるようになってもらうさ」亮介がそう言ってカーテンの奥に引っ込んでいく。

「別に来年の三月までって決めなくても、しばらく一緒に暮らせばいいじゃないか。部屋はあまってるんだろう?」

冗談じゃないと、小泉に顔を向けた。

「今はたしかにそんなにいい給料は出せないけど、もっと店が繁盛するようになったら正社員として雇ってもいいと思ってるんだ。知り合ってまだ間がないけど、亮ちゃんはこの店のムードメーカーになってるからさ」

「ムードメーカーねえ……」カウンターに片肘をついて快彦は呟いた。

「村瀬は亮ちゃんに対して手厳しいけど、傍から見てるといいコンビに思えるけどなあ」

どこがだ。

「まあ、村瀬くんにもいろいろと事情があるんでしょう」

その声に、小泉が恵のほうを見る。

「村瀬くんにだって恋人くらいいるでしょうし、その人と結婚してあの家で一緒に暮らそうと考えているかもしれないじゃない」

「そういうわけじゃないよ」

「そういうわけじゃないって……村瀬、彼女いないの？」興味を持ったように小泉が身を乗り出して訊いてくる。

「いたけど……今年の三月に別れた」

「そっか。それでここに初めて来た頃には暗い感じだったのか」納得したように小泉が頷く。

「別にそんなふうじゃなかったと思うけどね」

「いやあ、暗かったよ。ひさしぶりに再会したっていうのに何だか素っ気なくてさ。小学校の頃の面影がまったくなくて、本当にあの村瀬かって思ったよ」

それは織江と別れたことが原因ではない。あの頃の自分を知っている人と接するのがどうにも煩わしかっただけだ。

「でも……ということは、新しい春の到来のチャンスかもしれないな」こちらを見ながら小泉がにやにやする。

「新しい春？」

「おまえ、小学生の頃、吉本のことが好きだって言ってたじゃないか」

小泉の言葉を聞いて焦る。

「な、なにを……そんなこと言ってないよ！　大昔のことだからって、いいかげんなことを言うなよ」

たしかに清美は自分にとって初恋の相手だが、そのことを誰かに話した覚えはない。しかも、こんなおしゃべりそうなやつに慎重で警戒心の強い自分が迂闊《うかつ》なことを言うはずがない。

「ああ、そういえばそうだったね」

その言葉にはっとして恵を見る。

「ぼく……そんなこと言ってた？」

ためらいながら訊くと、恵が頷いた。

「クラスの中で清美以外の全員が、村瀬くんが清美のことを好きだって知ってたと思うよ」

子供の頃のことだとはいえ、頭を抱えたくなった。

「吉本も離婚して今は独身だし、亮ちゃんの話によると和希くんも村瀬に懐いているみたいだから、ちょうどいいじゃないか。こりゃあ、亮ちゃんに一日も早く家を出ていってもらわなきゃだな」おかしそうに小泉が言う。

「ちょっと……やめてくれよ……昔の話で今は別に何とも思ってないんだから……」

必死に言い繕っているとドアが開く音が聞こえ、快彦は振り返った。

白いTシャツにジーンズ姿の短髪の男性が入ってくる。十月中旬のこの時期にTシャツ一枚で寒くないのだろうかと思いながら、ボディービルダーのように盛り上がった二の腕の筋肉に目が釘付けになる。

「いらっしゃい。ミフネ、こいつ誰かわかるか？」

ミフネと呼ばれた男性と目を合わせた。

「小学校のクラスメートだった村瀬だよ」

小泉の言葉に男性がはっとなり、こちらを見つめる目が潤みだす。次の瞬間、「ヨシくん——

会いたかったよー！」と叫んで快彦に抱きついてくる。

痛い。痛いんだよなと思いながら、小学校の頃の記憶をよみがえらせる。

三船紘一《みふねこういち》とは小学校一年から六年間、同じクラスだった。自分の記憶にある三船は背が低くて華奢で、クラスのいじめっ子からよく標的にされていた。出席番号はいつも三船のすぐ後だったので、出席を取られるときには自分の前である彼の声音が気にかかり、元気がなさそうであれば「何かあったのか？」と声をかけるようにしていた。

まさかあの三船がこんなに筋骨隆々《きんこつりゆうりゆう》のたくましい男になっているとは。

「わかった……わかったから……ひさしぶりだな。会えて嬉しいよ」

そう言いながら身体を離すと、ようやく落ち着いたように三船が隣の席に座った。快彦と同じハイネケンを注文して、互いの瓶を合わせてビールを飲む。

「いやあ、ヨシくんがこの店に来るようになったって聞いてたからいつか会えるといいなって思ってたけど、まさか今日会えるなんて」

「消防士になったんだって？」

快彦が訊くと、嬉しそうな顔で三船が頷く。

「今は大宮《おおみや》の消防署に勤務してるんだ。ヨシくんは弁護士になったって聞いたけど」

「ああ」

「小学校の頃から頭よかったもんな。それに正義感も強かったから、弁護士になったって聞いて納得したよ。おれはいじめっ子から守ってくれたヨシくんに憧れて、人を助ける仕事がしたいって消防士を目指したんだ」

三船の言葉を聞きながら内心で恥ずかしくなる。彼のような志があって弁護士になったわけではない。どちらかといえば消極的な選択だった。

「感動したら急に腹が減っちゃった。フライドポテトちょうだい」

「腹が減ってるんなら他にも作れるぞ」小泉が三船にメニューを差し出す。

「前に実験台にされたことがあったけど、小泉の作った飯なんて食えたものじゃないからな」顔をしかめながら三船がメニューをめくる。

「超一流のシェフを雇ったから問題ない。おい、亮ちゃん――」

小泉が声をかけると、カーテンの奥から亮介が出てくる。

「こちら常連客の三船。おれたちの小学校のクラスメートだから亮ちゃんとも同い年だ」

「どうも、亮介っす」亮介が軽く頭を下げる。

「この店もようやく人を雇えるようになったのか。オープン初日から来てるおれからすれば感無量だね」

「とりあえずは週四日の勤務だけどな。さっき、村瀬も亮ちゃんの作ったロコモコ丼を食べて絶賛してたよ」

小泉の話に興味を持ったように三船がこちらを見て、「そうなの?」と問いかけてくる。

「まあ、それなりにおいしかったよ」亮介の作ったものを手放しで褒めるのは何だか癪だ。

「じゃあ、おれもロコモコ丼をもらおうかな。ヨシくんがおいしいって言うんなら間違いないだろうから」

「褒められて悪い気はしないけど、こいつの舌はあんまりアテにしないほうがいいよ。いつもコンビニ弁当ばっかり食べてるから」亮介が言ってカーテンの奥に消えていく。

「ヨシくんのことをこいつって……何か生意気な新入りだね」

「気心が知れた仲だっていうことさ」

「どういうこと？」三船が訊く。

「亮ちゃんは村瀬の従兄弟で、今一緒に暮らしてるんだ」

「ヨシくんと一緒に暮らしてる⁉」力が入ったように三船が身を乗り出す。

「六年のときの学級委員長だった吉本を覚えてるか？」

三船が頷く。

「訳あって、吉本とその息子さんも村瀬の家で同居してるんだ」

三船がこちらに顔を向ける。

「おれもヨシくんと一緒に住みたい」

三船に見つめられ、「それは勘弁してほしい」と快彦は即答した。

「どうして？　おれが近くにいたらそれなりに頼りになると思うよ。重い荷物でもいくらでも運べるし、もし震災があったら家にいるみんなに生き抜くためのサバイバル術も伝授できる」

「もし震災なんかあったら出動しなきゃいけなくてそれどころじゃないだろう。それにもう定員オーバーだよ。まあ、一緒に住むのは無理だけど今度うちに遊びに来れば？」

快彦がなだめると、満足したように三船が頷いてビールを飲んだ。

「……ところで来週の土曜日は何かイベントするの？」

そう言った恵に目を向けて、「来週の土曜日がどうしたの？」と快彦は訊いた。

「十月二十八日はこのお店の四周年なんだ」

「そうなんだ」

「そういえばもうすぐ四周年か。何も考えてなかったなあ」小泉が首を巡らせて言う。

「ようやくコロナも落ち着いてきて、さらに村瀬くんとか清美とか懐かしい面々とこの店で再会できたうえに新しいスタッフも入ったんだから、何かパーッと盛り上がりたいよね」

「パーッと盛り上がりたいっていってもなあ……」

小泉が腕を組んで考え込んでいると、亮介が現れて三船の前にロコモコ丼を置いた。三船がさっそくスプーンをつかんで食べ始める。

亮介に対して何らかの対抗意識があるのか褒め言葉はいっさい口にしなかったが、表情を見ているかぎり満足しているようだ。

「まあ、今年は亮ちゃんがいるからな。来週の土曜日うちの四周年なんだけど、オードブルか何か用意できそう？」

小泉に訊かれ、「いいよ」と亮介が頷く。

「たとえばライブとかはどう？」

ふいに三船が声を発し、「ライブ？」と小泉が小首をかしげる。

「実はちょっと前にプロのミュージシャンと知り合いになったんだ」

「おまえがミュージシャンと？」疑わしそうな顔で小泉が訊き返す。

「二ヵ月ほど前だったかな……非番で池袋に出かけたときに、近くを歩いていた女性がいきなり路上で倒れちゃったんだ。駆け寄って様子を窺うと熱中症みたいだったから、その場で応急処置をして救急車を呼んでさ」

「その女性がプロのミュージシャンだったっていうのか？」

小泉の問いかけに三船が頷く。

「やってきた救急隊員に的確な処置をしてくれたと褒められて、同業ですよって自己紹介をしたら、どうやらその救急隊員からおれの身元を聞いたらしくて、数日後にその女性がお礼を言いに手土産を持って職場まで訪ねてきたんだよね。熱中症は処置が遅れたら死ぬこともあるから、ずいぶんと感謝されちゃって。自分は音楽活動をしていて、よかったらファンが集まるライブであらためておれにお礼が言いたいってチケットを渡されたんだけど、その日は勤務があって行けなくてさ」

「何ていう名前なんだ？」

「姫野《ひめの》さゆりさん。ずっと路上で弾き語りをしていたシンガーソングライターで、三年前にデビューしてCDも一枚出してる」

三船の話を聞きながら、小泉がスマホを取り出して操作する。

快彦もスマホでその名前を検索した。姫野さゆりに関するいくつかのページや写真が表示される。年齢は自分たちよりひとつ上の三十三歳だ。三年前にデビューしたということはなかなかの苦労人のようだ。

「一応、ウィキペディアにも出てるな」スマホを見ながら小泉が言う。

「聞いてみないとわかんないけど、もしかしたらここでライブをしてくれるんじゃないかと思って」

「でもなあ……プロっていっても三年前にCDを一枚出しただけだろ。それにうちは洋楽のロックが好きな連中が集まってるから、こういうフォークっぽいのはちょっと……」

「姫野さゆりはすごくいいよ」

小泉の言葉を遮るように声が聞こえ、快彦は亮介に目を向けた。

「亮ちゃん、その歌手を知ってるの？」

小泉が訊くと、亮介が頷く。

「そのうちブレイクするとおれは思う。とてもいい歌を歌うから」

呟くように言う亮介を見つめながら、胸の中で何かが引っかかった。今まで自分に見せたことのない、どこか物悲しそうな表情に思えた。

「亮ちゃんがそこまで言うんだったら一回聴いてみてよかったら頼むだけ頼んでみるか。プロっていうことはタダでそんなことを頼むわけにはいかないだろうから、ライブチャージってことでお客さんから金を集めてさ」

「いいわね。ここでみんなと一緒にライブが聴けるなんて何とも贅沢《ぜいたく》じゃない」恵も乗り気のようだ。

「聴いたら三船にすぐ連絡するよ。五万円ぐらいまでなら払えそうだから、それでお願いしようかな」

小泉の言葉に、「わかった。連絡待ってるよ」と三船が手でオッケーマークを作った。


できるだけ音を立てないようにドアを閉めて鍵をかけ、快彦は靴を脱いで玄関を上がった。リビングダイニングに入ると明かりがついている。テーブルに向かって何か書き物をしていた清美がこちらを振り返り、「おかえりなさい。遅かったのね」と声をかけてきた。

そこまで長居をするつもりはなかったが午後十一時半を過ぎている。

「グリッパーで飲んでたんだ。てっきり先に寝てると思ってたけど」

「和希が寝ないとひとりの時間がとれないから」

テーブルに目を向けると、参考書らしき本とノートなどの文房具が置いてある。簿記の勉強をしていたのだろう。

クレートの中でロウもおとなしく寝ているようだ。

「ロールキャベツを作ってあるけど食べる？」清美が訊いてくる。

ロコモコ丼を食べてそれなりに腹は満たされていたが、せっかくなので頷くと、清美が立ち上がって台所に向かった。

「ご飯も食べる？」

「グリッパーでちょっと食べてきたからロールキャベツだけで大丈夫」

快彦は脱いだ上着を椅子の背もたれに掛けて、腰を下ろした。しばらくすると目の前に料理と水を入れたコップが置かれ、清美が向かいに座る。

ロールキャベツをひと口食べて「おいしい」と言うと、満足したように清美が笑った。

「せっかく腕によりをかけて作ったのにふたりとも帰ってこないから、何だか張り合いがないなって思ってた」

「たまには親子ふたりでゆっくり過ごすのもいいかなと思って」

「やっぱりそうだったのね。村瀬くんは優しいから、きっとわたしたちを気遣って遅くなったんだろうって思ってた。外で飲んだりするのがそんなに好きそうじゃないし。蓮見くんもこの数日夜いないけど、彼女さんとデートでもしてるのかしら」

「違うよ。亮介は水曜日からグリッパーでアルバイトを始めたんだ」

「そうなの？」清美の表情がそれまでよりも明るくなる。

「ああ。料理の腕を買われて週四日働くことになったって」

「そうなんだ。てっきり……」そこで口を閉ざして満面の笑みを浮かべる。

その笑顔の理由が気になる。

「ところで、吉本さんは来週の土曜日の夜は何か予定はある?」

「どうして?」

「グリッパーの四周年なんだ。それでプロのミュージシャンを呼んで店でライブをするかもしれないって話になって、そうなったらできれば吉本さんにも来てほしいって小泉くんが言っててさ。もちろん和希くんも一緒にって」

せっかくプロのミュージシャンを呼んでも客が少ないと格好がつかないから、来てくれそうな人を早めに確保しておきたいと小泉は話していた。

「せっかくのお誘いだけど勉強もしなきゃいけないしなあ……」清美が目を伏せる。

あまり乗り気ではなさそうだ。

「亮介の話によると、すごくいいミュージシャンらしい」

はっとしたように清美が目を合わせる。

「……じゃあ、せっかくだから行ってみようかな。ここしばらく慣れない仕事と勉強でちょっとストレスが溜まってたし、お世話になった小泉くんのお祝いもしたいもんね。結婚してからライブに行く機会なんかなかったからすごく楽しみ」

先ほどとは打って変わって浮き浮きした様子で話す清美を見ながら違和感を抱いた。

亮介の話に触れたときには嬉しそうな顔になる。もしかしたら清美は亮介に好意を抱いているのではないか。

もし、そうだとしても納得できた。亮介は見ず知らずの他人でしかなかった清美の悩みを親身になって聞き、何とかその問題を解決しようと必死になっていた。

男気があって、話し上手で、知らない人たちの中に入ってもすぐに打ち解けてムードメーカーになれる。もし、自分が清美の立場だったとしたら、亮介に惚《ほ》れたとしても不思議ではない。

亮介が過去に犯した罪を知らなければ。

彼のことを好きにならないほうがいいと思う。だけど、その思いを自分から清美に伝えようもない。

「ところで……お父様はいつお亡くなりになったの？」

ロールキャベツから清美に視線を移した。この二週間ずっと気になっていたのだろう。

「今年の二月七日に」

「そう……ご病気で？」

「肝臓がんだった」

父についてだけ訊くということは、清美は快彦の母が亡くなった時期や、その理由を知っているのだろう。

「どうして急に父親のことを？」

「いや、あの……今日、帰ってきたときに近くからこの家の様子を窺っているような年配の男の人がいたの」

「年配の男の人？」

「ええ。おそらく六十代じゃないかと思うんだけど……それでわたしが『こちらの家に何かご用ですか』って声をかけたら、驚いたような顔をしてそのまま無言で去っていったの。もしかしたらお父様のお知り合いのかたなんじゃないかなと思って……」

まったく心当たりがなかった。大学を退職してからこの家に父の知り合いが訪ねてきたことは一度もない。

「その人はこの家の様子を窺っていたの？」

快彦が訊くと、「間違いない」と清美が頷いた。

もしかして空き巣を働こうとして様子を窺っていたのではないか。

「まったく心当たりがない。もし、父親の知り合いだったらちゃんと名乗るだろうし。気をつけたほうがいいかもしれない」快彦は警戒心を強めた。

17

リビングダイニングに入ると、清美と和希がテーブルに向かい合って何やら没頭していた。清美は簿記の勉強をしていて、和希は画用紙に絵の具で絵を描いている。

テーブルに自分の居場所はなさそうだと、快彦はソファでまったりしているロウの隣に座った。

リモコンを手に取ってテレビをつける。

「快彦さん、ちょっとジャマ」

その声に、快彦は和希に目を向けた。

「ロウを描いてるんだから」

「ちょっと和希、そんな言いかたはないでしょう」

すぐに清美が窘めるように言うと、「だってさあ……」と和希が口を尖らせる。

「快彦お兄さんも一緒に描いたらいいじゃない」

「ロウだけだからいいんだよ。快彦さんが一緒じゃ入賞できないよ」

なかなか辛辣なことを言ってくれる。

「また、そんなことを言って……」ごめんなさいと清美がこちらに向けて両手を合わせる。

快彦はいいよと立ち上がり、「何かのコンクールに出すの？」とテーブルに近づいた。

「うん。明後日の月曜日が締め切りなんだ」

和希が描いている絵を覗き込む。ソファでくつろいでいるロウだ。まだ半分ぐらいしか色が塗られていないが、小学校低学年にしては構図がしっかりしている。絵心がない自分が描いたものよりうまいだろう。

「テーマは何？」

「交通安全」

犬とまったく関係がないと思えるが口にはしなかった。

「どうして交通安全がテーマなのにロウなのよ」清美が代わりに突っ込みを入れる。

「今のロウみたいにソファで寝てたら交通事故にあわないじゃない」

たしかにそうだ。

「お母さん、黄色がなくなった。買いにいきたい」

「別に黄色じゃなくてもいいじゃない」事もなげに清美が言う。

「だってうちのソファ黄色じゃない」

「誰もこの家のソファの色なんか知らないから、赤でも青でも大丈夫よ」

「ロウが目立たなくなる」

「今日の夕方、川越駅のほうに行くからそのとき買ってあげる」

今夜はグリッパーで四周年記念のライブがある。

「やだあ、今描きたい」和希が駄々をこねる。

そういえば父は絵を描くのを趣味にしていた。いや、趣味というよりも仕事の一環だろうか。大学で働いていたときの出張の際には画材も一緒に持っていって鳥の絵を描いていた。

「和希くん、ちょっと待ってて。もしかしたら家に絵の具があるかもしれないから」

「本当⁉」

快彦はリビングダイニングを出て父の書斎に向かった。ドアを開けると、カビっぽい臭いが鼻をつく。

もともと父は書斎に入られるのを嫌っていたので、快彦はほとんどこの部屋に足を踏み入れたことはない。父が亡くなってからも空気を入れ替えるために数回入っただけだ。

室内を見回してみたが、見覚えのある画材バッグはなかった。クローゼットを開けて、中に入っている段ボールなどをどかしながら探す。奥のほうに埋もれている画材バッグを見つけて手に取った。

画材バッグの中を確認すると、スケッチブックや折り畳み式のイーゼルに交じって絵の具入れがあった。記憶のとおり和希が使っている物と同じ水彩絵の具だ。

快彦は絵の具入れを持ってリビングダイニングに戻った。和希にそれを差し出すと、大はしゃぎして受け取る。

「ありがとう。よく絵の具なんか取ってあったわね？」

「ぼくのじゃないよ。父親が以前絵を描いていたのを思い出してね」

「素敵な趣味をお持ちだったのね」

「趣味っていうか、仕事の一環だったんだと思う。父親は仕事一筋な人だったから」

「仕事の一環で絵を描かれてたの？」

「父親は大学で鳥類学を教えていたんだけど、仕事で出かけたときに鳥の絵を描いてたんだ」

「見てみたいなあ」

清美に言われたからというよりも自分もひさしぶりに見てみたくなり、リビングダイニングを出て書斎に戻った。

画材バッグからスケッチブックを取り出して床に胡坐《あぐら》をかく。表紙をめくり、一枚目の紙に描かれていた絵を見て思わず感嘆の声を上げた。

ひさしぶりに目にするが、自分が記憶していた以上の繊細なタッチで小枝に留まった鳥が描かれている。鳥類学にはまったく関心がないので何という名前の鳥かはわからないが、今にも画用紙から飛び出しそうな臨場感がある。

夢中になって紙をめくっていくと、一通の封書が挟まれていた。宛て名は『村瀬安彦様』となっていて、封筒を裏返すと差出人は『蓮見知世』だった。

母から父への手紙だ。旧姓ということは結婚する前に送ったものだろう。

封筒を表にして消印を見る。平成二年八月十六日。自分が生まれる四ヵ月ほど前だ。

今まで意識したことはなかったが、結婚する前に母は自分を身ごもったのか。今でいうデキ婚というやつだろう。

どんなことが書かれているのかとても気になるが、いくら両親のものとはいえ勝手に人の手紙を読むことにためらいがあった。

快彦は封筒を画材バッグに入れ、スケッチブックを持って書斎を出た。リビングダイニングに戻って清美にそれを差し出す。

案の定、清美も和希も父の絵を見て感嘆の声を上げた。ふたりの様子に何だか誇らしい思いで仏壇に目を向けているうちに、先ほどの封書の内容がさらに気になりだした。

両親の馴れ初めぐらいは知っている。珍しい鳥を観察するために父は度々奄美大島を訪れていて、家業である民宿の手伝いをしていた母を見初めて結婚したという。

ただ、自分を産んだのは母が二十三歳のときで、父は三十九歳だった。十六歳差の夫婦というのはその頃の時代でも特別なものではないかもしれないが、それでもふたりの間にどんなロマンスがあったのかと今さらながら興味を持った。

両親にはもう何も訊くことができない。子供である自分が母の手紙を見ても罰は当たらないだろうと、快彦はふたたび書斎に戻った。画材バッグから封筒を取り出し、落ち着いて読みたいと思って父が使っていた椅子に座る。緊張しながら便箋をつまみ出して広げた。

『村瀬安彦様

先日は本当にありがとうございました。

マテリヤの滝で安彦さんと過ごした時間が今でも忘れられません。

安彦さんの想いはあの滝を流れる清らかな水のように、今もわたしの心に染み渡っています。

わたしの身体に宿った小さな命とともに幸せにするとおっしゃってくださって、本当に嬉しかったです。

あのときは、できればわたしも安彦さんと一緒に幸せになりたいと願っていました。

ただ、今はそう願うことへの深いためらいがあります。

わたしと一緒になったら、いつか安彦さんに災いが降りかかってしまうのではないかという恐れです。

この手紙を書くまでにさんざん悩みましたが、やはり安彦さんの想いにお応えすることはできません。

家族にも迷惑をかけてしまうかもしれないので、子供を産んで落ち着いたら奄美大島を離れて親子ふたりで生きていこうと決心しました。

お会いするなり、お電話するなりして、直接安彦さんにお伝えするのが筋であると承知していますが、安彦さんの声を聞いたら今の決心が揺らいでしまうと思い、手紙でのお返事に代えさせていただきました。

安彦さん、どうかいつまでもお元気でいらしてください。

今までわたしの力になってくださって、本当にありがとうございました。

蓮見知世』

この手紙はいったい何なんだ。

ここに書かれている文面の意味を何とか理解しようと快彦は何度も手紙を読み返した。だけど、いくらそうしても頭の中に靄《もや》がかかったように考えがまとまらない。特に理解できない一文を食い入るように見つめる。

わたしの身体に宿った小さな命とともに幸せにするとおっしゃってくださって、本当に嬉しかったです――

おそらくマテリヤの滝という場所で、母から妊娠していると告げられた父はその子供とともに幸せにするから結婚してほしいとプロポーズしたのだろう。それは想像できる。だけど、そうであるならば母は父のプロポーズをそのまま受ければいいではないか。

文面を見るかぎり母も父に対して思いを寄せていることが窺える。でも、母は自分と結婚したら、いつか父に災いが降りかかってしまうことになると恐れて申し出を断っている。さらに家族にも迷惑をかけてしまうかもしれないと、実家がある奄美大島を離れて子供とふたりで生きていくつもりだという。

いったい母と結婚することでどんな災いがあるというのだ。その頃の母はいったい何を恐れていたのか。

わからないことだらけの中で、ひとつだけ行き着いた想像がある。

もしかしたら、自分は父の本当の子供ではないのではないか。

そんなこと信じたくないし、想像もしたくない。だけど、妊娠したのが父との子であるならば、母が一緒になるのを拒む理由がまったくわからない。

もし、自分が父の本当の子供でないとしたら、母が手紙に綴っている災いや恐れの正体が想像できる。

それは母が妊娠した子供の本当の父親ではないか。その男の存在を恐れて、母は父のプロポーズを断り、実家を離れる決心をしたというのだろうか。

ふいにノックの音が聞こえ、快彦は驚いてドアに目を向けた。

「……いるか?」と亮介の声が聞こえる。

椅子から立ち上がろうとしたが、足に力が入らない。椅子の肘置きに添えた手に力を込めて何とか立ち上がり、よろよろとした足取りでドアに向かう。ドアを開けると、廊下に立っていた亮介と目が合って思わず視線をそらした。

「ここにいたのか。おれは店の準備があるからもう出るよ」

「ああ……」視線を合わせられないまま快彦は呟いた。

「どうしたんだよ。ボーッとして」

「……いや、何でもない」

「これ」と亮介に五千円札を差し出されて、「……何?」と快彦は訊いた。

「四周年の記念日だから店に来るときに花でも用意してくれ。おまえもちゃんと花代出してくれよな」

「わかった……」

「じゃあ、よろしく」

快彦の様子に異変を感じているのか、ちらちらとこちらを見ながら亮介が玄関に向かおうとする。

「ちょ、ちょっと……」

快彦が呼ぶと、亮介が足を止めてこちらを振り返った。

「ちょっと……話がしたいんだけど」

「おれも忙しいんだけどなあ。どんな花がいいかわかんないなら清美ちゃんに相談しろよ」

「そういう話じゃない。そんなに時間は取らせないから」

快彦が手招きすると、頭をかきながら亮介がこちらに向かってくる。亮介を書斎に促してドアを閉めた。すぐに机に向かい、置いてあった便箋と封筒を引き出しの中にしまう。室内にある本棚や壁に掛けた鳥の写真を物珍しそうに見回しながら「何だよ、話って」と亮介が訊く。

「伯父さんか伯母さんから、ぼくが生まれたときの話を聞いたことはないか?」

快彦が訊くと、弾かれたように亮介がこちらに視線を合わせた。

「いきなり何だよ」戸惑ったように亮介が言う。

「生まれたときの話じゃなくても、何かぼくについてふたりが話しているのを聞いたことはないか？」

「おまえの話って……おばあちゃんの葬式で実際におまえに会うまでは、同い年の従兄弟がいるということぐらいしか聞いてなかった。もっとも叔母さんから定期的に手紙と一緒におまえの写真が送られてきてたみたいで、おれのほうがはるかにハンサムだとおれの両親は言ってたけどな」亮介がおかしそうに笑う。

「真面目に訊いてるんだよ！」

思わず語気が荒くなってしまい、亮介が少し身体を引く。

「すまない……それじゃ、ぼくの母親について何か聞いたことはなかったか？　たとえばぼくの父親と結婚する前の話とか」

「結婚するまでは民宿を手伝ってくれてて働き者だったとしか……あと、お袋よりも若くて美人だからお客さんに人気があったみたいなことを親父が言って、お袋にえらく怒られてたっていう記憶がかすかにあるかな」

「本当にそういう話しか聞いてないか？」

「いったい何なんだよ。何だってそんなことを訊くのかわけがわかんねえよ」

たしかに亮介からすればそう思うのも当然だろう。自分も頭の中が混濁している。

「……何かあったのか？」真顔になって亮介が見つめてくる。

「いや……何でもないんだ。時間を取って悪かった」

亮介に今の自分の疑念を打ち明ける勇気がない。

「そっか。じゃあ、行くぞ」

快彦が頷くと、亮介が書斎から出ていく。ドアが閉まると、崩れるように椅子に座った。

引き出しから便箋を取り出してふたたび見つめる。

落ち着け。冷静になってもっとよく考えるんだ。何もこの手紙の存在だけで、自分が父の本当の子供ではないとは言い切れないのではないか。

母は父と結ばれて自分を見ごもった。そのことを父に告げ、相手からプロポーズをされたが、結婚するのはためらった。だけど最終的には父と結婚するに至った。

最初に母が結婚をためらう理由はどんなものがあるか。

たとえば母は重い病を抱えていて、結婚することで自分が父の負担になると考えたのではないか。

いや──重い病を抱えた状態で、結婚せずにさらに実家から離れてひとりで子供を育てるという選択はしないだろう。

もしかしたら母の実家には当時多額の負債があり、結婚して親族になることで父にも迷惑が及ぶことになると考えたとか。

だが、家族にも迷惑をかけるかもしれないので実家を離れると手紙にあるから、結婚を拒んだ理由は母自身の問題だったのだろう。

いくら考えても自分が父の本当の子供だという合理的な説明がつかない。

頭をかきむしりながら落ち着きなく首を巡らせていると、誰かの視線を感じた。棚の上に置いてある卓上ミラーの中で悲愴《ひそう》な表情を浮かべている自分と目が合う。

快彦は立ち上がって棚に近づいた。卓上ミラーの前に置いてある白髪がからまったヘアブラシを手に取った。

これを使ってＤＮＡ鑑定をすればはっきりする――

あとはその結果を受け止める覚悟が自分にあるかどうかだけだ。


「――どっちがいいかしら？」

肩を叩かれて快彦は目を向けた。清美と和希がそれぞれ卓上用のアレンジメントフラワーを持っている。

「ぼくはセンスがないからふたりに任せるよ」

「親子の意見が割れたから村瀬くんに訊いてるんでしょう」清美が頬を膨らませて言う。

ずっと考え事をしていてふたりの会話が耳に入っていなかった。

「ぼくは和希くんが持っているほうがいいと思うけど」

気のない返事をすると、「ほらね」と和希がアレンジメントフラワーを抱えたままガッツポーズをする。

「じゃあ、そっちにしましょう」

「ぼくが買ってくるよ」

快彦は和希からアレンジメントフラワーを受け取ってレジに向かった。祝いのプレートを書いてもらい、会計をして、紙袋に入れられた花を持ってふたりのもとに戻る。

三人で花屋を出ると、夕闇の迫ったクレアモール商店街を進んでグリッパーに向かった。和希と手をつないで歩いていた清美が、「あれ……」と声を発して立ち止まる。

「どうしたの？」

「そこのお店から出てきた人……先週、村瀬くんの家の前にいた人だ」

清美に言われてそちらのほうに目を向けた。どこか古びたように見えるグレーのブルゾンを羽織ってキャップをかぶった年配の男性がゆっくりとこちらに向かってくる。

「うちの様子を窺っていたという？」

「そう」と清美の声が聞こえ、快彦は男性を見つめた。

どこかで会ったことがあるだろうかと見ていると、男性が顔を上げた。こちらと目が合い、ぎょっとしたような顔になって男性が背を向ける。それまでの緩慢《かんまん》な動きではなく早足で歩き、近くの路地に入っていく。

その挙動がどうにも気になり、快彦はその場から駆け出して路地を曲がった。

先ほどの男性の姿はない。

見覚えはない人物だったが、あきらかにこちらと目が合ったことで慌てて踵《きびす》を返したと感じた。

いったいあの男性は何者なのか。


階段を上ってグリッパーのドアを開けると、賑やかな声に包まれた。十席あるカウンター席はほぼ客で埋まっていて、三つあるテーブル席のふたつにも合わせて四人の男女が座っている。

快彦は清美と和希を促しながら店内に入った。

この店には何度も足を運んでいるが、こんなに客が入っているのを初めて見る。もうひとつのテーブル席にひとりで座っている恵ぐらいしか知り合いはいないが、自分が知らないだけで多くの常連客から愛されているようだ。

カウンターに近づいていくと、中で忙しそうにドリンクを作っていた小泉が顔を上げた。

「四周年おめでとう。これ、亮介とぼくたちから」

快彦は清美に目配せしながら、手に持っていた紙袋からアレンジメントフラワーを取り出して小泉に渡した。

「ありがとう。すごくきれいじゃないか」小泉が感嘆の声を上げながらアレンジメントフラワーをカウンターの目立つところに置く。

「和希くんが選んだんだ」

「そっかー。和希くんも吉本もどうもありがとうな」

「ぼくたちはどこに座ればいい？」

「恵が座ってるテーブル席を取ってある。ドリンクは何にする？」

「ぼくはハイネケンを。吉本さんたちはどうする？」

「じゃあ、わたしたちはオレンジジュースをください。蓮見くんがここでアルバイトを始めたって聞いたけど、今日はいないの？」

店内を見回しながら清美が訊くと、小泉が厨房につながるカーテンに目を向けた。

「フードを作るのにてんてこ舞いになってる。ライブが終わったらいろいろな料理を出す予定だからとりあえず座って待っててくれ」

快彦たちは恵がいるテーブル席に座った。あたりを見回してみたが、シンガーソングライターと思しき女性はいなかった。それに今日のライブの発起人である三船の姿もない。

ドリンクが運ばれてきて、テーブルを囲んだ四人でグラスを合わせる。

「すっごい楽しみだよね。ライブで聴くなんて何年ぶりだろう。そういえば、高校のときに清美と浜崎あゆみのライブに行ったよね」

「わたしはあれ以来行ってないな。恵が最後に行ったライブは誰だった？」

恵と清美の楽しげな会話を聞きながら、自宅で見つけた母の手紙が忘れられずにいる。

あれからずっとあの手紙に書かれたことの意味を考えているが、自分が父の実の子供ではないという以外の合理的な解釈ができない。

三十二年間、一緒に過ごしてきた父は自分と血を分けた本当の親ではないかもしれない。

それだけでも十分に煩悶《はんもん》させられているのに、さらに気がかりなことがあってどうにも気持ちが落ち着かない。

先ほど見かけたあの男性はいったい何者だろうか。清美の話によれば先週、自宅の様子を窺っていたという。先ほど目が合ったときにあきらかにこちらを避けるようにしてその場を去ったことからも、相手は快彦のことを知っているのだろうと思えた。

一見したところ父と同年代のように思えたが、あの男性にはまったく見覚えがない。

「……ねえ、村瀬くん、どうしたの？」

はっとして快彦は顔を上げた。清美と恵がこちらを覗き込むように見ている。

「……え、何？」

「さっきから何だかぼうっとしているけど、何かあったの？」心配そうに清美が訊く。

たしかに母の手紙を見てからずっと上の空だ。様子がおかしいと清美に思われてもしかたがないだろう。

「いや……ちょっと仕事のことを考えててさ」

「今ぐらい仕事のことは忘れて楽しもうよ」

恵の言葉に、「そうだね」ととりあえず頷いたとき、ドアが開いて大きなバッグを持った三船が店に入ってきた。ギターケースを背負った女性が後に続く。

「今日の主役の到着です。シンガーソングライターの姫野さゆりさんでーす」

三船が紹介すると、店にいた客たちが彼女に向けて拍手する。姫野さゆりは少し照れたように微笑み、カウンターの中にいる小泉に近づいていく。

「今日はこのお店の大切な記念日にお招きいただいて、とても嬉しく思っています。皆さんに楽しんでいただけるよう精一杯歌いますので、よろしくお願いします」

「こちらこそ、こんな小さな店のためにわざわざ来てくださってありがとうございます。ちなみになんですが、ライブの様子を動画に撮って店のSNSにアップしたらマズいですかね?」

「いえ、宣伝していただけるならむしろありがたいです」

「一応、ステージはあのあたりでどうかなって考えているんですけど」小泉が壁際に指を向ける。

カウンターからもテーブル席からも見えるスペースに一脚の椅子が置いてある。

「大丈夫です」と姫野さゆりが頷いてそちらのほうに向かった。三船が持っていたバッグからマイクと小型スピーカーと譜面台を出してセットし、ケースからアコースティックギターを取り出して姫野さゆりが椅子に座る。

恵の言うとおり、これからの一時間ぐらいはすべての憂いを忘れたいが、それは無理というものだろう。

抱えたギターの調整を終えると、姫野さゆりがマイクに顔を近づけた。

「今日はお招きいただいてありがとうございます。あらためまして姫野さゆりといいます。わたしはちょっと話し下手なので、とにかく歌いますね。聴いてください」

姫野さゆりがマイクから口を離し、ギターをかき鳴らす。迫力のある伴奏に続いて彼女がアップテンポな曲を歌い出すと、店内がどよめいた。

亮介は姫野さゆりのことを高く評価していたが、透き通るような歌声と、華奢に思える身体からは想像できないほどの迫力あるギターの演奏に、自分も一気に魅了された。

姫野さゆりが歌い終えると、店内から割れんばかりの拍手と歓声が沸き起こる。

快彦も手が痛くなるほど彼女に向けて拍手した。

話し下手だと自認していたとおり、ＭＣを挟まずに演奏を続ける。

どの曲も今までに聴いたことがないが、そのどれもが心に染み入るものだった。

四曲目の途中で、厨房からカウンターに現れた亮介が目に留まった。姫野さゆりの演奏を見つめながら小さく手を叩いている。その近くで小泉が嬉しそうな表情で盛り上がる店内の様子をスマホで撮影していた。

さりげなく様子を窺っているうちに亮介のことが気になった。彼女の演奏を楽しんでいるというよりも、どこか寂しさを感じさせる眼差しに思えた。

亮介のほうを向いた姫野さゆりがはっとして弦を弾く指が一瞬止まった。すぐに気を取り直したように演奏を続ける。

その様子を見て、ふたりは知り合いなのだろうかと感じた。

それからさらに四曲演奏し、ようやく姫野さゆりが客に向けて話し始めた。

「今日はわたしの歌を聴いてくださって本当にありがとうございます。おそらく皆さんの知らない曲ばかりだったと思うんですが、今までにやったどのライブよりも盛り上がってくださってとても嬉しいです。ここにいらっしゃる素敵な皆さんと、そんなかたがたと引き合わせてくださった三船さん、そしてこの場を提供してくださったマスターの小泉さんに感謝します。名残惜しいのですが最後の曲に移りたいと思います。わたしは三年前にデビューするまでずっと路上で弾き語りをしていたんですが、その頃に作った曲で今でもわたしにとって、とても思い入れのあるものです。ここにいる皆さんもきっといくつかの別れを経験してらっしゃるんじゃないでしょうか。別れてしまってもう会えないあの人が、実は自分にとってとても大切な存在だったと気づいてその人との再会を心の中で願い続ける……ちょっと切ない内容の歌ですが、ぜひ聴いてください。タイトルは『あなたに会いたい』です」

姫野さゆりがギターを演奏して歌い始める。

それまでのアップテンポな曲調とは打って変わり、しっとりとしたメロディーで嚙み締めるようにして歌う。

そのひと言ひと言を頭の中でなぞっているうちに、忘れかけていた思いがよみがえってきて胸が痛くなった。

ちょっとしたすれ違いが重なっていき、やがて自分のもとから離れてしまった人への思いを綴った歌だ。

織江は今頃どうしているだろう。

目を閉じながら歌を聴いていると、彼女の姿がまぶたの裏によみがえってくる。

自分のまわりから大切な人がいなくなり、さらに父とは血がつながっていなかったのかもしれないというどうしようもない寂しさがこみ上げる。

もし、織江がそばにいてくれたなら、今の苦しみも少しは和らいだのではないか。

どうすれば別れないで済んだのだろう。自分がどんな人間であったなら織江と一緒に生きていけたのだろうか。

ゆっくりと目を開けて、演奏する姫野さゆりから店内に視線を巡らせてどきっとした。カウンターの中から彼女を見つめる亮介の目から涙があふれている。

快彦と目が合って亮介がはっとなり、すぐに袖口で目もとを拭って厨房に入っていく。

最後の曲が終わり、店内が拍手と歓声に包まれる。姫野さゆりが椅子から立ち上がって深々と頭を下げた。

「素晴らしいライブ、本当にありがとうございました。また、今日来てくださった皆さんもこれからいろいろと料理を出しますので引き続き楽しんでいってください。姫野さんもぜひ皆さんと一緒に食べて飲んでいってくださいね」

小泉がそう言って厨房に入っていく。しばらくすると料理を盛った大皿を亮介とともに運び出してくる。

姫野さゆりがギターをケースにしまい、カウンターに近づいていく。

「おひさしぶりです。まさかこんなところで会えるなんて」

目の前に立った姫野さゆりに声をかけられ、大皿をカウンターに置いた亮介が目を向けた。

「なんだ、亮ちゃん、姫野さんと知り合いだったの？」意外そうに小泉が訊く。

「いや、知り合いっていうほどじゃ……」

「わたしが府中駅の周辺で弾き語りをしていたときに毎週のように聴いてくださっていて。お名前は知らないけど、わたしの中では水曜日のカップルって勝手に名づけていたんです」

「カップル？」

小泉が訊くと、「ええ……」と姫野さゆりが懐かしそうに頷く。

「毎週水曜日に素敵な女性とふたりで現れて、わたしの歌を聴いてくださっていたから」

府中ということは亮介がばってんという居酒屋で働いていた頃だろう。毎週水曜日が休みだったのだろうか。

いずれにしても彼女の話を聞いて、先ほどの亮介の涙の理由を察した。

おそらく事件を起こす前に恋人と一緒に聴いていた曲なのだろう。だが、刑務所に入ることになって恋人とも別れることになり、彼女の歌を聴いているうちにその頃のことを思い出してしまったのではないか。

「夢が叶ったみたいですね」亮介が姫野さゆりに微笑みかける。

「まだまだ道半ばだけど。プロデビューしたといってもそれだけではとても食べていけないし、わたしの歌もほとんど世間に浸透していないから。でも、諦めないで頑張るつもり。あなたも夢に一歩近づいたみたいね」

亮介が首をひねる。

「ほら、いつだったか話してくれたじゃない。自分の夢は気のいい人たちが集うような飲み屋さんを開くことだって」

「ここはただのバイトですよ。それに今のおれに夢なんかないです」

亮介を見つめながら姫野さゆりが表情を曇らせる。

「……でも、ひさしぶりにあなたの歌を間近で聴けて少し幸せな気分になりました。これからも応援してますから」亮介がそう言って厨房に入っていった。

慎重な足取りでバスを降りると、快彦は清美とともに家に向かって歩き出した。

「ごめんね。大丈夫？」快彦の背中を窺いながら清美が訊く。

店にいるときから和希はうつらうつらしていたが、バスに乗ると完全に寝てしまったので快彦がおぶって帰ることにした。

「大丈夫だよ。さすがに七歳ではこの時間になったら眠くなっちゃうよね。お客さんや姫野さんからアイドル的な扱いをされてて店ではテンションが高かったけど」

「わたしと和希だけ先に帰ればよかった。でも、すごく楽しかったから」

自分もそうだ。ライブが終わった後には清美や恵や三船たちと昔話に花を咲かせて、ほんの束の間ではあったが嫌なことを忘れられた。

家の前にたどり着くと清美が鍵を取り出し、玄関ドアを開けて中に促した。

「このままベッドで寝かせるよ」

清美に手伝ってもらいながら快彦は靴を脱いだ。慎重に階段を上ってふたりの部屋に行き、起こさないようにゆっくりと和希を下ろしてベッドに寝かせた。和希の身体に布団をかけて部屋を出て一階に戻る。

リビングダイニングに入ると、清美が用意してくれたようでロウがドッグフードを食べていた。食べ終えると満足したようにこちらに興味を向けないままクレートの中に入っていく。

快彦がテーブルに向かって座ると、清美がコップに入れた水を出してくれた。

「ありがとう」

「何か夜食でも作ろうか？　お店ではほとんど食べてなかったでしょう」

束の間、楽しく会話したといってもあいかわらず食欲はなかった。

「大丈夫。そんなにお腹は減ってないから」

「もしかしてあの男性のことが気になっているの？」

向かいに座った清美に訊かれ、「ん？」と見つめた。

「何だかずっと様子が変だから……」

たしかにあの男性のことも気になっている。だけど、それ以上に自分を思い煩わせるのはやはり両親のことだ。

「だけど、家を出る前からそんな様子だったから違うのかな……何か悩み事があるとか？」

こんな話、誰にもできない。

「わたしなんかにできることはかぎられてると思うけど、それでも何か悩みがあるんだったら話してほしい。村瀬くんはわたしの悩みを真摯《しんし》に受け止めて助けてくれたから。わたしにもほんの少しでも力になれることがあれば……」

「心配させてごめん。仕事のことでちょっと気がかりなことがあるだけなんだ。明後日出勤して所長に相談したら解決できると思うから」

嘘をついた。

「そう……さすがに弁護士の仕事のことじゃ、わたしは力になれないか。じゃあ、わたしもそろそろ部屋に行くね。おやすみなさい」

清美が立ち上がってリビングダイニングから出ていく。ドアが閉まってひとりきりになると、それまでこらえていた溜め息が漏れた。

快彦は立ち上がって隣の客間の襖を開けた。電気をつけて中に入ると仏壇に近づき、父と母の遺影を見つめる。

世の中にはきっと知らないでおいたほうがいいこともあるのかもしれない。

今日あった出来事はすべて忘れてしまえ。

だけど……忘れることなど到底できないだろう。

18

机に向かって書類を読んでいると、人の気配がして快彦は顔を向けた。

「村瀬さんのぶんです」と事務員の松下が言って、手に持っていた数通の封書を机の上に置く。

「ありがとうございます」

松下がその場から去ると自分に届いた封書を確認していく。そのひとつの封筒に書かれた社名が目に留まり、胸がざわついた。

ＤＮＡ鑑定を請け負っている会社からのものだ。自宅だと亮介や清美が目にして不審に思われてしまうかもしれないと思い、鑑定結果の送付先を事務所にしていた。ここでは離婚訴訟などでＤＮＡ鑑定を依頼することもあるので誰も怪しまない。

自分と父の毛髪とともに鑑定依頼書を送ってからずっとやきもきしていたが、いざこうして結果が届いても確認する勇気はなかなか持てない。

だが、知らないままでいられるはずがない。

いつかは確認するのであれば今であっても変わらないと、快彦はハサミを手にして封を切った。中から折り畳まれた紙を取り出し、ひとつ息を吐いてから広げる。

すぐに『ＤＮＡ親子鑑定の結果：親子関係　否定』という太文字が目に入り、視界が薄暗くなっていく。さらに『生物学上の親子である可能性：0％』などとも書いてあり、めまいを覚えると同時に動悸が激しくなる。

震える指先で紙を封筒にしまい、その場で何度も深呼吸を繰り返した。だが、いくらそうしても息苦しさはいっこうにやまない。

快彦は封筒を入れた鞄を持って椅子から立ち上がった。地面に足が沈み込んでいくような感覚で所長の席に向かう。

「……これから依頼人と打ち合わせをしてきます。事務所での仕事はないので今日はそのまま直帰しようと思うのですが」

「うん、わかった。打ち合わせよろしく」

何の疑いもない様子で所長は言い、快彦はドアに向かった。

今日は仕事にならないと感じて事務所を出たが、これからどうすればいいのかまったくわからない。とりあえず重い足を引きずりながら浦和駅に向かう。

自分と父の間に親子関係はないとはっきりと示された。だが、父も母もすでに亡くなっているのでそれ以外の事実を知ることはできない。自分の本当の父親は誰で、どこにいるのかも。

快彦は足を止めて、上着のポケットからスマホを取り出した。画面を見つめながらしばらく悩んでいたが、腹をくくってその人物の電話番号を表示させて発信ボタンを押す。しばらくすると電話がつながり、「はい、村瀬です」と練馬《ねりま》に住む伯母の声が聞こえた。

「あ……快彦です……」

「あら、ヨシちゃん、どうしたの？」

明るい伯母の声が今の自分の悲愴感をさらに深いものにする。

「あの……伯母さんと伯父さんに折り入って話したいことがあって……」

「何かしら？」

「電話じゃちょっと……今日とかお会いできませんか」

できれば少しでも早くふたりから話を聞きたい。

「かまわないわよ。ただ、あの人は友達と釣りに行ってってね。夕方までには戻ってくるから六時頃にうちにいらっしゃいよ」

「わかりました。急にこんなことを言ってすみません。よろしくお願いします」快彦は電話を切った。


インターフォンのボタンを押すと、「はい――」と伯母の声が聞こえた。

「快彦です」

すぐにドアが開いて伯母が顔を出す。靴を脱いで玄関を上がると一階にある客間に通された。

座卓に向かって座っていた伯父が「よお」と手を上げる。座卓の上には豪華な料理が並べられていた。

「塩分の取り過ぎがどうだとか、コレステロール値が高いとかで、いつものうちの夕食は質素なんだけど、今夜は何だか張り切っちゃってってね。まあ、座れよ」

伯父に促されて向かいに座った。伯母が瓶ビールとコップを運んできて、伯父の隣に座る。

飲みたい気分ではなかったが、断ることもできずにビールを注いでもらう。瓶を受け取って伯父と伯母にビールを注いで三人でコップを合わせた。

「安彦の四十九日以来だけど、元気にやってたか？」

伯父に訊かれ、快彦は曖昧に頷いた。

それからのことは元気だという一言ではとても語れない。あまりにもいろいろなことがありすぎた。

「……で、いつなんだ？」

伯父に訊かれ、「何がですか？」と快彦は問いかけた。

「織江さんとの結婚だよ。その報告に来たんだろう？」

勘違いされたようだ。

伯父と甥の関係ではあるが特に親しい付き合いをしているわけではないので、いきなり会いたいという話をされたらそういう用事かと思ってしまうのも当然かもしれない。

「……いえ、今日はそういう話ではないんです。ちなみにお話ししておくと、織江とはあの後別れてしまいました」

伯父と伯母が顔を見合わせた。

「せっかくごちそうを用意してもらったのにすみません」快彦は軽く頭を下げた。

「いい子だったのになあ。浮気でもしちまったか？」

すぐに「あなた」と伯母が窘めるように伯父の肩を叩く。

伯父は昔から一言多い人だった。

「いえ、価値観の不一致という理由です」

「価値観の不一致ねえ……」納得できないというように伯父が呟く。

「今日伺ったのは、伯父さんと伯母さんに訊きたいことがあったからなんです」

「おれたちに訊きたいことって何だよ？」

「ぼくが生まれるまでの経緯を父、もしくは母から聞いてないでしょうか」

首をかしげるふたりの様子をじっと見つめる。

演技だろうか。それともその言葉の意味が本当に理解できないのか。

「ヨシちゃんが生まれるまでの経緯って……どういうこと？」伯母が訊く。

「最初にお伝えしておきたいんですが、隠し事はしないでください。ぼくは事実を知っているので、ぼくを傷つけないためにとかそういうことは考えずに知っていることを正直に教えてほしいんです」

「だから何が訊きたいんだよ。さっきから何の話をしているのかさっぱりわからないよ。織江さんと別れたショックで頭がどうにか……」

「父とぼくは血がつながってないんです」

伯父の言葉を遮るように快彦が言うと、呆気にとられた様子でふたりがふたたび顔を見合わせる。

「嘘だろ……」伯父がこちらに視線を戻して呟く。

「本当です。十日ほど前に父の書斎で結婚する前の母からの手紙を見つけて読んだんです。父のプロポーズを断るような内容で、そこにはすでにぼくを身ごもっていることが書いてありました。父の子供であるならばどうしてプロポーズを断るのかが不思議で……いや、不思議というかどうにも気になってしまって、ぼくと父の毛髪を送ってDNA鑑定をしてもらったんです。今日結果が届いたんですが、ぼくと父が生物学上の親子である可能性は〇《ゼロ》パーセントだと……」

「送ったっていう毛髪はたしかに安彦さんのもので間違いないの？」勢い込んで伯母が訊く。

ふたりの様子を見ているかぎり嘘や隠し事をしているようには思えない。

「間違いないです。父の書斎に置いてあったブラシから採取したもので、ぼくが知るかぎり誰か他の男性が使ったことはありませんから。もし母の毛髪であったならそもそも擬父としての判定は出ないでしょう」

「ぎふ？」

「配偶者のお父さんを指す義父ではなく、ＤＮＡ鑑定用語で父親と仮定される男性のことをそう呼ぶそうです。血がつながっていなくてもぼくは父や母に対して何か変なことを思ったりはしません」

嘘だった。本当は父とは血のつながりがなく、今までそのことを知らなかったことに深く傷ついている。だが、ふたりから少しでも話を聞き出すためにはそう言うしかない。そのことについて泣き言を言えばきっと慰められるだけだ。それよりも真実が知りたい。

「……そのことについて何か心当たりがあったら、どんなことでもいいので聞かせてください」

「心当たりって言われてもなあ……」伯父が腕を組んで唸り声を上げ、伯母に目を向ける。「おまえ、何かあるか？」

「ちょっと頭の中が混乱してしまって……でも、安彦さんから知世さんを紹介されたとき、あなたはすごく驚いてたわよね」

「そりゃあ、驚いたさ。親父もお袋も天国で驚いてただろうよ」

「どういうことですか？」

快彦が訊くと、ふたりがこちらに視線を戻した。伯父が口を開く。

「学生の頃から鳥のことしか興味のない朴念仁《ぼくねんじん》みたいなやつで、親父もお袋もとても家庭など持てないだろうと諦めてたからな。それがいきなり自分よりも十六歳も若いきれいな女性を連れてきて、その人とすぐに結婚するって言うんだから」

「父から母を紹介されたのはいつ頃のことですか？」

「快彦が生まれる三ヵ月ほど前だったかな。紹介されてすぐに結婚することと、知世さんのお腹に子供がいるって聞かされて、こっちがあたふたしちゃったのを覚えてるよ」

母が手紙を出した一ヵ月ほど後だ。その間に母は父と結婚することを決めたのだろう。

「おれは結婚式を挙げることを勧めたけど、妊娠七ヵ月ってことや、うちの両親はすでに他界しているってことや、知世さんの実家が遠方ってことで、けっきょくしないことにしたんだったよな」

「伯父さんと伯母さんは母の親族に会ったことはあるんですか？」快彦は訊いた。

「ああ……快彦が生まれて一年ぐらい経った頃に知世さんのお母さんとお兄さん家族がこっちに出てこられて、みんなで食事をしたな。ちょうど安彦が川越の家を建てたばかりだったからそのお祝いも兼ねてさ」

「そのときに結婚するまでの母の話などはしませんでしたか？」

「三十年以上前のことだから正直なところよく覚えてないけど……」困ったように伯父が頭をかく。「ただ、ひとつ覚えているのは……おれがちょっとふざけた感じで知世さんやお母さんに本当にこんなやつと結婚してよかったんですかって訊いたんだ。大学で働いてるからそれなりに生活は安定しているだろうけど、知世さんから見れば十六歳上のおっさんで、社交性も乏しい男だったから。そしたら知世さんのお母さんは安彦がもらってくれて本当によかったと言って泣き出しちゃったんだよ」

「母は？」

「知世さんも、安彦にすごく感謝しているようだった。『安彦さんはわたしにとって救世主みたいな存在だ』って」

「救世主……」思わずその言葉を呟いた。

「ふたりの馴れ初めは聞いてなかったし、何だか大げさだなってそのときは思ったんだけど、もし本当に快彦が安彦の子供でなかったんだとしたら少しは頷けるかな。どんな事情かは知らないけどひとりで子供を産んで育てなきゃならないってことだったんだろう。だけど、安彦と結ばれてあのときまでは家族三人幸せに暮らしていたんだ」

あのとき――母が自殺するまでということだろう。

「ヨシちゃんが知りたいこととは関係ないかもしれないけど……知世さんのご親族のことで不思議に感じたことがあった」

その声に、快彦は伯母に目を向けて「どういったことですか?」と訊いた。

「知世さんのお葬式のときにもお兄さんたちとお会いした。お名前は何と言ったかしら……」

「昌弘さんです」

「そうそう」相槌《あいづち》を打ったきり伯母が黙ってしまう。

「どうしたんですか?」

「いや……やっぱり知世さんのお葬式の話はあまり……ねえ……」伯母が口ごもる。

「かまいません。話してください」

快彦が先を促すと、ためらう様子を見せながら伯母が口を開いた。

「知世さんの葬儀が終わった後に安彦さんと昌弘さんがふたりでいるところをたまたま見かけたの。でも、何だか様子がおかしいように感じて……」

「様子がおかしい?」

「昌弘さんが泣きながら安彦さんに詫びているように思えたの」

「それが……」

何がおかしいのだろう。

「普通だったら逆じゃないかと思って。妹が嫁いだ先であういう亡くなりかたをしたら……夫を責めることはあったとしても、どうしてお兄さんのほうが安彦さんに謝らなきゃいけないいんだろうかって……」

たしかに言われてみれば不可解に思える。

「泣きながら父を責めていたということはありませんか?」

伯母が首を横に振る。

「何だか見てはいけないものを見てしまったように感じてね……わたしもすぐにその場を離れたから詳しいやり取りはわからないけど、でも……むせび泣きながら『すまない』って昌弘さんが言ったのははっきりと聞こえた」

どうして昌弘は父に詫びたのだろうか。それは母の死に何か関係のあることだったのか。

「今の快彦のつらい気持ちは伯父として理解できるつもりだ」

その声に我に返り、快彦は伯父を見た。

「ふたりがいなくなってからこんなことを知るなんて何ともやるせない思いだろう。だけど、安彦のことも知世さんのことも責めないでほしい」

伯父を見つめながらどのような言葉を返していいかわからない。

「おそらく安彦もいつかは本当のことを話そうと思っていたんじゃないだろうか。だけど知世さんがああいう形で亡くなって、これ以上家族のことで快彦を苦しめたくないと思って……そうこうしているうちに話すきっかけを失くしてしまったんじゃないかな」伯父が嘆息《たんそく》を漏らす。

ふたりが今まで話した以上のことを知らないのであれば、自分はもうどうすることもできない。昌弘の息子である亮介は結婚する前の母について何も知らないと話していた。そして祖母と亮介の母親はすでに亡くなっていて、父親の昌弘は二十年以上消息がわからない。

生物学上の父親が自ら目の前に名乗り出てこないかぎり、自分は何も知りようがない。

「……せっかくごちそうを用意してもらったのにすみませんが、今日はこれでお暇します」虚脱感を嚙み締めながら何とかその言葉を絞り出して快彦は立ち上がった。


午後九時三十五分に川越駅に着いた。

快彦は改札を抜けてバス乗り場に向かったが、途中で足を止めた。

今日は火曜日だから亮介のバイトはない。和希は寝ているかもしれないが、清美と亮介はまだ起きているだろう。

先ほどトイレに立ち寄った際に鏡に映る自分の姿を目にしたが、何ともひどい顔をしていた。今夜はどうあっても顔中に貼りついたこの悲愴感は拭えないだろう。

ふたりと顔を合わせたくない。いや、ふたりにかぎらず自分のことを知っている誰とも会いたくなかった。

快彦は踵を返して馴染みの薄い西口に向かって歩き出した。駅周辺をしばらく歩き回り、目についた雑居ビルに入っていく。三階でエレベーターを降りてＢＡＲと看板の掛かったドアを開けた。

薄暗い店内のテーブル席にいた三人の若い男がこちらを一瞥した。すぐに視線を戻して大声で話し始める。

快彦は中に入ってドアを閉めると、誰もいないカウンター席に座った。

カウンターの中にいた男が目の前に来て、「注文は?」と訊く。とにかく早く思考を麻痺《まひ》させたいと、今まで飲んだことのないバーボンをストレートで頼んだ。

男が無言でその場を離れた。棚から取り出した酒を小さなグラスに注いで乱暴な手つきで目の前に置く。愛想の悪い店員だと思ったが、今さら河岸《かし》を変えるのは面倒だ。

快彦はグラスの酒を一気に飲んだ。喉が焼けるように熱くなり思わずむせてしまう。

後ろのテーブル席から笑い声が聞こえた。「格好つけてバーボンのストレートなんか頼むなよ」と男の声がしていたから自分のことを嘲笑《ちょうしょう》しているのだろう。

快彦は店員を呼んで同じものを頼んだ。

後ろから聞こえてくる男たちの喚《わめ》き声にイラつきながらグラスの酒をあおった。


快彦は音を立てないようにドアを閉めて鍵をかけると、靴を脱いで玄関を上がった。リビングダイニングに入り、電気をつけないまま鞄を床に放ってキッチンの流し台に向かう。蛇口をひねって水をすくった手を顔に当てる。口もとと右目のまわりがじんじんと痛む。

水で湿らせたタオルを持ってキッチンから離れた。崩れるようにしてソファにもたれる。薄闇の中、右目のまわりと口もとをタオルで冷やす。

痛みと情けなさで涙が出そうになるのを必死にこらえていると、ガサッと物音が聞こえた。

クレートの中からロウが出てきたようだ。膝の上に飛び乗ってきて、自分の顔を舐め回してくる。

　もしかして、慰めてくれているのか？

　舌先を押しつけられるようにされて痛みを感じたが、同時にその温もりに心地よさも抱き、しばらくロウに身を委ねた。

　いきなりドアの開く音が聞こえ、部屋の明かりがついた。

「快彦？」

　その声に振り返ると、こちらに近づいてきた亮介がぎょっとした顔になって立ち止まった。

「どうしたんだ、その顔？」訝しそうに亮介が訊く。

「何でもない」

「何でもないってことはないだろう。まさかオヤジ狩りにでも遭ったのか？」

「違う。飲み屋で客とちょっと喧嘩になっただけだ」

「飲み屋で喧嘩って……グリッパーでか？」

「違う店だ。うっとうしい客がいたから喧嘩を売った。そしたらこうなった」

　酒で酔っていたことや苛立ちが募っていたこともあったのだろう。五杯目の酒を飲んでいるときに思わず「うるせえな」と聞こえよがしに言ってしまい、後ろのテーブル席にいた男たちにからまれた。店員は止めることはせず、喧嘩なら外でやってくれと言って、男たちに表に連れ出された快彦は顔面を何発か殴られた。

「……らしくないな」呆れたような顔で亮介が言う。

「自分でもそう思う……でもそんなときもある。悪いけどひとりにしてくれないか」

　快彦が言うと、亮介がこちらに背を向けてその場を離れた。だが、リビングダイニングから出ていかずに冷蔵庫に向かい、缶ビールをふたつ持ってこちらのほうに戻ってくる。ひとつを快彦に渡し、そのままダイニングテーブルのほうに向かって座り、プルタブを開けてビールを飲む。

「ぼくの話を聞いてなかったのか？　ビールが飲みたいんなら今夜は自分の部屋で飲んでくれよ」亮介を振り返りながら快彦は言った。

「酒をあおりたいような気分のときはひとりでいないほうがいい」

「誰かの格言か？」

「自分の経験だ。同い年だがおまえよりはきっと呑兵衛歴は長いだろう」

快彦は亮介に背を向けてプルタブを開け、缶に口をつけた。口もとにひりひりと染みたがかまわずビールを喉に流し込む。

「何か嫌なことでもあったのか？」

答えなかった。

「ここしばらくおまえの様子がおかしいって清美ちゃんも気にしてた」

「何てことはないよ。ただ、父親とは血がつながってなかったって知っただけだ」

話すつもりはなかったはずなのに、何故だかその言葉が口をついて出た。

何の反応もないことが気になって、快彦は振り返った。

じっとこちらを見つめている亮介と目が合った。その眼差しからは驚きというよりも自分に対する憐憫《れんびん》のようなものを感じた。

「もしかして知ってたのか？」

快彦の問いかけに亮介がはっとなり、すぐに「そんなこと知るわけがない」と首を横に振る。

本当だろうか。

「どうして今頃そんな話になるんだ。叔父さんが亡くなったのは半年以上も前のことだろう」

「ライブがあった日に父親の書斎で手紙を見つけた。結婚する前に母親が父親に送ったものだ。父親のプロポーズを断る内容だったけど、同時にぼくを身ごもっていることも書いてあったから不審に思った」

「それでDNA鑑定を頼んだ？」

「そうだ。今日、結果が届いた。生物学上の親子である可能性は〇パーセントだってさ」

「それにショックを受けて飲んだくれてたってわけか。おまけに人に喧嘩を売ってボコボコにされて……」

「だったら何だっていうんだ？」亮介の言いかたが癇《かん》に障って思わず声を荒らげた。

「自暴自棄になってそんな目に遭わされるほどショックなことなのかね」

「亮介に何がわかるっていうんだ！　ずっと父親だと思っていた人が本当の父親じゃなかったんだぞ。そのことを知らないままこの歳になって、父親からも母親からも本当のことを訊くことはできないんだ」

「叔父さんはおまえの本当の父親じゃないっていうのか？」

「血がつながってないってことはそういうことだろう」

「そうかな」

亮介を睨みつけながら次の言葉を待つ。

「叔父さんはおまえのことをすごく心配してた。母親を亡くしてから内にこもるような性格になってしまって、友人の話を聞いたことがないって。好きな人がいるかどうかもわからないって。そういう心配事を口にしながらおまえのことを褒めまくってもいた」

「……ぼくのことを褒めてた？」

「ああ、そうだ。おまえは優しい息子だと。妻を亡くしてつらくてしかたなかったけど、おまえがいてくれたから何とか今まで生きる気力を持てたって。もちろん人の役に立とうと必死に勉強して弁護士になったこともすごいと言ってた。誇らしそうにおまえの話をする叔父さんを見て、おれは羨ましくてしょうがなかった。おれにはそんなことを言ってくれる父親はいない。心配してくれることも誇ってくれることもない。仮に血がつながっていたとしてもな」

こちらを見つめる亮介の目が潤んでいるのに気づき、言葉を失くした。

父と血がつながっていないのは紛れもない事実だ。だけど、父は人生を終えるまで自分のそばにいてくれた。

「血がつながってないからって、叔父さんはおまえの本当の父親じゃないのか？」

問いかけるように亮介が言って立ち上がり、テーブルに缶ビールを残したまま部屋を出ていった。

19

天井を見つめながら子供の頃の記憶を手繰り寄せている。

何十年かぶりに楽しい夢を見た。いや、楽しいというよりも心が穏やかになる夢だった。

視界一面に海が広がり、雄大な景色に自分は包まれていた。

昨日、伯父の家を辞去したときには今夜は一睡もできないだろうと思っていたが、深夜にリビングダイニングで亮介と話した後に部屋に行ってベッドに横になると自然と寝ついた。

目が覚めてからもきれいな景色の余韻が心から離れず、しばらくしてそれは夢ではなく、現実にあったことだと思い出した。

九歳のときに祖母の葬儀で奄美大島に行ったときのことだ。火葬を終えて、昌弘が運転する車で空港に向かっている途中、海に臨んだ展望台に立ち寄った。

快彦が行きたいとねだったのだが、そう言ったことを後悔するほど展望台にたどり着くまでの急斜面の坂道に悪戦苦闘したのを覚えている。

展望台には自分の両親をはじめ亮介と彼の家族もいて、きれいな景色を見ながらしばし別れを惜しんだ気がする。

どんな話をしていただろうかと記憶をたどっているうちに、どちらかの親から将来の夢を訊かれたのを思い出した。

亮介は両親が営んでいる民宿を継いで、今よりもおいしい料理を出して今よりも十倍大きくすると答えた。民宿に来る客たちから亮介は可愛がられていたみたいで、楽しい人たちに囲まれて仕事ができるから幸せそうだと笑っていた。

そのとき快彦は小学校の先生になりたいと答えた。当時担任だった二十代の男性教師が格好よくて憧れていたからだ。

「お互いに夢を叶えたらまたここに来ような」

どちらが先に言ったのかまでは記憶していないが、亮介とそんな約束をした。

自分の夢は気のいい人たちが集うような飲み屋さんを開くことだって——

グリッパーで姫野さゆりが亮介に言った言葉を振り返りながら、彼の夢は子供の頃からそれほど変わっていなかったのだと思った。

どうしてこんな夢を見たのだろう。あれから二十数年間あのときの夢は見たことはなく、展望台に行ったことさえ忘れていたのに。

しばらく心地よさに包まれていたが、急に切なさを覚えた。

どんなに願ったとしても、もう二度とあのときの光景は戻らない。自分の両親は亡くなり、亮介にも家族はいない。両家の六人であの景色に触れることはもうないのだ。

ふいにノックの音が聞こえ、びくっとしてドアを見た。「何？」と声をかける。

「わたしたちはもう出ちゃうけど、村瀬くんはまだ起きなくて大丈夫なの？」

部屋の外から清美の声が聞こえた。

「今日は遅く出ても大丈夫なんだ。行ってらっしゃい」

嘘だ。亮介には知られているが、腫れがもう少し引くまで清美と和希に顔を合わせないほうがいいだろうと部屋にこもっている。

「行ってきます」

階段を下りる音を聞きながら、快彦は枕元に置いてあるスマホをつかんで時間を確認した。出勤するのであればすぐにでも準備をしなければならない時間だ。

休んでしまおうか。今日は受け持っている公判はなく、依頼人との約束も特にしていない。それ以前にこんな顔で出勤したら所長や同僚に何を思われるかわからないので、仮病を使って休んだほうが無難だろう。

スマホの画面を見ているうちに今日は母の月命日であるのに気づいた。それと同時に昨晩の亮介の言葉が脳裏によみがえってくる。

血がつながってないからって、叔父さんはおまえの本当の父親じゃないのか？――

母や父の月命日に墓参りをしたことはなかったが、仕事を休むついでに行ってみようか。ふたりの墓は川越駅から車で十分ほどの今福《いまふく》の寺にある。

本当の父親だと今は思っている——

父と母の墓前で直接そう告げたかった。


快彦は会計を済ませて、後部座席の脇に置いた花束を持ってタクシーを降りた。

寺に入ると借りた桶に水を汲んで墓に向かう。

墓にたどり着くと、意外なものが目に入った。両親の墓前に真新しい花と、まだ煙の立ち上る線香が供えられている。

誰が墓参りをしたのだろうと考えたが、すぐに思い浮かぶ相手がいない。

母の親族は今となっては亮介しかいないが、両親の墓の場所を教えていない。それに快彦が家を出るときに亮介は部屋にいたので彼であるはずがない。

昨日会ったばかりの伯父と伯母だろうかと考えかけたが、命日ならともかく月命日にわざわざ義妹の墓参りをするとは思いづらい。

心に引っかかるものを感じながらあたりを見回すと、山門に向かっていくキャップを被った男性の姿が墓石の隙間から見えた。

快彦はとりあえず墓前に桶と花束を置いて男性の後を追った。男性の背中が近づいて来るとさらに訝しさが増す。

「あの、すみません——」

後ろから呼び止めると、びくっとしたように男性が足を止めて振り返った。快彦と目が合ってぎょっとしたように顔をこわばらせる。

やはりそうだ。ライブの日に見かけた自宅の様子を窺っていたという男性だ。

「何か?」気を取り直したように男性が言う。

「わたしは村瀬快彦と言います。村瀬安彦と村瀬知世の息子です」

「それが何か?」男性が眉根を寄せる。

「あの……あなたはうちの親といったいどのような関係なんでしょうか」

近くから男性を見つめているうちに、顎の下にある大きなホクロに見覚えがあるような気がしたが、どこで会ったのか思い出せない。

「何を言ってんだかさっぱりわからん」ぞんざいな口調で男性が返す。

「今さっき、うちの両親の墓参りをしてくださったでしょう」

「してないよ。急いでるから失礼する」と背を向けて歩き出そうとしたので、「ちょっと待ってください」ととっさに男性の右手をつかんだ。

「そんなはずはないでしょう。あなたがぼくの家のまわりをうろうろしていたと同居人から聞きました。そのうえうちの両親の墓にも来ている。あなたはいったい……」

「だから勘違いだと言ってるだろう!」

激昂《げきこう》しながらつかんだ手を強引に振り払い、その反動で快彦は地面に尻餅をついた。そのまま早足で歩いていく男性の後を追いたかったが、腰が痛くてすぐに立ち上がれない。

いったい何なんだ、あの人は——

男性の姿が見えなくなり、地面に手をついて立ち上がろうとしたとき、そばにマッチが落ちているのに気づいた。

先ほど手を振り払ったときに男性が落としたもののようだ。手に取ってみると飲食店のマッチだ。

自分はあの男性を知っているはずだ。目を合わせたときの相手のこわばった表情と、それからの頑なな拒絶がその思いをより深くしていく。

どこで会っただろうと考えを巡らせているうちに、ひとりの人物に行き着いた。

もしかしたら、亮介の父親の蓮見昌弘ではないだろうか――

子供の頃から会っていないのではっきりと顔は覚えていないが、あの特徴的な顎の下のホクロは何となく記憶にある。

昌弘であれば妹の墓の場所を知っているはずだし、それに快彦の家の様子を窺っていた理由も想像できなくもない。

たしか祖母の葬儀のときに撮った写真が家にあったはずなので、それを見ればはっきりするだろう。

快彦は手に持ったマッチをポケットに入れて立ち上がった。


客間に入ると襖を閉めて、快彦は押し入れに近づいた。

先ほどまで父の部屋を探していたがアルバムは見つからなかった。子供の頃にアルバムを見た記憶があったが、長年家族の写真を見ることを無意識のうちに避けていたので、どこにあるのか自分にもわからない。おそらく父も自分と同じように、母が自殺してからは昔の写真を見るのがつらくて、目の届かないどこかにしまったのではないか。

押し入れを開けると、上部に客用の布団が積み上げられ、下部にいくつかの段ボール箱が置いてある。

快彦はその場にしゃがみ込み、段ボール箱を押し入れから出した。ガムテープの封をはがして中に入っている物を確かめる。

三つ目の段ボール箱の中を漁っていると、底のほうにアルバムを見つけて取り出した。段ボール箱を押し入れに戻し、座卓の前に移動してアルバムを開く。

一枚目のページに生まれたばかりの自分の写真が貼りつけられている。それからも幼少期の自分と母が一緒にいる写真が続く。写真を撮るのが父の役目だったようで、自分と父が一緒に写っているものは少なかった。

楽しそうな母の姿にひさしぶりに触れて、想像していたように胸の奥が疼いた。

胸の痛みに耐えながらページをめくっていくと、探していた写真に行き着いた。

おそらく葬儀が終わった後の精進落としの席で撮った写真だろう。十枚近くある写真には自分や亮介の家族以外にもたくさんの見知らぬ人たちが写っている。

記憶に残っていたとおり、このときはまだ自分のほうが亮介よりも背が高かったと妙な感慨を抱きながら、彼のそばにいる男性を食い入るように見つめた。

浅黒い肌で、眉毛が濃く、顎に大きなホクロがある。

このときから二十年以上経っているので外見はそれなりに変わっているが、先ほど両親の墓がある寺で会った男性に間違いない。

快彦はそう確信するとアルバムを閉じた。アルバムを持って立ち上がり、襖を開ける。リビングダイニングのソファに座っていた亮介と目が合ってぎょっとした。

家に戻ったときに亮介の靴はなかったが、客間でアルバムを探している間に帰ってきたようだ。

「おまえ、仕事は？」亮介が訊く。

平日のこの時間に快彦が家にいるのを不思議に思っているのだろう。

「……今日は休むことにしたんだ。こんな顔で出勤したら同僚たちから何を言われるかわからないからね」

「おまえにしては賢明な判断だな。何だ、それ？」

手に持ったアルバムのことを言っているのだろう。

「何って……ただのアルバムだよ」

「何だって急にアルバムなんか持ち出してんだ？」

先ほど亮介の父親に会ったことを話すべきか迷った。

亮介にすれば父親の安否が気になっているのではないか。父親が生きていて、しかも自分の近くにいると知れば子供として安堵できるかもしれない。だが同時に、今それを亮介に告げることにためらいも覚えている。

昌弘がこの家の近くをうろついていたのは亮介の様子を窺いたかったからではないかと思っている。どうして亮介がこの家にいることを知ったのかはわからないが、親として成長した息子の姿を見たかったのだろう。

しかし、快彦が問いかけたときに昌弘は頑なに自分の素性を隠した。亮介に会いたいのであれば自分は昌弘だと名乗るはずだ。

彼が亮介の父親であるのは紛れもない事実だが、自分は昌弘のことを何も知らない。連絡先も、どこに住んでいてどんな生活をしているのかも、そして今の彼に亮介以外の家族がいるのかどうかも。昌弘に会ったということだけ話しても、おそらく亮介を混乱させるだけだろうし、下手をすれば彼を傷つけてしまうことにもなりかねない。

「昨日の夜、亮介と父親の話をしてたじゃない。そしたら何だか昔の写真を見てみたくなってさ」そうはぐらかして快彦は部屋を出た。

これからどうすればいいだろうと考えながら階段を上る。

いずれにしても今の状況では亮介に話すべきではないだろう。昌弘に会って彼の真意を聞いてからでないと、亮介に伝えるべきかどうかの判断がつかない。だけど、どうやって昌弘を捜せばいいのか……

自室の前にたどり着くと同時に、はっとして快彦は左手をポケットに入れた。寺で拾ったマッチを取り出して見つめる。


新所沢《しんところざわ》駅に降り立つと、快彦はスマホの地図を頼りに店を探した。

ネットでマッチに記されていた『居酒屋いもーれ』を検索すると、本川越《ほんかわごえ》駅から西武新宿線で五駅目の新所沢駅の近くにあるとわかった。

ここに来るのは初めてだが、特急が停まらない駅であるにもかかわらず周辺はたくさんの飲食店で栄えている。

目当ての店を見つけて引き戸を開けて中に入ると、「いもーれー」と威勢のいい男性の声が聞こえた。

その掛け声に戸惑いながら快彦は店内に入った。八人掛けのカウンター席とテーブル席がふたつのこぢんまりとした店だ。カウンターの奥とテーブル席のひとつに一組ずつ客がいる。

「おひとり様ですか?」

カウンターの中にいる自分と同世代に思える男性店員に訊かれ、快彦は頷いた。

「カウンターのお好きな席にどうぞ」

快彦はカウンターの一番手前の席に座って店内を見回した。壁一面にたくさんのメニューが貼り出されている。グルメサイトによると奄美の料理を数多く揃えているそうで、『奄美そば』や『トビンニャ』や『鶏飯』など馴染みの薄いメニューがかなりある。

「何にしましょうか?」

店員に訊かれてビールと答えそうになり、とっさに口を閉ざした。これから店の人に昌弘のことを訊くつもりだ。そのために会話を膨らませておいたほうがいいだろう。

「何かお勧めはありますか?」快彦は訊いた。

「そうですねえ……ウチではたんかんサワーがよく出ますね」

「たんかん?」

「奄美の特産品のひとつで、オレンジに似た果物です」

「じゃあ、そのたんかんサワーと、あと……メニューにあるトビンニャって何ですか?」

「奄美地方で一番親しまれていると言ってもいい貝です。五センチほどの巻貝なんですが、爪を使って海中を飛びながら移動することからトビンニャと名づけられたそうで。奄美では貝のことを『ニャ』と言うんですけど……」

「海中を飛んで移動する貝だからトビンニャ?」

「そういうことです。とてもおいしいですよ」

「それじゃ、そのトビンニャとアオサの天ぷらをください」

「かしこまりました」

「ところで先ほどの掛け声ですが……あれは何ですか？」

快彦の問いかけに、「失礼しました」と言って店員が笑った。

「奄美出身のかたじゃなかったら戸惑っちゃいますよね。『いもーれ』というのは奄美大島の言葉で『いらっしゃい、ようこそ』という意味なんですよ」

「そうだったんですね」と快彦が納得して頷くと、店員がその場を離れた。すぐにこちらに戻ってきて色鮮やかなサワーを目の前に置き、ふたたび離れてカウンターの奥で調理を始める。

どうやらひとりで切り盛りしているようだ。

快彦はサワーを飲みながら昌弘のことをどのように切り出すべきか考えた。

昌弘はこの店のマッチを持っていたので、少なくとも一度はここに来ているはずだ。いや、昌弘は奄美大島の出身なので故郷の料理を懐かしんで定期的に足を運んでいるのかもしれない。

ネットで調べたかぎり、川越近郊で奄美の料理を売りにしている飲食店はここ以外にほとんどなかった。

アルバムで昌弘のことを確認した後に勢いだけでここに来てしまったが、あらためて考えると訊きかたが難しい。

昌弘の知り合いだということで店員から話を引き出すことはできるだろう。昌弘がここに定期的に通っているとしたら、連絡先や職場などを教えてもらえるかもしれない。だが、同時に快彦がここを訪ねてきたことを知られれば、昌弘に警戒されかねない。

ライブの前に商店街で見かけたときや、今日寺で会ったときの挙動から、昌弘は快彦との接触をあきらかに避けているのがわかる。

目の前に料理が置かれ、ひとまず思考を中断して箸を伸ばす。いずれも初めて口にするがとてもおいしい。

「初めて食べるんですけど、ものすごくおいしいですね」

顔を上げて快彦が言うと、「ありがとうございます」と嬉しそうに店員が応えた。

「失礼ですが、このお店のご主人ですか？」

「ご主人なんてたいそうなものではないですけど、まあ、ここの店主です。栄《さかえ》といいます。ぜひ、贔屓《ひいき》にしてやってください」

「ぼくは村瀬といいます。お料理もすごくおいしいんで、贔屓にさせていただきます。栄さんは奄美大島の出身なんですか」

「ええ、そうです。高校卒業後にこっちに出てきてずっとイタリアンの店で働いていたんですけど、三十歳を過ぎたあたりから故郷の味が恋しくなってきて、独立する際にイタリアンではなく奄美の料理を出すお店を開くことにしたんです」

なかなか話し好きな店主のようでいろいろ訊きやすそうだ。

「この店はネットか何かでお知りになったんですか？」

栄に訊かれ、どのように答えるべきか迷った。小細工をしてもしかたがないと、腹を決めて口を開く。

「実は人を捜していまして……」

「人を？」

「ぼくの友人のお父さんなんですけど……そのお父さんはずっと昔に家を出ていってしまって、それ以来ぼくの友人と音信不通になっているんです。ただ最近、そのお父さんに似た人を街で見かけて声をかけたんですけど、その場を去っていきました。だけど、ぼくは絶対にその人が友人のお父さんだと確信していて……」

快彦はそこまで言うとポケットからマッチを取り出してカウンターに置いた。

「ぼくの前から立ち去る際にこれを落としていったみたいで」

「うちのマッチですね」栄がマッチからこちらに視線を戻す。「その人の名前は何とおっしゃるんですか」

「蓮見昌弘さんです」

「蓮見さんねえ……」

その名前に心当たりはないようだ。

「年齢は六十歳ぐらいで、浅黒い肌で、眉毛が濃くて、顎のこのあたりに大きなホクロがあります」

自分の顎に指を向けながら快彦が言うと思い当たったようで、「ああ、あのかたか……蓮見さんとおっしゃるんですね」と栄が声を上げた。

「蓮見さんはこのお店によくいらしてるんですか？」

快彦が訊くと、栄が曖昧に首を横に振った。

「名前も存じあげなかったぐらいですから常連というわけではありません。今までにたしか三回ぐらいいらしてくださったかな。直近だと先週いらっしゃいましたね」

栄の言葉を聞きながら、昌弘の連絡先などは知らないだろうと察した。

「ひとりで来ていたんですか？」

誰かと一緒であれば、そこから何か手掛かりが得られるかもしれない。

「そうですね。いつもおひとりでした」

「職場とか、どこに住んでいるとか、蓮見さんについて何かご存じないでしょうか」

「いや……最初にいらしたときに何度か話しかけましたけど、あまり人と話すのがお好きではなさそうでしたので、それからは話しかけないようにしていました。そういうわけなのでそのかたについては何も……」

「そうですか……」落胆が胸に広がる。

「お役に立てず、すみません」

その場から離れようとした栄を諦めきれずに呼び止めた。

「栄さんにどうしてもお願いしたいことがあるんですが……」

ポケットから名刺入れを取り出しながら言うと、「何でしょう?」と栄が訊く。

「次に蓮見さんがこのお店にいらっしゃったら、ぼくに連絡をいただけないでしょうか」

差し出した名刺を受け取ろうとはせず、栄が表情を曇らせて唸った。

「どうかお願いできないでしょうか」名刺をつかんだ手を伸ばしたまま快彦は深く頭を下げた。

「正直なところ、抵抗がありますね」

栄の声に、快彦は顔を上げた。

「常連のかたでないとはいえ、お客さんのプライバシーに踏み込むのはちょっと……店の信用にもかかわりますのでね。そのご友人のことを思う村瀬さんの気持ちはわからないでもないんですが……」

「たしかに栄さんのおっしゃるとおりだと思います。無理なことをお願いしてすみませんでした」快彦はふたたび頭を下げた。

テーブル席から注文の声が飛んで栄が目の前から離れると、名刺をカウンターに置き、代わりにグラスを持った。先ほどよりも水っぽくなったサワーを飲みながらこれからどうするべきか考える。

この店の近くを張っていれば昌弘と遭遇する機会があるのではないか。店の外で昌弘を捕まえれば栄に迷惑をかけることにはならないだろう。仕事が遅くなる日もあるので毎日ここに来ることはできないが、それでも週の何日か店の近くで張っていればふたたび会えるチャンスはあるはずだ。

そんなことを考えていると、テーブル席に料理を出した栄がカウンターの中に入ってこちらに向かってくる。

「ひとつお訊きしたいんですが」目の前で立ち止まって栄が言った。

「何でしょうか?」

「蓮見さんが出ていかれたという家は奄美大島にあったんでしょうか」

「そうです」

「先ほど蓮見さんはずっと昔に家を出ていかれたとお話しされていましたけど、何年ぐらい前の話なんでしょう」

「二十一年前です」

「村瀬さんのご友人は男性ですか?」

「ええ。三十二歳で、ぼくと同い年です」

「そうですか……ということはそのご友人が小学生のときに蓮見さんは家を出ていったんですね」

「そうです」

栄が唸りながら顔を伏せる。

「どうしてそのようなことを？」

快彦が問いかけると、栄がゆっくりと顔を上げて口を開いた。

「さっきまで、ここにいらしていたときの蓮見さんのことを思い出していたんです。蓮見さんはいつも写真を見ながらひとり静かに飲んでいました。てっきり単身赴任でこちらのほうに来ているのかなと思ってました」

「写真ですか？」

「料理を運んだときにちらっと見えただけですけど、小学校高学年ぐらいの男の子とわたしぐらいの歳の女性が一緒に写っている写真でした。背景に見覚えがあるので、このかたも奄美大島の出身なのかなと思いました。もちろん訊くことはしませんでしたけど」

きっと亮介と妻の早苗《さなえ》の写真だろう。

「ここで奄美大島の料理や酒を口にしながら、息子さんや奥さんのことを思っていたのかもしれませんね」遠くを見つめるような目で栄が言う。

「おそらく……いえ、間違いなくそうだと思います。蓮見さんの奥さんは十二年前に病気で亡くなりました。友人は今ぼくと一緒に生活しているんですが、家の近くで蓮見さんを見かけたという人の話を聞きました。息子のことが気になっているけど、家族を捨てて家を出てしまった手前、自分から姿を現すことができないでいるのではないかと……だから、何とかして息子と会うきっかけを作りたくて……」

「わかりました。蓮見さんがこの店にいらしたら、あのかたには内緒で村瀬さんに連絡します」

栄が手を伸ばしてカウンターに置いた名刺をつかんだ。

20

ナースステーションの中で立ち働いている看護師たちを見回したが、織江の姿はない。

快彦は残念に思いながら手前の椅子に座っている女性の前で立ち止まった。

「三〇五号室の中西渉《わたる》さんのお見舞いをしたいんですが」

看護師の了承を得て快彦はその場を離れた。病室に入って奥に進んでいくと、窓際のベッドの上で漫画を読んでいた中西がこちらに顔を向ける。

「お加減はいかがですか?」

快彦が訊くと、「あいかわらず退屈でしょうがない」と中西が苦笑して漫画をベッドに投げ出した。

「それにしてもLINEしなきゃ見舞いにも来ないなんて、おまえはずいぶんと冷たいやつになったな」

「すみません。ここしばらくいろいろとバタバタしてたので」近くにあるパイプ椅子を引き寄せて快彦は座った。

中西のことはどうでもいいが、織江の顔が見たかったので定期的に見舞いに来るつもりでいたが、清美のDV夫の件や、自分の父のことや、昌弘のことなど様々な問題が降りかかってその余裕がなかった。

「いろいろとバタバタ……ねえ。まあ、バラ色の生活を送っていておれや織江ちゃんのことなんかどうでもよくなったってわけか」

ＬＩＮＥにも同様のメッセージが送られてきた。『バラ色の生活って何のことですか？』と返信したが、答えをはぐらかされるのがどうにも気になり、直接訊こうと見舞いに行くことにしたのだ。

「ＬＩＮＥでも書いてありましたけど、バラ色の生活っていったい何ですか？　ぼくの生活は何も変わってませんけど」

あれから清美と和希と一緒に暮らすことになったので何も変わっていないというのは嘘になるが、少なくともそれでバラ色の生活になったわけではない。

「それに……中西さんのことはともかく、白鳥さんのことがどうでもよくなったという意味がよくわからないです」

快彦が言うと、「やっぱ、おれのことはどうでもいいんじゃねえか」と中西が突っ込んできた。

「いやいや、そういう意味じゃないですけど……」

頭をかきながら言い繕うと、中西が右手を差し出してくる。

『今日、見舞いに行きます』と快彦がＬＩＮＥのメッセージを送ると、『来たとしてもタダで情報を得られると思うな』とあるものを要求された。

快彦は呆れながら床に置いた鞄を開け、書店の紙袋を取り出した。中西に渡すとさっそく紙袋から本を出し、表紙を見てニタニタと笑う。

グラビアアイドルの写真集だ。女の子が手ブラした写真が表紙になっているので、書店で棚から手に取るのも会計をしてもらうのも死ぬほど恥ずかしかった。

「決死の覚悟で貢ぎ物を持ってきたんですから、ちゃんと話してくださいよ。バラ色の生活っていったい何のことですか」

同室の患者を気にしながら語気強く言うと、中西がこちらに顔を向けた。

「そんなこと、自分の胸に聞けばよくわかるだろう」

その言葉もLINEのメッセージであった。

「それがわからないからこんなところまで出向いてきて訊いてるんでしょう」

「おれから言えるのはひとつだけだ。織江ちゃんと敦子には近づくな。一週間ほど前からとんでもなく機嫌が悪い。まあ、おれみたいなんだったらそんなことでそこまで悪く思われないだろうが、おまえは下手に奥手で真面目なやつで通っていたからふたりともショックを受けてるんだろう」

ますます理解に苦しむ。自分が彼女たちにいったい何をしたというのだ。

「悪いがおれはこれから『あきなちゃん』とひさしぶりのデートだから、カーテンを閉めてとっとと帰ってくれ」中西が手で払うような仕草をして、写真集のビニール包装をはがしていく。

嬉々とした様子で写真集をめくっている中西を見て、今は何を問いかけても無駄だろうと悟った。

もやもやした思いを抱えながら快彦は立ち上がり、中西のベッドのまわりのカーテンを閉めて病室を出た。

エレベーターに向かって歩いていると、敦子がこちらに歩いてくるのが見えた。目が合った瞬間、敦子が眉間に皺を寄せる。

「あの……」とおずおずと声をかけたが、あからさまに顔を背けて敦子がそのまま通り過ぎていく。

自分がいったい何をしたのか知りたかったが、先ほどこちらに向けた敦子の表情があまりにも恐ろしく感じられ、後を追うのをためらった。

自分は何も悪いことはしていない。それは間違いないと断言できる。敦子や織江が自分に悪い感情を抱いているとすれば何かの誤解だろう。

少し冷却期間を置いてからあらためて敦子か織江に連絡してみようと考え、快彦はエレベーターに乗った。

病院を出るとすっかり日が暮れていた。仕事で疲れているのにわざわざここまでやってきたのがまったくの無駄骨だったと、肩を落としながら駐車場を歩く。ふと、向こうからやってくる人影が目に留まってうろたえた。

ナース服に上着を羽織った織江だ。片手にコンビニのレジ袋を持っているので、夕飯の買い出しに行っていたのだろう。

「おり……あ……白鳥さん」

もう恋人ではないと思い出して苗字で呼びかけると、織江がこちらを向いた。顔を引きつらせ、そのまま快彦の横を通り過ぎる。

やはり自分に対して悪い感情を抱いているようだ。

「待って……」

快彦は織江の後を追い、彼女の肩に後ろから手をかけた。肩を震わせて織江が足を止め、こちらを振り返る。

すぐそばで向かい合ったが、織江はこちらと視線を合わせようとしない。拒絶の態度をまざまざと見せつけられて怯み、なかなか次の言葉が出てこない。

「あの……あのさ……この間、ロウに会いたいって言ってたじゃない……よかったら今度……一緒にドッグランに行かない？」

何とかその言葉を絞り出すと、ようやく織江が視線を合わせた。だが、目が笑っていない。

「家に来て、じゃなくて、ドッグランなんだ」

亮介と清美と和希が同居しているので、今は家に招かないほうがいい。それこそ変な誤解をされかねないし、自分の何に対して織江たちの怒りが向いているのかはわからないが、火に油を注ぐようなものだろう。

「……まだ行ったことはないんだけど、川越水上公園にドッグランがあるらしいんだ。ミニチュアピンシャーはものすごく運動能力が高いから、たまには広いドッグランで思いっきり走らせてやりたいなってずっと思ってて……」

織江の気を引くための方便《ほうべん》ではなく、ここしばらく実際に考えていたことだ。それまでは厄介な存在にしか感じられなかったが、最近では愛おしく思い始めている。

父と血がつながっていないと知って自暴自棄になっていたとき、慰めるように自分の顔を舐め回してくれたのがきっかけだっただろう。

「……別に無理して誘ってくれなくてもいいです。村瀬さんもお忙しいんでしょうし」

初めて聞くような他人行儀な物言いに、さらに血の気が引いていく。

「いや……別に無理して誘ってるわけじゃないよ……本当に……それに……特別忙しいわけでもない。昔と変わらず土日はほとんど休んでるし……」

「この前、病院で再会したときに感じてた」

遮るように織江に言われ、口を閉ざして彼女を見つめる。

「村瀬さん、何だか変わったなあって。きっと心を開かせられるような人との出会いがあったんじゃないかなって。敦子さんは乗り換えが早い、節操なさすぎって村瀬さんのこと怒ってたけど、別れてからだいぶ経つし……わたしは村瀬さんにいい人ができたからって別に怒っているわけじゃない」

「いい人？」

織江が頷いたまま顔を伏せる。

「ただ、何て言うのかな……自分の無力さを感じているだけ。その人はたった数ヵ月ほどで村瀬さんの心を開かせた……三年間付き合ってきてわたしはそうできなかったのに……」

「あのさ……さっきから何の話をしてるのかな？」

たまらずに快彦が言うと、織江が顔を上げた。

「別にぼくにいい人なんかいないよ。きみと別れてから恋人はいない」

「いいよ。とぼけなくて」

「とぼけてなんていないよ。どうしてぼくにいい人ができたって思ったの？」

「だって……」織江が言いよどむ。

「いいからちゃんと話してよ。本当にどうしてそんなふうに思うのかがわからないんだ」

「先週の日曜日……敦子さんと川越に遊びにいったの。蔵造りの街を観光しているうちに村瀬さんの家がこの近くにあるっていう話になって……そしたら敦子さんがこれから村瀬さんの家を訪ねようって言いだして……わたしは反対したんだけど、でも、ロウくんにもちょっと会ってみたかったから、それで……家に着いてインターフォンを押そうとしたら、中から村瀬さんじゃない人が出てきてとっさにその場から離れた。わたしと同世代に思えるきれいな女性と小学校低学年ぐらいの男の子だった」

そういうことかと、快彦は手で顔を覆って首を振った。

「その女性は家を出るときに今日のお夕飯は何がいいかなっていう話をしていて、そしたら男の子が快彦さんの好きなハンバーグでいいんじゃないかって言ってたから、ああ、村瀬さんはその親子と一緒に暮らしてるんだなって思った。新しい恋人ができたのはともかく、さっそく同棲してることに敦子さんは怒っていたけど……わたしは……きれいで朗らかそうな人だったから、何だか敗北感のほうが大きかった……」

「たしかに……正直に話すと……ぼくは今その人たちと一緒に暮らしてる。だけど、恋人でも何でもない。その女性は小学校のクラスメートで事情があって一時的に同居しているだけなんだ」

こちらを見つめながら織江が首をひねる。

「その女性は旦那のＤＶに長年悩まされていて、ちょっと前に相談に乗ったんだ。結果的に旦那と離婚することができたけど、大学を出てからずっと専業主婦だったから子供を引き取るにしても生活力が乏しくて、さらに旦那からもいっさい金を受け取りたくないってことでね。新しく始めた仕事が軌道に乗って引っ越しの費用が貯まるまでの間、うちに居候することになったんだ」

「そうなの？」

驚いたような表情で織江に訊かれ、快彦は頷いた。

「ほら、うちはけっこう広いでしょう。リビング以外に部屋が五つあるし。それで……」

「だけど、それだけじゃないでしょう？」

「どういうこと？」

「その女性に気があるから相談に乗ったり、同居することにしたんじゃないの？　以前の快彦さんなら、ただの小学校のクラスメートにそこまでするとは思えない。できるかぎり人と距離を取って生きていきたいっていう人だったもの。違う?」

いつの間にか苗字から名前に呼びかたが変わっている。

「たしかにね……以前のぼくなら考えられない。いや、今でも自分の意思ではそこまでしないと思う。ぼくが彼女たちに同居を勧めたわけじゃないんだ」

「どういうこと?」

「二ヵ月ほど前から訳あって従兄弟とあの家で暮らしてるんだ。ぼくの母親のお兄さんの息子で、蓮見亮介っていうんだけど。そいつが勝手に彼女たちにその提案をして、渋々了承したってわけ」

「そう……」

「もちろんその亮介も来年の三月には家から出ていってもらう約束をしてる」

「どういう訳があってその従兄弟さんと一緒に暮らすことになったの」

快彦は言葉を詰まらせた。傷害致死事件を起こして刑務所に服役していた亮介の身元引受人になったとは口が裂けても言えない。

「住んでたアパートを追い出されたとか何とか困っていそうだったから……二十数年会ってなかった従兄弟だけど、一応親戚は親戚だからね」

「そういうことなんだ……」

「うん、そういうこと。これで誤解は解けたかな?」

「まあね……後で敦子さんに話しておく。まあ、でも……もうわたしには関係ないことだけどね……」そう呟いて織江がこちらから視線をそらした。

誤解を解くだけではふたりの関係は変わらない。

何か言わなければいけないと思えば思うほど、どんな言葉をかけていいかわからなくなる。

「そろそろ行かなきゃ。じゃあ、お元気で……」織江がこちらに背を向けた。

病院の建物に向かって織江が歩き出したとき、ある思いが胸からあふれ出してきた。

「あのとき、きみが言ったこと――」

快彦が叫ぶと、びくっとしたように織江が足を止めた。ゆっくりとこちらを振り返る。

「別れを切り出すときにきみがぼくに言ったこと……正直なところ、あのときは理解できなかった。どうしてそんな理由で別れを切り出されなきゃならないんだって怒りさえ覚えてた。だけど……今はわかる気がする」

織江がじっとこちらを見つめてくる。

「恋人に興味がないわけじゃなかった。自分以外の人に関心がないわけじゃなかった。だけど、人と深く接するのがどうしようもなく怖かった」

「あのときも怖いって言ってたね。人の心に立ち入るのも、自分の心に立ち入られるのも……そういう性格だとしか言いようがないって。子供の頃からずっとそうやって生きてきたから、今さら変えられないって」

快彦は大きく頷いた。織江の目をしっかりと見つめ、自分の心を縛りつけている鎖を解いていく。

「今まで話していなかったけど……ぼくの母親は自殺したんだ」

織江が息を吞んだのがわかった。

「ぼくが小学校六年生のときに駅のホームに入ってくる電車に身を投げて……朝、家を出たときには笑顔で見送ってくれたのに、学校から戻って来たらもうこの世には存在していなかった。遺体の損傷が激しいっていうことで、母親の最期の姿を見ることもできなかった。父親の話によると遺書もなかったそうで、母親がどうしてそんなことをしたのかもわからなかった……」

話をしているうちに視界が滲み、織江の姿がかすんでいく。

「つらかったら無理に話さなくてもいいよ」

織江がどんな表情をしているのかはっきりとわからなかったが、涙交じりの声だった。

快彦は何度か首を横に振り、さらに口を開いた。

「誰が悪いわけでもないんだと父親に言われたけど、ぼくはそう思えなかった。もしかしたら母親が自殺をしたのはぼくのせいじゃないかって。心当たりはまったくなかったけど、ぼくが発した何かの言葉が、何かの態度や行動が、母親をそうさせてしまうきっかけになってしまったんじゃないかって考えるようになった。母親にかぎらず、いつかまた自分が投げかけた言葉や示した態度で誰かを深く傷つけてしまうんじゃないかって……怖かった……人と深く関わっていくのがどうしようもなく怖かった」

そこまで話すと快彦は袖口で目もとを拭った。織江の姿が鮮明になる。潤ませた目をこちらに据えている。

「今までこのことを、この気持ちを、誰にも話せなかった。もっと早く……織江に話すべきだった」

「話してくれてありがとう」

「もうひとつ話しておきたいことがある。聞いてくれるかな」

「何？」

「ぼくは父親と血がつながっていない」

「嘘っ……」愕然としたように織江が口もとに手をやる。

「本当だ。最近、残っていた父親の毛髪でDNA鑑定をしてもらった。それを知ったときはどうしようもなくショックだった。ひとりで抱えるのはつら過ぎる事実だったから。だけど……」ある人物の姿を脳裏によみがえらせながらそこで口を閉ざした。

「だけど……？」

「血がつながっていなくても父親は……きみが知っている父親は間違いなくぼくの本当の父親なんだって思うことができた」

「もしかして……そう思わせてくれた人がいたの？」

快彦は頷いた。

「居候の亮介だ。ぼくを見て変わったと思うなら、それは彼の影響かもしれない」

織江が微笑みかけてくる。

「初めてわたしに話してくれたね。快彦さんの友達……大切な人のことを」

「そうだね……正直なところ、今でも人と深く接するのが怖い。自分のせいで誰かを傷つけてしまうんじゃないか、誰かから自分が傷つけられるんじゃないかって。だけど、傷ついた心を本当の意味で癒せるのは人だけだっていうことも知った。これから先、もしかしたら誰かを傷つけてしまうことがあるかもしれない。だけど、逆にぼくが誰かの傷ついた心を癒せることもあるかもしれない。人と親しく接することで自分の心が深く傷つけられることもあるかもしれないけど、逆に誰かに救われることもきっとあるだろう」

こちらを見つめ返しながら織江が頷く。

「ぼくはもう自分のまわりに壁を作らない。もうきみに隠し事はしない。だから思っていることを正直に言う。ぼくはきみとやり直したい」

　最後の言葉に反応したように、織江の肩が跳ね上がる。

「ぼくには織江が必要なんだ。どうしてもきみにそばにいてもらいたい！」

　しばらく待ったが、織江はこちらを見つめたまま言葉を返さない。

「駄目かな？　ぼくとはもう付き合えないかな？」

「ゼロから……ゼロから始めようか」ようやく織江が口を開いた。

「ゼロから？」

「そう。知り合ったばかりの頃に戻って。そして……これからわたしの知らない快彦さんのことを、わたしの知らない快彦さんのお父さんのことを、大切な人のことを、たくさん話してほしい。それでいいなら……」

　その言葉を聞きながら胸の奥が熱くなる。

「わかった。じゃあ、知り合ったばかりのきみをどこかに誘いたい」

「それなら映画がいいな」

　初めてふたりで出かけたときも映画を観た。前日に緊張しすぎてあまり寝られなかったせいか、上映中はほとんど居眠りをしていて織江に呆れられたのを覚えている。

「次は寝ないように気をつけるよ」

　こちらを見つめ返しながら織江が笑った。

21

　グリッパーの立て看板が目に入り、快彦は隣を歩く織江に目を向けた。

「本当にグリッパーなんかでいいの？」

　織江が頷く。

「何てことないカフェバーだよ。たいして洒落てもいないし。せっかくひさしぶりにふたりで出かけたんだから、お寿司とかステーキとか鰻とか他に……」

「そこで食事も出してるんでしょう？」

「まあ……土曜日で亮介がいるはずだからパスタとかピザぐらいだったら出せると思うけど。でもなあ……」

「だって快彦さんの小学校のクラスメートがやってるお店なんでしょう。いろいろおもしろい話が聞けそうじゃない。それにその亮介さんっていう人にも会ってみたいし」

　やはり織江の考えは変わらないようだ。

　シネコンのロビーで何気なくグリッパーの話をしていたら、映画が終わったらそこに行きたいと織江が言い出した。シネコンがあるさいたま新都心から川越まで行くのは織江が大変だろうなどと言って、何とかその提案を翻させようと努めたが、彼女に押し切られる形でけっきょくここまで来てしまった。

　女性を連れてグリッパーに行ったら、亮介や小泉からいじり倒されるのが目に見えている。気を滅入らせながら階段を上り、店のドアを開けて中に入った。

「いらっしゃいま……せ……」と、カウンターの中にいた亮介と小泉がこちらを見て絶句する。さらにカウンター席に座っていた恵と三船も振り返り、口を半開きにしながらこちらを見つめる。

「友人がこの店に来たいって言うから連れてきた」

気恥ずかしい思いで快彦が言うと、「何だぁ、やっぱりそうかぁ」と亮介と小泉が笑って顔を見合わせる。

「やっぱりそうかぁって、何だよ」

「彼女ができて連れてきたのかと一瞬思ったけど、いやいや、村瀬にこんな美人の彼女ができるわけないよなぁってさ」

小泉の言葉にムッとして思わず口を開く。

「失礼な店主だな。今はまだ友人だけどぼくの元カノだよ」

「元カノって……前にここで話してた？」

快彦は頷いた。

「いつも快彦さんがお世話になっているみたいで……白鳥織江といいます。よろしくお願いします」織江が丁寧な口調でみんなに向けて言う。

「とりあえず座ろうか」

織江を促して、快彦たちは恵と三船に挟まれる形で座った。

「こっちが店主の小泉くんで、そっちが従兄弟の亮介。彼女が松重さんで、この店にいる男性の中で一番まともそうな彼が三船くん。亮介以外はみんな小学校のクラスメートなんだ」一通り織江に紹介する。

小泉に注文を訊かれ、織江と同じジントニックを頼んだ。

目の前にドリンクが置かれると、織江と軽くグラスを合わせて口をつける。

「友人に戻ったっていうことは、いずれまた付き合うかもしれないってこと?」

ふいに飛び出してきた亮介の言葉に少し動揺しながら、織江の様子を窺う。

「そうですね……その可能性はあります」

織江が答えると、「そう」と亮介が表情を緩ませた。

その言葉を織江から引き出した亮介に少しばかり感謝する。

「亮ちゃん、ライムが足りなそうだから三つぐらい買ってきてくれるかな」

小泉に言われ、「了解」と亮介が厨房に入っていき、上着を羽織ってフロアに出てくる。

「戻ってきたら何か食事を作ってほしいんだけど」

快彦の言葉に「わかった」と頷き、亮介が店を出ていく。

「……何だか想像していた感じの人だった」

「亮介のこと?」

快彦が訊き返すと、織江が頷く。

「ほんの少ししか話していないけど、すごく優しくて信頼できる人だってわかる」

「吉本も似たようなことを言ってたな」

小泉の言葉に、「吉本さんというのは?」と織江が快彦に訊く。

「別の同居人だよ。最初、彼女の相談に乗ってあげたのは亮介なんだ。たまたまここで見ず知らずの客同士で出会っただけだったそうだけど」

「みんな、亮介のことを褒めすぎだよ。おれはヨシくんのほうがぜんぜん優しい男だと思うよ」

織江が三船のほうに顔を向けて口を開く。

「ヨシくんというのは快彦さんのことですか？」

三船が頷く。

「そうねえ、わたしたちには小学校のときの村瀬くんの記憶があるから」

「えー、快彦さんの小学校の頃の話聞きたいです。どんな感じの子供だったんですか？」興味を持ったように織江が身を乗り出す。

ドアが開く音が聞こえて、快彦は振り返った。キャップを被ったボーイッシュな感じの女性が店に入ってくる。

「いらっしゃいませ。おひとり様ですか？」

落ち着かない感じで店内を見回していた女性が小泉を見て頷く。

「カウンターの空いてる席にどうぞ」

小泉に促されて、女性がカウンターの一番奥の席に座ってビールを頼んだ。

ビールが運ばれてくる間も、運ばれてきて飲みながらも、女性はまだ落ち着きなく店内に視線をさまよわせている。さらにグラスを持った手も小刻みに震えているように感じた。

その挙動が何だか気になり、みんなと小学校のときの話で盛り上がりながらさりげなく女性の様子を窺う。

「この近くにお住まいなんですか？」小泉が女性に声をかける。

「いえ……住んでるのは府中です」

「それはまた遠いところからわざわざ……川越には観光か何かで？」

小泉の口ぶりから一見《いちげん》の客なのだろうと感じた。

「いえ、ＳＮＳで見て……わたし……姫野さゆりさんのファンで……検索したらこのお店でライブをしたときの動画を見つけて……それで……」

「そうだったんですか。もしかしたらまたうちでライブをしてくれるかもしれないんで、定期的にSNSをチェックしていただいたら……」

「あの、蓮見亮介さんは今日いないんですか？」

その言葉に、全員が彼女に目を向ける。

「亮ちゃんのお知り合いなんですか？」

小泉の問いかけに、女性がグラスを置いて弱々しく頷く。そのまま顔を伏せて何かに怯えるように背中を丸める。

府中から来た亮介と知り合いの女性——

もしかしたら姫野さゆりが話していた水曜日のカップルの相手ではないか。

「亮ちゃんは今買い物に出てて、すぐに戻ってきますよ」

小泉がそう声をかけても女性はうつむいたままでいる。女性のことをどのように扱ったらいいかわからないようで、頭をかきながら小泉がこちらのほうにやってくる。

背後からドアが開く音が聞こえ、快彦は振り返った。亮介が店に入ってくる。

「おお、亮ちゃん、お客さんだよ」

小泉の言葉に、亮介が怪訝な顔で視線をカウンターの端のほうに移す。次の瞬間、ぎょっとしたように身を仰け反らせる。

「リサ……何でおまえがここにいるんだよッ」

荒い声を聞きながら、快彦はリサと呼ばれた女性を見た。女性は椅子から立ち上がって亮介のほうを見つめている。

「出てき……」とリサがそこまで言ってはっと口を閉ざす。すぐに口を開き、「こっちに戻ってるならどうして報せてくれなかったのよ」と亮介のほうに向かっていく。

やはり彼女は亮介が刑務所に入っていたのを知っている。

「うるさい。ここはおまえが来るところじゃないからさっさと帰れ！」

亮介に怒鳴られて、リサの目が潤む。すぐに頬に涙が伝う。

「みんなどれだけ亮介のことを心配してると思ってるのよ……」

「うるせえな。帰れって言ってんだろッ！」

「こんなところにいないで府中に帰ろうよ。何も心配することないから」亮介の袖口をつかみながらリサが涙声で訴える。

「早く帰れよ！」

亮介がリサの手を振り払い、上着のポケットから財布を取り出した。千円札をカウンターの上に叩くようにして置き、今度は亮介がリサの袖口をつかんで「帰れ！　二度とここに来るな！」と叫びながら強引に店の外に連れ出す。すぐに亮介だけ戻ってきて乱暴な手つきでドアを閉めた。

決まりの悪そうな顔でまわりの人たちに目をやり、「料理を作ってくる」と言い残して亮介が厨房に入っていく。

彼女のことがどうにも気になり、快彦はカウンター席から立ち上がってドアに向かった。

「快彦さん？」と背後から織江の声が聞こえたが、それには応えずにドアを開けて階段を駆け下りる。ビルから出て、あたりを見回す。さらに薄闇に包まれた周辺をしばらく歩き回ってみたがリサの姿はなかった。

しかたなくビルに戻って階段を上る。ドアを開けて中に入ると、店にいた小泉と織江と恵と三船が一斉にこちらを見た。

「あの女性は？」

小泉に曇った表情で訊かれ、快彦は首を横に振った。

「いったい何があったんだろうね……」恵が小さく呟いて亮介がこもっている厨房のほうを見る。

快彦は織江の隣に座り、店内に漂う重苦しい空気を嚙み締めながらグラスに口をつけた。

「……そういえばヨシくんの小学校の頃の話だったよね。松重、とりあえずとんかつの件を話してあげたら？」

気まずい雰囲気を何とかしようと思ったようで三船が恵に話しかけると、「何ですか、そのとんかつの件って」と織江が興味を持ったように身を乗り出した。

「ああ……わたしの家は江戸時代から代々続く醬油の蔵元でね、小学校のときにはクラスメートからしょうゆってあだ名をつけられてよくからかわれていたの。だけど村瀬くんが『ぼくはとんかつに醬油をかけて食べるほど醬油が大好きだ』って勢い込んで言ってくれたおかげで、それ以来からかわれなくなった」

「あれは名言だったたな。あれ以来、おれも揚げ物には醬油をかけるようになった。実際うまいしな」小泉もようやく顔を綻ばせて言う。

「そんなことがあったんですね」織江が嬉しそうな表情でこちらを見る。

「おれもヨシくんにはずいぶんと助けられたな」

三船の言葉に、「もっと快彦さんの子供の頃の話が聞きたいなあ」と織江がカウンターに両手で頬杖をついた。

「今日はとても楽しかった。やっぱりあのお店に行って正解だった」

その声に、快彦は隣を歩く織江に目を向けた。

「それはよかった。今度はひさしぶりにウチに遊びにおいでよ。ロウと他の同居人も紹介するから」

「いいの?」

弾むような笑顔で織江に訊かれ、「もちろん」と快彦は答えた。

「ロウくんにずっと会いたかったし、吉本さんや和希くんにもぜひお会いしたい」

「次に土日で休めるときに来るといいよ。みんなに話しておくから」

駅前にあるデパートが近づいてきて、少しでも長く織江と一緒にいたいと歩調が緩くなる。

「それにしても……蓮見さん、どうしちゃったのかしら。会ったときには優しそうな人に感じたけど……」

「ぼくも亮介のあんな姿を見るのは初めてだ」

あれから亮介は厨房にこもったまま出てこなかった。快彦たちに作ったパスタも小泉が出したので感想すら言えないままだ。

こんなところにいないで府中に帰ろうよ。何も心配することないから――

ずっとリサの言葉が気になっている。

亮介はまわりから人望があったようだと、弁護士の新田が話していた。職場の人たちも、友人たちも、亮介のことを悪く言う人はひとりもおらず、むしろ彼が事件を起こすなんてとても信じられないと口々に話していたと。さらに情状証人として裁判に出廷してもいいという人さえいたとのことだ。

まわりにいた人たちは亮介を慕い、きっと彼自身もその人たちのことを大切に思っていたのではないか。それなのにどうしてあれほどリサを拒絶するのか。

そもそもどうして縁の薄かった快彦に身元引受人になることを求め、馴染みのまったくない川越で生活することにしたのか。

快彦の父に、自分の死後にひとりぼっちだったらそばにいてやってほしいと頼まれたというようなことを言っていたが、本当にそれだけなのか。

ＪＲ川越駅の改札の前で快彦は足を止めた。

「じゃあ、気をつけて帰ってね」

快彦が言うと、手を振りながら織江が改札に入っていく。

脱線しかけていた自分の人生は修正されつつある。それはたくさんの人との縁を結んでくれた亮介のおかげでもあるだろう。

今度は自分に何かできることはないかと考えながら、快彦は織江の背中を見つめた。


ドアが開く音が聞こえ、ソファに座っていた快彦は振り返った。

リビングダイニングに入ってきた亮介が、「まだ起きてたのか」と手に持っていたレジ袋から角瓶を取り出してテーブルの上に置く。ビール以外の酒を家で飲むことはなかったので珍しいと感じた。

「今日のパスタ、おいしかったよ。織江も喜んでた」

「見送りもせずに悪かったと彼女に伝えてくれ。変なところを見せちまってちょっと気まずくなったから」

そう言いながら亮介がキッチンに行き、グラスに氷を入れてテーブルに戻ってくる。

「彼女が水曜日のカップルの相手なのか?」

快彦が問いかけると、椅子に座ろうとしていた亮介が動きを止めて「何だ、それ」とつっけんどんに言う。

「姫野さゆりさんが言ってただろう。毎週水曜日に亮介と女性が自分の路上ライブを聴きにきてたって」

「おまえには関係ない。約束を守れよ」

「約束?」

「一つ、お互いのプライバシーにはいっさい関与しない。他人のことに首を突っ込まないで、おまえは織江ちゃんのことだけ考えてればいいんだよ」

亮介から他人と言われて少し寂しくなる。

「それはぼくが亮介に課した約束だ。だいいち散々ぼくのことに首を突っ込んできたのはそっちのほうだろう」

「まったくうっとうしいな。ここにいたら酒がまずくなりそうだから部屋で飲む」

苛立たしそうな口調で亮介が言ってテーブルに置いた角瓶とグラスをつかみ、リビングダイニングから出ていった。

22

浦和駅の改札を抜けると、快彦は電光掲示板に目を向けた。大宮駅に先に着く湘南《しようなん》新宿ラインのホームに向かう。

ホームの列に並んでいるとポケットの中が振動してスマホを取り出した。織江からＬＩＮＥのメッセージと写真が届いている。写真には骨の形をした犬のオモチャが写っていて、『ペットショップで見つけて買っちゃった。和希くんへのおみやげは何がいいかな？』とメッセージが添えられている。

次の日曜日に家に遊びに来ることになっているので、写真のオモチャはロウへの土産だろう。『和希くんは甘いものが好きだからケーキとかがいいんじゃないかな』と返信すると、すぐにオッケーマークのスタンプが届き、スマホをポケットに入れた。

清美と和希には織江が家に来ることを話しているが、亮介にはまだ伝えられていない。土曜日の夜にリサの話をしてから今日までの五日間、亮介と顔を合わせる機会がなかった。日曜日から火曜日まではグリッパーの仕事はないはずだが深夜まで家を空けていて、朝部屋のドアをノックしても応答することはない。

よほどリサの話に触れられるのが嫌なのか快彦のことを避けているようだが、自分としてはこのままにはしておけない。

昨日の水曜日は仕事をしているはずなのでグリッパーを訪ねようかと考えたが、小泉の前でできる話ではないと思い直した。

リサのことがずっと気になっているが、彼女の連絡先も知らないので亮介が話をしてくれないかぎり自分にはどうすることもできない。

ホームに電車が到着して、快彦は列に続いて乗り込んだ。ふいにあることを思いついて、ドアが閉まる直前に電車を降りる。

亮介は事件を起こすまで府中にある、ばってんという店で働いていたという。店の大将には本当によくしてもらったと話していたので、その人に訊けばリサのことを何か知っているかもしれない。

快彦はスマホを取り出して府中までの行きかたを検索した。

府中駅に降り立つと、快彦はスマホの地図を頼りに店を探した。

駅前の繁華街を歩いているうちに『ばってん』と暖簾《のれん》の掛かった店を見つけた。店内に入ると「いらっしゃいませ」と店名を記した黒いTシャツを着た女性が現れる。

「おひとり様ですか?」と訊かれて頷くと、カウンター席に案内された。とりあえず生ビールを頼んで店内を見回す。

十人ほど座れるカウンター席とテーブル席が八つあり、そのほとんどが客で埋まっている。なかなかの繁盛店のようでフロアにいる三人の女性店員が忙しそうに歩き回っていて、カウンターの中にいる三人の男性店員も黙々と調理をしている。

「お待たせしました。生ビールとお通しです」

女性の声に快彦は目を向けて、はっとした。カウンターにジョッキと小鉢を置いた女性店員も快彦に見覚えがあると思っているようで目を丸くしている。

グリッパーにいたときにはキャップを被っていたので印象は違うが、間違いなく亮介がリサと呼んでいた女性だ。

Tシャツの胸もとに『相田《あいだ》』とネームプレートが付いている。

「あの……数日前にグリッパーというお店にいた……」

快彦は頷いた。

「あの日のことが気になって、あなたと話がしたいと思って」

「どうしてここが……？」

自分が働いている場所をどうして知っているのかと不思議に思っているのだろう。

「亮介から以前ここで働いていたと聞いたことがあって。あなたがここで働いているのは知らなかったけど、従業員のかたに訊けばもしかしたらあなたと連絡を取り合えるかもしれないと思って」

「亮介の友人のかたですか？」

「友人というか、従兄弟です」

「従兄弟？」

「ええ。亮介は今、ぼくの家で一緒に暮らしています」

驚いたようでリサの肩が跳ね上がる。

「ぼくは村瀬快彦といいます。相田リサさんでよろしいですか？」

「ええ……」

「お時間のあるときに少しお話しできませんか？」

快彦が切り出すと、「ちょっと待っててください」と言ってリサがカウンターの中に入っていく。頭に鉢巻をした年配の男性のもとに向かい、何やら話をする。

男性の視線を感じながらビールを飲んでいると、リサの姿が消えた。しばらくして上着を羽織ったリサがフロアに出てきてこちらに向かってくる。

「長谷川《はせがわ》さんから許可をもらったので、今から外で話をすることができます。もちろんお代はけっこうですと」

「あのかたがここの店主さんなんですか?」

リサが頷いた。

やはりそうか。ちらちらとこちらに向けていた視線が不安げに思えた。今の亮介がどんな生活をしているのか気になっているのだろう。

「ここの店の大将には本当の父親みたいによくしてもらったって亮介は言ってました」

「それだったらどうして府中に戻らずに川越にいるんですか?」

「ぼくもその理由が知りたいんです。行きましょうか」

快彦は立ち上がり、長谷川のほうに向けて会釈をしてからリサとともに店を出た。

「この近くに落ち着いて話ができる場所はありますか」

快彦が言うと、「お店じゃなくてもいいですか?」とリサが訊き返してくる。

「ええ。ぼくはどこでもいいです」

リサに続いて府中駅のほうに向かう。駅に通じる階段を上っていくと、ギターの音色と男性の歌声が聴こえてきた。駅前のコンコースで路上ライブをしているようで、数人の男女が演奏を聴いている。

姫野さゆりもこのあたりで歌っていたのかもしれない。

聴衆から少し離れたところにあるベンチにリサが近づき、「ここでいいですか?」と訊いた。

亮介との思い出の場所なのだろうかと想像しながら快彦は頷いてベンチに座った。リサが隣に腰を下ろす。

「まずお訊きしたいんですが、相田さんは川越に来る前に亮介がどこにいたのかご存じですか？」

グリッパーでの会話から知っているのだろうと感じていたが、念のために訊いておくことにした。

「ええ。静岡刑務所です」リサが答えた。

「どのような事件を起こしてそこに入ったのかも？」

「もちろん知ってます。今でもとても信じられないけど……」リサがつらそうに顔を伏せる。

「相田さんは亮介とお付き合いされていたんですか？」

「そうです。付き合い始めたときから十年になります」

「亮介が二十二歳のときですね」

「わたしはそのとき二十歳でした。ばってんでアルバイトを始めて亮介と知り合ったんですけど、わたしの悩みを解決してくれたことがきっかけで彼のことを好きになって……」

「あなたの悩み？」

「恥ずかしい話なんですが、友人に誘われて二、三度ホストクラブに行ったら高額な飲み代を請求されてしまって……担当したホストから金を払わなければ知り合いのヤクザに債権を渡すぞって脅されて、風俗の仕事を紹介してやるからそこで働けとか言われて……一緒に行った友人は親が代わりに支払ったみたいだけど、わたしは家族との折り合いが悪くてひとり暮らしを始めたケチだから、とても親には相談できなくて……バイト中も何も手につかずに悩んでいたら亮介が『何か悩みがあるの？』って声をかけてくれて」

「それで亮介が相手と話をして解決してくれた？」

「それからしばらくしてそのホストから『支払いはいい』ってメッセージが届いて、それ以来わたしに連絡してくることはなくなりました」

「そう……」

清美の件を思い出しながら亮介らしいと感じた。

「彼は一週間ぐらいお店を休んでて、連絡して事情を訊いても何も話してくれなかったからどうやって相手を納得させたのかはわからないけど……出勤したときには顔中に傷跡が残っていたから、たぶん……」

想像でしかないが、おそらく身体を張って殴られるかして、逆に警察に訴えるぞと相手の弱みを握ってリサへの請求を諦めさせたのかもしれない。

「その件がきっかけで仲良くなって、それで……彼のことが好きになって付き合ってほしいって告白したけど、最初はあっさり断られました」

「他に付き合っている人がいたとか?」

「付き合っている人はいないって言ってました。ただ、自分には頼れる家族はいないし、高校も出てないから、他にもっといい人が現れるにちがいないって。だけど彼のことをどうしても諦めきれなくて、それからも何度もアタックしてようやく付き合うことになりました。それからしばらくして同棲するようになって……お互いにひとりで生活してたから一緒に暮らしたほうが節約できるし、早くお金を貯められるだろうって」

「結婚資金を貯めようと?」

「お互いに結婚するつもりでいたけど、わたしは別に結婚式を挙げたいとは思ってなかったから。それよりも亮介にはばってんから独立して自分のお店を開くという夢があったからそのための資金を早く貯めようと。もちろん亮介だけでなくわたしの夢でもあったけど」

頑張って金を貯めて、将来は自分の店を持ちたいと思ってたんだけどな――

出所した後に行ったラーメン店で亮介が発した言葉を脳裏によみがえらせながら、不可解な思いが胸に広がっていくのを感じる。

「どうしてあんな事件を起こしたのか、亮介から聞いたことはありますか?」

快彦の問いかけに、リサが首を横に振る。

「ぼくたちはまだ短い付き合いでしかないんだけど、亮介のことを知るにつれてあんな事件を起こすようには思えなくて……」

「短い付き合いというのはどういうことですか? さっき従兄弟だと言ってましたよね」

「従兄弟だけど小学生の頃以来、かれこれ二十年以上会ってなかったから」

「それなのに亮介と一緒に暮らしてるんですか?」

「半年ほど前にいきなり亮介を担当した弁護士から連絡があったんだ。静岡刑務所に服役している亮介に仮釈放の可能性が出て、ぼくに身元引受人になることを求めてるって」

何か釈然としないものがあるのか、リサが口もとを歪める。

「その弁護士って新田先生ですか?」

「そう、新田先生。従兄弟とはいっても二十年以上会っていない、ある意味ぼくにとっては赤の他人のような存在だったから断ろうと思ったんだけど、けっきょく身元引受人になるのを了承して、半年という期限を設けてぼくの家に住まわせることにしたんだ」

「そうだったんですか……だけどどうして二十年以上会ってなかった従兄弟に身元引受人を頼む必要があるんですか? わたしや長谷川さんも含めて、府中には喜んで亮介の身元引受人になるっていう人がたくさんいますよ」

「新田先生から聞いたけど、亮介はたくさんの人に慕われてたみたいだね」

リサが頷いた。

「亮介はとても優しい人だから。わたしの一件でもわかるように、店の同僚やお客さんやこの近辺にいる飲み友達の悩みをいつも親身になって聞いて、何とかして解決しようとその人たちに寄り添ってた。そうしたら何か得するかもしれないなんていう打算はいっさいなく。さっきのお話ですけど、わたしもいまだに亮介があんな事件を起こしたことがどうしても信じられないでいます。優しい人だから、誰かを庇って自分が代わりに捕まったんじゃないかって」

「でも、目撃者がいるんだよね？」

「ええ……彼の裁判も傍聴しましたけど、亮介が被害者に暴行するところを店員や他のお客さんが目撃しているって。だけど……それを聞いてもどうしても納得できないんです。あの日は店の定休日で、夕方から一緒に外食する予定でいたんです。亮介は駅前にある書店で料理の本を買いたいっていうことで先に部屋を出て、それからしばらくしてわたしのＬＩＮＥに『急用ができたから今夜の外食はやめにしよう。この埋め合わせは必ずするから。ごめん』ってメッセージが届いて、しかたないから部屋で夕食を作ってずっと待っていたけどなかなか亮介は帰ってこなくて……彼のＬＩＮＥにメッセージを送ってもぜんぜん既読にならなくて……そしたら深夜の三時過ぎに部屋に警察の人がやってきて、亮介が傷害致死事件を起こして逮捕されたって……」

リサの話を聞きながら、ふたたび不可解な思いに駆られた。以前、亮介から事件を起こしたときの状況を聞いたことがあったが、リサの話と嚙み合わない点がある。

亮介が語ったところによれば、その日仕事が休みだった彼はひとりで飲んでいて被害者の男性と知り合い、それで意気投合してはしご酒をしているうちに相手がしつこくからんできて腹の立ったことを言われたため、思わず暴行してしまったということだった。

恋人との約束を直前で断ってまで、どうしてひとりで酒を飲んでいたのか。

「亮介が書店に行く前に喧嘩したとか、そういうことはなかったですか？」

そうであれば恋人と外食する気が失せて、ひとりで飲んでいたとしても納得できる。

「ぜんぜんそんなことはありませんでした。むしろ普段よりもウキウキしているようにわたしには思えました」

「ウキウキ？」快彦は訊き返した。

「その日はわたしの二十四歳の誕生日だったんです。いつもは節約して外食するときもファストフードばかりだったけど、その日は評判のいいイタリアンのお店を予約してくれていて……もしかしたらプロポーズするつもりでいるんじゃないかって……」

その話を聞いて、なおさら不審の念が強くなる。

たしかに自分が感じていた以上に、リサは亮介があんな事件を起こしたことが信じられずにいるだろう。

「わたしは亮介がそんな事件を起こしたことがどうしても信じられなくて……彼の口から直接話を聞きたくて……逮捕された数日後から毎日のように警察署に行きましたが、亮介と面会することはできませんでした」

「ずっと、ですか？」

「ずっとです」

快彦は不思議に思った。たしかに接見等禁止の決定が出ていれば、被疑者や被告人は弁護士以外と面会をすることはできない。被疑者や被告人が否認していたり、共犯者がいる可能性が疑われると接見等禁止の決定が出されやすいのだが、事件の概要を聞くかぎり目撃者がいるので、亮介が否認したり、共犯者がいると警察に疑われたりすることはないように思える。

「新田先生はいつから彼の弁護を?」快彦は訊いた。

「亮介が逮捕された三日後に彼の弁護をお願いしました。長谷川さんのお知り合いだったんです」

「亮介は逮捕されてから罪を認めていなかったんですか?」

「いいえ。新田先生の話だと、すべて容疑を認めているとのことでした」

「それじゃ、ずっと面会できないというのはおかしくないですか?」

仮に接見等禁止の決定が出されていたとしても、弁護士の新田がついていれば準抗告をして面会できるようにしただろう。

「面会できなかったわけじゃなくて、亮介がわたしたちとの面会を拒絶したんです。わたしも長谷川さんも新田先生を通じて面会するよう彼に伝えてもらったんですが、頑として受け入れようとしないと……それに新田先生の提案で、わたしか長谷川さんが彼の裁判の情状証人になるつもりでいましたが、それも断られてしまって……裁判を傍聴したときも彼はわたしや長谷川さんといっさい目を合わさないようにしていました。まるで部屋を出ていったあのときからまったくの別人になってしまったように……」

重い罪を犯したという負い目がそうさせてしまったのか。

弁護士である自分は同様の罪を犯した被疑者や被告人を何人か見てきた。中には合わせる顔がないと家族が傍聴することや情状証人になることを拒む人もいたので、その気持ちがまったくわからないわけではない。ただ、それでも亮介のその頑なさに、どこか違和感のようなものを抱いてもいる。

「裁判ではまったく争うことのないまま亮介は罪を認めて、懲役七年の刑が言い渡されました。新田先生から静岡刑務所に服役することになったと教えてもらって、それから毎週のように手紙を出しました。府中の知り合いはみんな亮介が戻ってくるのを待っていると。出所したらばってんでふたたび働いてもいいと長谷川さんは言っているけど、接客業をすることに抵抗があるなら、他の仕事を紹介してくれる人がいることも伝えました。それと身元引受人の件も心配いらないから、仮釈放の時期になったら報せてほしいとも」

快彦の父の願いがあったとはいえ、亮介はどうして縁の薄かった自分に身元引受人を頼み、馴染みのない川越で生活することにしたのか。

リサに会えばその理由がわかると思っていたが、彼女の話を聞いてさらに解せなくなっている。

亮介には戻る場所があり、迎え入れてくれる人たちがいた。それなのにどうして彼はそこには戻らず、さらに自分を訪ねてきたリサをあれほどまでに拒絶するのか。

「……もちろん長谷川さんも含めて、みんなすぐにそんな気持ちになったわけではありません。そのつもりはなかったとはいえ、人を死なせてしまった結果は重大です。ただ、みんな亮介と過ごした日々を、亮介にしてもらったことを思い返しているうちに、事件を起こしたことを反省して被害者やご遺族に贖罪《しょくざい》の思いを抱いているなら、彼の更生を支えていこうと考えるようになったんです。その思いを伝えたくて刑務所に入ってから何百通もの手紙を送りましたけど、亮介から返信があったことは一度もありませんでした」

「新田先生からぼくが亮介の身元引受人になった話は聞かなかったんですね？」

快彦が訊くと、「ええ……」とリサが頷いた。

「だから村瀬さんのお話を聞いてすごく驚きました」

おそらく亮介は快彦が自分の身元引受人になったことをリサたちには話さないようにと、新田に口止めしたのだろう。

ふいにリサがこちらから視線をそらし、路上ライブをしているミュージシャンと聴衆を見つめる。

「……ここにいるとあの頃のことを思い出します」寂しそうにリサが呟く。

「亮介と一緒に姫野さゆりさんの路上ライブを聴いたこと?」

リサが頷く。

「節約した生活を送っていたわたしたちにとって、唯一と言っていい娯楽でした。お店が休みの水曜日に亮介と一緒にここに来て姫野さんのライブを聴くのが一週間の中の一番の楽しみで……プロデビューしてここでライブをしなくなってからも、姫野さんの歌はよく聴いていました。彼女の歌を聴いていると、何だか亮介が近くにいるような気持ちになれるから。SNSで姫野さんのことを検索してたらグリッパーでやったライブの映像を見つけて、そこに亮介に似ている人が映っていて……本当にびっくりしました」

グリッパーでのライブの光景を思い出す。

姫野さゆりが路上で弾き語りをしていた頃に作ったという曲を聴きながら亮介は涙を流していた。あのときの亮介はリサとここで過ごした記憶をよみがえらせていたのではないか。

「それで彼かどうか確認しようとお店に行ったんですけど……まさかあんなことを言われるなんて……もう、わたしのこと好きじゃないのかな。この六年の間にわたしの知らない別の人になっちゃったのかな」溜め息を漏らしてリサが顔を伏せる。

「彼の心の中はわからないけど……でも、それは違うんじゃないかとぼくは思う」

弾かれたようにリサが顔を上げてこちらを見る。

「グリッパーで姫野さんの歌を聴きながら亮介は涙を流していました。おそらく亮介も相田さんと過ごしていた頃のことを思い出していたんじゃないでしょうか」

リサが微かに笑みを浮かべる。

「そうであったらいいなと思います……わたしは今でも亮介のことが好きです。もちろん好きという気持ちだけじゃうまくいかないこともわかっているつもりです。亮介と一緒になったらきっとつらいことや苦しいことがたくさんあると思います。府中の知り合いは亮介のことを理解してくれているとしても、重い罪を犯して刑務所に入っていた亮介への世間からの風当たりは強いでしょうから。ただ、それでもわたしは亮介と一緒に生きていきたいと思っています。彼が背負った十字架をわたしも一緒に背負って、被害者やご遺族への贖罪の思いを持ち続けながらふたりで生きていきたいって」

リサを見つめ返しながら快彦は相槌を打った。

「わたしの部屋は亮介が出ていったときから変わっていません。家具も、カーテンも、亮介が持っていた服も、彼が買った本も、彼が出ていったときのままです。その部屋でわたしは六年間彼を待ち続けています。だけど、それも最近ではつらくなっていて……それまでは出所したら亮介はきっとここに戻ってくるんだと自分に言い聞かせられましたけど、この前グリッパーで彼と会ってからは……」リサがそこで口を閉ざして何度か首を振る。「今は彼との思い出に包まれたままひとりきりで過ごすことにどうにも耐えきれなくなっていて……村瀬さんにお願いしたいことがあります」

「何ですか?」快彦は少し身を乗り出した。

「亮介の本心を訊いてもらえないでしょうか。亮介がもうわたしのことを必要としていないというのなら、そのときはわたしも彼のことを忘れて新しい人生を歩もうと思います」

「わかりました。リサさんの思いを伝えて、亮介の本心を訊いてみます」

「できればあのときの約束を果たしてほしい……と」

「約束というのは?」その言葉に興味を覚えて快彦は訊いた。

「いつか奄美大島に連れていくって約束してくれたんです」

亮介の生まれ故郷だ。

「亮介は二十歳のときに奄美大島から上京したんですよね。それから一度も帰ったことがなかったのかな」

何気なく快彦が言うと、リサが首を横に振った。

「同棲して一年ほど経った頃だったから八年ぐらい前かな、急に奄美大島に行くと言い出して仕事を数日休んだことがありました。わたしも一緒に行きたいって言ったんだけど、ふたりして仕事を休んだらお店に迷惑がかかるからって断られて。そのときにいつかわたしを奄美大島に連れていって、自分が長年親しんできた場所を案内するって約束してくれたんです」

「どうして急に奄美大島に行くことにしたんだろう?」

「ひさしぶりに生まれ故郷の景色が見たくなったとしか……その数日前にこっちにいる親戚に会いに行くって言ってたから、その人と奄美大島の話になって懐かしくなったのかもしれませんね。その人は亮介が生まれる前までは実家が営んでいた民宿によく泊まっていたそうなので」

「親戚?」

「ええ……大学で鳥類学を教えている教授で、オープンカレッジの講義があるのを知って聞きにいくことにしたって」

父だ。

「それ、ぼくの父親のことです」

「そうなんですか⁉」リサが驚いたように言う。「実際に話ができるかどうかはわからないけど、小学生の頃以来会っていないから楽しみだって言ってました」

リサの言うように、父と話をしているうちに故郷が懐かしくなって亮介は奄美大島に行ったのだろうか。

だが、どこか釈然としない思いも抱く。当時のふたりは開業資金を貯めるために節約した生活を送っていたという。その状況で金を使って旅行するのであれば、いっそのこと恋人と一緒に行けるときにしようと思わないだろうか。

それともひとりでしたいことが何かあったのか。

奄美大島で――

「……どうしたんですか?」

リサの声に我に返り、快彦は顔を上げた。

「いえ、何でもありません。近いうちに亮介と話をしてみます。相田さんの連絡先を教えてもらえますか」

薄闇の中で佇んでいると、ビルから小泉が出てくるのが見えた。店の立て看板を持って中に戻っていく。

さらにしばらく待つと亮介がビルから出てきた。駅のほうではなく丸広百貨店のほうに向かって歩いていく。

快彦は亮介の背中を追った。彼との距離が近づき、「おい、亮介」と声をかけると亮介が足を止めて振り返った。目が合った瞬間、亮介が口もとを歪める。

「一緒に帰ろう」という快彦の言葉に答えることなく亮介が歩き出す。

「いつも歩いて帰ってるのか?」

いきなりリサの話を切り出すのもどうかと考え、思いついた言葉を投げかける。

「そうだよ」素っ気なく亮介が返す。

「家まで三十分はかかるだろう。大変じゃないか?」

「この時間じゃバスはないからしょうがねえだろう。かといってタクシーを使えるほど裕福な身分でもない」

「自転車を買ったらどうだ?」

「それも考えたが、どうせ来年の三月にはおまえの家を出ていくからな。そんなことよりもおれを待ち伏せしていったい何の用だ?」

「そんなに突っかかるなよ。亮介と話がしたかったんだ」

「日曜日に織江ちゃんが家に遊びに来ることは清美ちゃんから聞いた。おまえのガールフレンドをどうしておれがもてなさなきゃならないのかわからないが、清美ちゃんに頼まれたからタンシチューを作ってやることにした。それ以外、おまえと話すことは何もない」

「……来年、うちから出ていったら府中に戻ったらどうだ?」

亮介がこちらに顔を向けた。鋭い眼差しで睨みつけてくる。

「この前も言っただろう。おまえには関係ねえ……」

「さっきまで相田リサさんと会ってたんだ」

遮って言うと、驚いたように亮介が目を見開いた。すぐに顔を背ける。

「相田さんは今でも亮介のことを大切に思っているそうだ。部屋も亮介が出ていったときのままにしていて、六年間きみが帰ってくるのを待ち続けてる。相田さんだけじゃない。ばってんの長谷川さんも、友人たちも、亮介が府中に戻ってくるのを待ってるって」

「まったくおめでたいやつらだ」

「おめでたい？」

鼻で笑いながら亮介が言ったその言葉を聞いて、胸がざらつく。

「だってそうじゃねえか……あいつは子供だから先のことが考えられないんだ」

「子供？　ぼくたちよりも年下だといっても彼女はもう三十歳だぞ」

「じゃあ、あの頃からまったく成長してねえんだな。おれと一緒になったら将来どうなるかってことも考えられないんだから。おれと結婚したら人殺しの妻、おれに子供ができたら人殺しの息子や娘って呼ばれて、まわりから後ろ指をさされ続けることになるんだよ。世間はそんなに甘くはねえよ。おまえ自身がよくわかってることだろう」

「ぼく自身がよくわかってるって……どういうことだよ？」

「川越に来たばかりの頃、おれがおまえの知り合いと会ったり話したりするのを露骨に嫌がってたじゃねえか。そうやって知り合って、仲間になっても、過去を知ったら離れていくって。つらくなるだけじゃないかってな」

たしかにそんな言葉を亮介に投げつけたことがある。あれから二ヵ月ほどしか経っていないが、はるか遠い昔のことに思える。

「それは……」次の言葉が見つからず、快彦は口ごもった。

「おれの過去を知ったら誰もが軽蔑の眼差しを向けてくるだろう。おれが望むんならまたばってんで働いてもいいと大将が言ってるってリサからの手紙に書いてあったが、そんなのは綺麗事《きれいごと》に過ぎない。おれがいるせいで客が来なくなったら大将も考えを翻《ひるがえ》すだろう。他のやつだってきっとそうだ」

「それで自分の過去を知る人がぼく以外にいない川越で生活することにしたのか？」

「そうかもしれねえな」

「たしかに……亮介の過去を知ったら離れていく人はたくさんいると思う。実際、ぼくも最初はきみのことを忌避していた。できれば関わりたくないと思っていた。申し訳ないけど……」

「別に謝ることはねえよ。それが普通の感覚だ」

「でも、亮介と一緒に過ごすうちに、きみの人柄がわかってくるうちに、それまでとは違う感情を抱き始めるようになった。きみが犯してしまった罪はけっして消えることはないし、過去を変えることもできない。だけど、自分への人の感情は変えることができるんじゃないかな。亮介の過去を知っても、誰もが軽蔑して離れていくとはかぎらないと今のぼくは思う」

亮介は何も言葉を返さない。

「さっき亮介が言ったことを相田さんは覚悟している。府中にいる知り合いは亮介のことを理解してくれてるとしても、重い罪を犯して刑務所に入っていた亮介への世間の風当たりは強いだろうと。ただ、それでも相田さんは亮介と一緒に生きていきたいと言っていた。亮介が背負った十字架を自分も一緒に背負って、被害者やご遺族への贖罪の思いを持ち続けながらふたりで生きていきたいって。他の人たちも同じ思いのようだ。事件を起こしたことを反省して被害者やご遺族への贖罪の思いを抱いているなら、亮介の更生を支えていきたいって」

「あのおっさんに対して贖罪の思いなんか微塵《みじん》も抱いてねえよ」

その言葉が鋭く胸に突き刺さった。

「どういうことだ？」と思わず足を止めて訊くと、亮介も立ち止まってこちらを振り返った。すぐに口を開く。

「悪いとは思ってねえってことだ。どうせ人に迷惑をかけて、ろくでもない人生を送ってきた男だろう」

「どうして亮介にそんなことが言えるんだ？　ちょっと酒を飲んだぐらいの間柄だろう」

「五十二歳って言ってたかな。首のこのあたりにコブラの刺青《いれずみ》を入れた男だったよ」亮介が自分の首もとに指を向けながら言う。

「だからって……」

「おれと同じように人を殺して刑務所に入ってたってさ。しかもふたりな」

間髪を容《い》れずに亮介に言われ、快彦は絶句した。

「以前、おまえに事件のことを訊かれたときには酔っぱらっていたからあまり覚えてないと言ったが、虫唾が走るほど嫌なやつだったから殺してやるつもりで殴りつけたんだ」

亮介を見つめながら心臓が凍りつきそうになる。

「殺すつもりはなかったって……」絞り出すようにして快彦は言った。

「嘘も方便って言うだろう。正直に話せばもっと長いこと刑務所に入れられただろうからな」

「そもそもどうしてそんな嫌なやつと飲むことになったんだ。相田さんと誕生日会をする約束をしてたんだろう?」

亮介がはっとなった。そんな話までリサから聞いたのかと思ったようだ。

「……以前、話しただろう。運が悪かったって」気を取り直したように亮介が呟く。

「運が悪かった?」

快彦が見つめ返していると、「おまえならきっとおれの……」と言って亮介が口を閉ざした。

その言葉の続きが気になり、「何だよ?」と先を促した。

「いや……何でもない」亮介が首を振ってこちらに背を向けて歩き出す。

快彦も鉛のように重くなった足を踏み出した。すぐ目の前にある亮介の背中を見つめながら、彼から心が離れていくのを感じる。

しばらく歩いたところにある立て看板の前で亮介が立ち止まり、こちらに顔を向けた。

「おれはこれからここで飲んでいくから。じゃあな」ぞんざいな感じで手を振って亮介が目の前にあるバーに入っていく。

亮介の姿が見えなくなると、快彦は薄闇の中を歩き出した。

23

織江とともにバスを降りて快彦は自宅に向かった。

「皆さんと会うのが楽しみ」と弾んだ声が聞こえたが、自分の気持ちは織江の声音とは正反対に沈み込んでいる。

あのおっさんに対して贖罪の思いなんか微塵も抱いてねえよ——

虫唾が走るほど嫌なやつだったから殺してやるつもりで殴りつけたんだ――

三日前の深夜に話をしてから亮介の目をまともに見られなくなっている。

今日は清美と和希とともに五人で食卓を囲むことになっているが、これから亮介と顔を合わさなければならないと思うとどうにも憂鬱《ゆううつ》だった。

昨日、リサからその後の様子を窺うＬＩＮＥのメッセージが届いたが、亮介から聞いたことをそのまま伝えるべきかどうか悩んでしまい、けっきょく彼とはまだその話をしていないと返信した。

自宅に着き、快彦は鍵を取り出して玄関ドアを開けた。織江を促しながら中に入り、「ただいま」と呼びかけると、すぐに清美と和希がやってきた。

「はじめまして。白鳥です。今日はお招きいただきありがとうございます」

清美たちと挨拶を交わし、織江が靴を脱いで玄関を上がる。

「なかなかのヤンチャものだから嚙みつかれないように気をつけてね」リビングダイニングのドアを開ける前に快彦は注意を促した。

「村瀬くん以外の人には嚙みつかないから大丈夫よ」笑いながら清美が言う。

ドアを開けると案の定、クレートからロウが飛び出してきて織江を威嚇するように激しく吠えた。

「ロウ、待て」と和希が手で制すると、ロウが吠えるのをやめてその場でお座りする。さらに「スピン」「ターン」と和希が指を回してロウが右に左に回転すると、「すごいっ！」と織江が拍手した。

「お姉ちゃんもやってみなよ」と和希におやつを差し出され、織江がバッグと土産として用意していたケーキの箱をテーブルに置いて受け取る。

和希からのレクチャーを受けながら織江がロウをお座りさせた。さらにスピンとターンをさせて和希と一緒に盛り上がる。

「亮介は？」彼の姿がないのに気づいて快彦は清美に訊いた。

「急用ができたとかでタンシチューを作った後に出かけた。一緒に食事できないから織江さんにお詫びしておいてって」

「そう……」

それを聞いて安堵する。どうやら顔を合わせたくないと思っているのは自分だけではないようだ。

ひとしきりロウと戯《たわむ》れると、「快彦さん」と織江が呼びかけてきた。

「お父さんとお母さんにご挨拶させてもらってもいいかしら」

「もちろん」と快彦が答えると、織江が隣の客間に入っていく。仏壇の前で正座し、線香をあげて手を合わせる。

ひさしぶりに織江が来てくれて父も喜んでいるだろうと思いながら、快彦はキッチンに行って食事の準備を始めた。


「──それにしても村瀬くんにこんな素敵な彼女さんがいたなんて」

食卓を囲みながらふいに清美に言われ、「いや、まだ彼女ってわけじゃないから」と快彦は慌てて言い添え、「そうなんだよね？」と織江に目を向けた。

「どうかなあ……でも、以前付き合っていた頃よりも今の快彦さんは魅力的に思えるからそうなっても不思議じゃないかな」

「あら、暑い暑い」と清美が冗談っぽく手であおぐ仕草をして、「でも、本当にお似合いのカップルだと思う。羨ましいなあ」とタンシチューの皿にスプーンを伸ばす。

「お母さんも再婚すればいいじゃない。亮介さんと」

和希に言われ、清美がむせる。

「いきなり変なこと言わないでよぉ、この子はもう……」

「亮介さんだったらぼくはいいよ。お母さんの料理よりもおいしいもの作ってくれるし、なかなかイケメンだし」

「何、マセたことを言ってるの」

ふたりのやり取りを聞きながら織江と顔を見合わせる。

亮介のもとにリサが訪ねてきたときの顛末《てんまつ》を織江も見ていたが、清美たちにはそのことを話していない。

何と言っていいかわからないままタンシチューを食べていると、振動音が聞こえた。ソファの前のローテーブルに置いた自分のスマホからのようだ。

快彦は椅子から立ち上がってローテーブルに近づいた。登録していない固定電話の番号から着信が入っている。誰からだろうと思いながらスマホをつかみ、「ちょっとごめん」とみんなに断りを入れてリビングダイニングを出た。

「もしもし……」と電話に出ると、「村瀬さんですか?」と男性の声が聞こえた。

「そうですが」

「居酒屋いもーれの栄です。さっき蓮見さんが店にやってきました」

栄の言葉を聞いて、鼓動が速くなる。

「すぐに来られそうですか？」

栄に訊かれ、思わずリビングダイニングのドアを見る。ここで自分が出かけたらみんなから顰《ひん》蹙《しゅく》を買うにちがいない。だが、すぐに思い直して、「今、川越の自宅にいるので少し時間がかかると思いますが、できるかぎり早くお店に伺います」と答える。

「わかりました。少しでも長居してもらえるよう、さりげなくサービスしておきます」

「よろしくお願いします」と快彦は電話を切った。ドアを開けてリビングダイニングに戻る。

「織江、ごめん……これから出かけなきゃならない」

神妙な面持ちで言うと、「村瀬くん、何言ってるのよ。夜も遅いっていうのに織江さんひとりで川越駅まで帰らせるつもりなの？」と清美が頬を膨らませて抗議する。

だが、織江に怒った様子はなく「お仕事？」と訊く。

織江にはもう隠し事をしたくないし、嘘もつきたくない。

「仕事じゃない。でも、ぼくにとってとても大切な用事なんだ」

「大切な用事ってどんなこと？」さらに織江が訊く。

「もう織江に隠し事はしないって誓ったけど、今はまだ話せない。いや、これからも話せるかどうかわからない。今回だけぼくのわがままを許してくれないか」

こちらを見つめていた織江が微笑み、ゆっくりと口を開く。

「わかった。どんな用事かわからないけど後悔しないよう頑張ってね」

新所沢駅の改札を抜けると、快彦は駆け足で駅前の繁華街を進んだ。

息急き切って店の前にたどり着き、駆け込もうと引き戸に手をかけたが、中から漏れ聞こえてくる喧騒に引き戸のガラス越しに中の様子を窺う。八人掛けのカウンター席とふたつのテーブル席は客でほぼ埋まっている。

先日来たときに自分が座っていた一番手前のカウンター席にいる男性を見つめた。昌弘だ。

ここで自分が店に入っていっても昌弘と落ち着いて話せる状況ではなさそうだ。

快彦は店を離れてスマホを取り出した。着信履歴を表示させて先ほどの着信番号にリダイアルする。しばらくすると電話がつながり、「はい。居酒屋いもーれです」と栄の声が聞こえた。

「お忙しいところ申し訳ありません。先ほどお電話をいただいた村瀬です。今、お店の前に到着しました。蓮見さんがお店から出たら声をかけようと思いますので」

「間に合ってよかったです。そろそろお帰りになりそうなご様子だったので」

「いろいろとありがとうございました。またお店に伺います」

礼を言って電話を切ると、近くにある自動販売機の横に身をひそめるようにしながら居酒屋の引き戸を見つめた。

しばらくすると昌弘が店から出てきた。ふらふらした足取りで駅のほうに向かう。

快彦は気づかれないように昌弘の背中に近づき、「昌弘さん」と声をかけながら彼の右手をつかんだ。すぐに肩を震わせて昌弘が足を止めて振り向く。快彦と目が合い、ぎょっとした顔で身を仰け反らせる。

「昌弘さん、少しでいいですからお話しさせてください」

快彦が言うと、「あんた、この前からいったい何なんだ⁉　人違いだよ！」とつかんだ手を振り解こうとする。

「わたしは昌弘なんていう名前じゃない。あんたのことも知らない。離せ！　離してくれ！」

その場から逃れようと激しく抵抗するが、昌弘の手をつかんだ右手にさらに左手を添えて絶対に離さないとこちらも力をこめる。

「あのお店で見ていた写真は亮介と早苗さんじゃないんですか？」

快彦の言葉に昌弘がはっとなり、顔を伏せる。

「昌弘さんのことを話すなって言うなら亮介にはとりあえず黙っておきます。ただ、せめて少しだけでもお話しさせてください。亮介の父親を見かけたのに何もしないで放っておくことなどぼくにはできませんから」

諦めたように昌弘の手から力が失せ、「わかったよ……」と呟くのが聞こえた。

快彦は昌弘の手をつかんでいた両手を離した。ようやく昌弘本人であることを認めてくれたようだが、この期に及んでも逃げられるかもしれないと警戒しながら一緒に駅のほうに向かう。

落ち着いて話せそうな場所を探して、駅前にあるコーヒーショップに入った。

「ぼくが注文しますので……何がいいですか？」

レジの前で快彦が訊くと、「じゃあ、温かいコーヒーを」と言って昌弘が店の奥に向かう。

快彦はホットコーヒーをふたつ頼み、カップを載せたトレーを受け取ってフロアを進んだ。他のテーブルと離れたところにある席でうなだれるように座っている昌弘の向かいに腰を下ろす。

こうやって昌弘と向き合っても何から話していいかわからない。とりあえず落ち着いて考えようと快彦はカップに口をつけた。半分ほどコーヒーを飲んでも昌弘は顔を伏せたままだ。

「コーヒー、冷めちゃいますよ」

快彦が声をかけると、ようやく昌弘が顔を上げた。

両親の墓がある寺で会ったときも、先ほど顔を合わせたときもそれほど意識しなかったが、こうやってまじまじと見るとずいぶんと老けたという印象だ。

先日、自宅の客間で目にした写真の昌弘とは別人のようだ。

あの写真を撮った日から二十年以上経っているので老けて見えるのは当たり前だが、顔中に刻まれた深い皺から老い以上の疲弊のようなものを快彦は感じ取っていた。

妻子を捨てて家を出ていってから二十一年が経っている。今までどのような生活をしてきたのか、その悲愴な顔つきが物語っているように思えた。

「……安彦さんはどうしてお亡くなりになったんだ?」ふいに昌弘が訊いてきた。

「肝臓がんです。それほど酒を飲まない人でしたけど」

「まだ七十一歳だったよね」

快彦は頷いた。

父が亡くなった年齢を知っているということはやはり両親の墓参りをしていたのだろう。墓石には亡くなった日付と俗名《ぞくみよう》と年齢が刻まれている。

「看取ることはできたのかい?」

「ええ……恋人とふたりで看取ることができました」

快彦が答えると、「そうか……」と昌弘が呟く。

「息子さんとその恋人に看取られて、きっと穏やかな気持ちで逝くことができたんだろうね」

「おそらくそうではないかと。あの……どうして家を出ていかれたんですか?」

快彦は切り出したが、昌弘はこちらから視線をそらすようにして黙っている。

「蓮見家にいったい何があったんですか」

さらに訊くと、昌弘がこちらと視線を合わせた。だが、何も答えることなくカップをつかんでコーヒーを飲む。

急かすつもりはなかったが、「昌弘さん」と思わず身を乗り出した。

昌弘がカップを置き、顔を伏せて重い溜め息を漏らす。しばらく見つめているとゆっくりと顔を上げ、「もう少しわたしから話させてもらってもいいかな」と昌弘が口を開く。

「どうぞ」

「どうして亮介は快彦くんと一緒に暮らしているんだい」

昌弘に見つめられながら、どのように答えるべきか悩んだ。

傷害致死事件を起こして刑務所に服役していた亮介の身元引受人になったと正直に話すべきか。

息子が人を死なせる罪を犯したと知ったら、親としてはさぞかしつらいだろう。

この場をやり過ごすだけなら適当な理由をつけることもできる。だが、もし亮介と昌弘が再会して親子の関係に戻れればいずれわかってしまうことではないか。

できれば自分はそうなってほしい。簡単ではないだろうがふたりが関係を修復するのを望んでいる。亮介にとってはたったひとりの肉親なのだから。

亮介が今までに味わってきた悲しみや苦しみも含めて昌弘に正直に話すことが必要ではないかと感じた。

「……ぼくは今弁護士をしていますが、半年ほど前に知らない弁護士からいきなり連絡がありました。亮介は傷害致死事件を起こして懲役七年の刑に処されて静岡刑務所で服役していましたが、そろそろ仮釈放の申請をするので身元引受人になってもらえないだろうかと。ぼくが身元引受人になることを亮介は望んでいると。母が亡くなってから蓮見家との付き合いもなくなり、亮介とも二十年以上会ってなかったのでずいぶんと悩みましたが……けっきょく彼の身元引受人になることにして、仕事を見つけるまでの半年間という約束で一緒に暮らすことになったんです」

ためらいながら快彦は話したが、こちらに向けた昌弘の表情は変わらない。

「もしかして……事件のことをご存じでしたか？」

昌弘が頷いた。

「ニュースで観た。蓮見亮介という名前と二十六歳という年齢、それに……」そこで昌弘が口を閉ざす。

「それに？」

「いや……自分の知っている亮介で間違いないだろうと思った」

「それで昌弘さんはどうされたんですか」

「どうされたとは？」

「警察に行って面会を求めたり、彼を担当する弁護士を調べて連絡を取り合ったりはしなかったんですか」

「何もしなかった」

「息子がそんな罪を犯して警察に逮捕されてしまったのに、彼のこれからが心配じゃなかったんですか」

自分でも語気が強くなっているのを感じ、快彦はあたりを見回した。

店内にいる他の客はこちらを気にする様子もなかったが、「……親として何らかの力にならなければいけないとは思わなかったんですか」と声を落として付け加えた。

「わたしには亮介に会う資格なんかないと思ったから。いや……ただ、会うのが怖かった。わたしのせいであんな罪を犯してしまって……」

「わたしのせいで？」

快彦が問いかけると、こちらをじっと見つめながら昌弘が小さく首をかしげる。

たしかに昌弘が失踪してから亮介は大変な思いをしてきただろう。家計を助けるために十七歳で高校を中退して働き始め、二十歳のときに母親を亡くしてからひとりで生きていかざるを得なくなった。

昌弘からすれば、亮介が罪を犯したのは家族を捨てた自分に原因があると感じてしまうのかもしれない。

「快彦くんにひとつ訊きたいんだが……」昌弘が少しこちらに身を乗り出してくる。

「何ですか」

「亮介から事件の話を聞いたのかな？」

こちらを凝視するような眼差しに戸惑いを覚えながら、「ええ、まあ……」と快彦は頷いた。

「どうしてあんな事件を起こしてしまったのかを？」

「府中の飲み屋でひとりで酒を飲んでいるときに被害者と知り合って、一緒に飲んでいるうちに相手から腹の立つことをいろいろと言われて、それでかっとなって殴りつけてしまった……それで相手が亡くなってしまったと」

亮介はそのように自分に説明していたが、リサに話を聞いてからどうにも釈然としない思いも抱いている。どうして亮介はリサとの約束を直前で断ってひとりで飲んでいたのか。しかもその日はリサの誕生日だったというのに。

「それだけかい？」

昌弘に訊かれ、快彦は首をひねった。

「被害者について亮介は何か言ってなかったかい？」

虫唾が走るほど嫌なやつだったから殺してやるつもりで殴りつけたんだ――

数日前に聞いた亮介の言葉が脳裏によみがえってくる。

「被害者からどんなことを言われたのか、どんな素性なのか具体的には聞いていませんが……ただ、結果的に相手が亡くなるほど殴ってしまったんですから、初対面とはいえそうとう腹の立つことがあったんでしょう。たとえ酒が入っていたとはいえ……」

先日、亮介から聞いた話をそのまま伝えるのはためらった。

「そう……」

「どうしてそんなことをお訊きになるんですか」

快彦は問いかけたが、昌弘は心ここにあらずといった様子で反応しない。

「どうして被害者のことを知りたいんですか」

さらに声を上げて訊くと、「あ、いや……」と昌弘が我に返ったように呟いた。

「親として息子が死なせてしまった被害者がどんなかただったのか……亮介がどうしてそんな事件を起こしてしまったのかを知りたかっただけだよ。ニュースではそれほど詳しく報じてなかったから……」落ち着かなそうに昌弘がカップをつかんで口をつける。

「そうですか。あの……そろそろぼくの質問にも答えてくれませんか。昌弘さんはどうして家を出ていかれたんですか。亮介と奥さんを捨てて」

小刻みに震える手でカップを置いて昌弘が口を開く。

「うまく言えないが……懺悔《ざんげ》のようなものだよ」

「懺悔？」

「そう……わたしは二十一年前にある過ちを犯した。取り返しのつかない過ちだ。そんな過ちを犯しておきながら自分だけ家族に囲まれて幸せに暮らすことはできないと思った」

「どんな過ちを犯したというんです？」

「それは……」昌弘が口ごもる。

「ぼくにも亮介にも話せないことですか？」

「そう、だね……話したくない。いや、話すわけにはいかない」

こちらに向けた眼差しから強い意志を感じた。

「いずれにしてもわたしはずっとひとりで、家族……いや、亮介から憎まれるように生きていくことをせめてもの罪滅ぼしにしようと思った」

どのような過ちを犯したのかはわからないが、昌弘のその考えがまったく理解できない。

「ずいぶんと身勝手じゃないですか？」

思わずその言葉を吐き出すと、怯んだように昌弘の眼差しが弱々しいものに変わった。

「昌弘さんがどのような過ちを犯したのかはわかりませんが、家族に何も告げずにいきなり失踪してしまうなんてあまりにも身勝手だと思います。残された早苗さんや亮介がどれほど苦しむことになるか想像していなかったんですか？　昌弘さんがいなくなってしまって亮介は家計を助けるために十七歳で高校を中退しなければならなくなりました。それに母親を亡くしたときもひとりきりでそれを受け止めなければならなかったんです」

「亮介には本当に申し訳ないと思ってる。どんなに詫びたとしても詫びようがないと感じている。

だけど、家族の誰にも何も告げなかったわけじゃない」

「どういうことですか?」

「早苗にはすべての事情を話した。わたしが犯してしまった過ちを。そして、こんな過ちを犯してしまった自分がのうのうと家族とともに幸せに暮らしていくわけにはいかないと訴えた。もちろん最初はとても納得してもらえなかったが、次第にわたしの気持ちを汲んでくれるようになって離婚に応じてくれたんだ」

「離婚、ですか?」

意外な言葉に驚いて訊き返すと、「そうだ」と昌弘が頷いた。

「わたしと早苗は二十一年前に離婚した。だけど、そのことは亮介には伝えないようにしてもらった。亮介にはあくまでもわたしは家族を捨てて家を出ていったことにしてくれと」

「どうしてそんなことを?」

「離婚したと伝えれば亮介のわたしへの思いが残ってしまうだろうと考えた。離れて暮らすことになっても会おうと思えば父親に会うことができると。それではわたしにとっての懺悔にならない。どんなことがあっても亮介とはもう二度と会ってはいけないと二十一年前に誓ったんだ」

それほどまでに罪の意識を抱かせる過ちとはいったい何なのか。どうにも気になるが、先ほどの様子からさらに問い詰めても答えはしないだろう。

「もう二度と会わないと誓いながら……亮介のことが気になるからうちの家のそばから様子を窺っていたんじゃないんですか?」

昌弘は答えない。

「戸籍から亮介があそこに住んでいるのを知ったんですか?」

離婚して親権を持っていなかったとしても、戸籍をたどれば子供の現住所を調べることができる。

「そうだ……」

「亮介が府中で暮らしていたときもそうやっていたんですか？　彼がどんなふうに生きているのかが気になって陰から見ていたんじゃないですか？」

「いや……それはしなかった。奄美大島にいる友人から早苗が亡くなったのを知らされて亮介のこれからが気になったが……それでも亮介には会ってはいけないと……今、亮介の顔を見てしまったら自分の決意が崩れてしまうと思って必死に耐えた。だけど……亮介があの事件を起こして逮捕されたと知ってから……どうにも……ネットで刑務所について調べたら刑期の三分の一を過ぎたら仮釈放を受けられるかもしれないと出ていて、二年ほど前から定期的に亮介の戸籍を調べていた。それで今は快彦くんの家にいることを知った」

「どうして居場所がわかったのに彼に会わなかったんですか？　機会はいくらでもあったでしょう」

昌弘が顔を伏せる。

「亮介に会わなければいけないと感じているんじゃないですか？」

「わたしのせいで亮介はあんなふうになってしまったんだから……いまさら合わす顔なんかない……わたしの顔などきっと見たくもないだろう……」

弱々しい呟きが聞こえた。

「それは昌弘さんが決めることではないとぼくは思います」快彦は鞄から手帳とボールペンを取り出して昌弘の前に置いた。「昌弘さんの連絡先を教えてください」

その言葉に反応したように昌弘が顔を上げる。

「亮介に報せるつもりか?」

快彦は頷いた。

「昌弘さんが自責の念を抱えているのはお話を聞いていてよくわかりました。どんなことで罪悪感を抱いているのかはわかりませんが……二十一年前に犯してしまった過ちについても、そして亮介に対しても……ただ、ぼくから見れば昌弘さんの思いはどうにも身勝手です。どんなに自分で自分を責めたとしてもそれではとても足りないとぼくは感じます。いまさら合わせる顔がないなんていうのはあなたの逃げでしかない。あなたはもっと悩んで苦しむべきです」

辛辣《しんらつ》な言葉だと自分でも思っているが、昌弘と亮介を会わせるきっかけを作るために必要だと感じた。

「亮介にはあなたを責める権利があると思います。子供として自分を捨てた親に罵詈雑言《ばりぞうごん》を浴びせる権利が、二十一年間苦しい思いをさせられてきた恨み辛みを直接ぶつける権利が……せめてその機会を亮介に与えるべきです」

昌弘が目を伏せる。

こちらと視線を合わせているのがつらいのかと思いかけたが、目の前の手帳とボールペンをじっと見つめているので連絡先を書くべきかどうか逡巡しているのだろう。

「ぼくは家に帰ったら昌弘さんから聞いた話を包み隠さず亮介に伝えるつもりです。そのうえで亮介があなたに会いたくない、連絡を取り合うつもりはないと言ったら、それも彼の意思だと思って尊重します」

昌弘が大きな溜め息を漏らした。ゆっくりと右手を伸ばして手帳を開き、白紙のページにボールペンを走らせる。

渡された手帳に快彦は目を向けた。住所と携帯番号が書いてある。

住所は東京都小平市《こだいらし》──となっていて、『コーポ住吉二〇二号室』と記されていた。

「今、お仕事は何をされているんですか？」快彦は訊いた。

「上京してから五年ほど前まではずっと建築現場の肉体労働をしていたけど、勤務中に大きな怪我をしてしまってね。それからは葬儀社でアルバイトをしている。他人とはいえ日々人の死に触れるわたしにとってはつらい仕事だけど、求職活動をしていたときに他に仕事がなくてね。まあ、それも……自分に科せられた償いのひとつだと受け止めるようにしているよ」自嘲するように言って昌弘がカップに手を伸ばす。

自分に科せられた償いのひとつだと受け止めるようにしているよ──

昌弘の言葉を聞き、ふいに伯父と伯母に会ったときの記憶が脳裏を駆け巡る。

昌弘さんが泣きながら安彦さんに詫びているように思えたの──

あのとき伯母は母の葬儀が終わった後の様子についてそう話していた。昌弘がむせび泣きながら「すまない」と父に詫びていたと。

普通であれば嫁いだ妹が自殺したら夫を責めるはずだろうに、どうして逆に兄の昌弘が夫である父に詫びるのかが不思議だと伯母は話していて、自分も不可解に思っていた。

わたしは二十一年前にある過ちを犯した──

コーヒーを飲む昌弘を見つめながら、先ほど彼が発した言葉を頭の中で繰り返す。

二十一年前──

母が自殺した年──

「昌弘さん……」

絞り出すようにして声を発すると、カップに口をつけていた昌弘がこちらを見た。

「昌弘さんが犯したという過ちはもしかして……ぼくの母親に関係することですか？」

快彦が問いかけた瞬間、昌弘の顔がこわばった。持っていたカップが小刻みに震えだし、慌てたようにテーブルに戻す。

「どうなんですか？　母親が自殺したことと関係があるんですか？」

「な、何を言ってるんだ……急に……そんなこと……」

声が震えている。

「母親はどうして自殺したんですか。それをご存じじゃないんですか？」身を乗り出して快彦は訊いた。

「し……知らない……わたしは何も知らない……」何度も首を振りながら昌弘が言う。

「本当ですか⁉」

こちらと視線を合わさずに昌弘が頷く。

「知世のことを……つらいことを思い出して気が動転してしまった。悪いけど、疲れたからこれで失礼するよ」

こちらに顔をそむけたまま昌弘が席を立ち、そそくさと出口のほうに向かっていく。

快彦は遠ざかっていく昌弘の背中を見つめた。

玄関の電気をつけると、亮介の靴が目に留まった。

快彦は靴を脱いで玄関を上がった。リビングダイニングのドアを開けると真っ暗だ。階段を上って亮介が使っている部屋に向かう。

ドアをノックしたが応答がない。さらにノックしながら、「ぼくだけど寝てるか?」と呼びかけると、「……何だよ」とつっけんどんな声が聞こえた。

「ちょっと話があるんだ。下に来てくれないか」

「話があるなら入ってこいよ」

隣の部屋には清美と和希がいる。この時間であれば寝ているかもしれないが、絶対に聞かれてはいけない話だ。

「大切な話なんだ。お互いにとって、とても」

しばらく待っていると、ドアが開いて亮介が出てきた。数日ぶりに顔を合わせる。

こちらと視線を合わせないまま亮介が階段を下りる。リビングダイニングのドアを開けようとしたので、「外で話そう」と快彦は声をかけた。

「外で?」亮介が探るような目を向ける。

「誰にも聞かれたくない話だ」

靴を履いて快彦がドアを開けると、渋々といった様子で亮介も家から出てきた。鍵をかけて亮介とともに夜の住宅街を歩く。

「どこに行くんだよ?」亮介が訊いた。

「セーモス」

近くにあるドラッグストアだ。

「もうやってねえだろう」

快彦は頷いた。

この近辺に公園はないから落ち着いて話せそうな場所はそこしか思いつかなかった。

ドラッグストアに着くとシャッターは閉ざされていて、店前に置いてある数台の自動販売機だけが光を放っていた。その横にベンチと灰皿が置いてある。

「何か飲む？」

自動販売機に指を向けて訊くと、「いらねえ」と言ってふんぞり返るように亮介がベンチに座った。

快彦は自動販売機の缶コーヒーのボタンを押した。一応亮介のぶんも買ってベンチに向かう。缶コーヒーを差し出したが亮介は受け取ろうとしないので、ベンチに置いて隣に座った。鞄を開けて家に戻る前にコンビニで買った煙草と百円ライターを亮介に渡す。

「おまえにしては気が利くじゃねえか。何だか怖いね」鼻で笑うように言いながら亮介が包装を破って煙草を取り出す。

亮介がうまそうに煙草を吸い始めると、快彦もプルタブを開けて缶コーヒーを飲んだ。

「……何かの本で読んだことがある。死刑囚は刑が執行される直前に煙草を吸うことが許されるんだってさ。それに似たような心境だよ」

快彦は亮介に目を向けた。

「いったい何なんだよ。大切な話っていうのは」亮介が見つめてくる。

「昌弘さんに……お父さんに会いたくないか？」

亮介が目を細めた。

快彦はポケットからメモ紙を取り出し、「昌弘さんの連絡先だ」と言って亮介に手渡した。

「どうして……」愕然としたように亮介が呟く。

「少し前に何度か昌弘さんらしい人を見かけた。クレアモール商店街を歩いていたときと両親の墓参りに今福のお寺に行ったときに。吉本さんの話によるとその男性は近くからうちの様子も窺っていたそうだ」

「今夜、織江ちゃんを放ってまで出かけた用事っていうのは……」

おそらく清美から聞いたのだろう。

「そうだ。さっきまでその男性と会っていて昌弘さんだと確認した。昌弘さんからいろいろと事情を聞いて、その連絡先を教えてもらった」

はっとして亮介が手に持ったメモ紙に目を向ける。すぐにこちらに視線を戻して口を開く。

「そんなくだらないことのために織江ちゃんをほっぽり出したのか。清美ちゃんがすげー怒ってたぞ。いつでもおまえの愚痴を聞いてあげるからって仲良く連絡先を交換したそうだ」鼻で笑うように亮介が言う。

「くだらないことなんかじゃない。大切なことだと思ったから昌弘さんに会いに行ったんだ。昌弘さんなりに強い葛藤があるだろうけど、それを書いたということは亮介に会いたいと思ってるってことだ」

「ふざけるな。いまさら会うわけねえだろ。あいつはお袋とおれを捨てやがったんだ」亮介が紙切れを握りつぶす。

「たしかに亮介からすれば捨てられたと感じてもしかたがないと思う。だけど、亮介が認識していることとは少し事情が違うようだ」

「どういうことだよ！」苛立たしそうに亮介が言う。

「少なくとも昌弘さんはいきなり妻子の前から失踪したわけじゃない。早苗さんは事情を理解したうえで昌弘さんと離婚していたんだ。だから、亮介が言っていたように夫に裏切られたとは思ってなかったんじゃないかな」

「何なんだよ、事情って」

「昌弘さんは二十一年前にある過ちを犯したと話していた。取り返しのつかない過ちだと」

快彦は告げたが、亮介の様子に変化はなかった。その過ちに心当たりがあるのかどうか表情からは読み取れない。

「……そんな過ちを犯しておきながら自分だけ家族に囲まれて幸せに暮らすことはできないと思ったと。早苗さんは昌弘さんの気持ちを汲んで離婚に応じた。ただ、亮介にはあくまでも昌弘さんが家族を捨てて家を出ていったことにしたそうだ。離婚であれば亮介に父親への思いが残ってしまうだろうし、離れて暮らすことになっても会おうと思えば父親に会えると思われたくなかったから。それでは自分にとっての懺悔にならないということで」

「ずいぶんと馬鹿げた話だよな」煙草を地面に捨てて亮介が靴で踏み消す。

「正直なところ、ぼくもそう思う。だけど、昌弘さんにとってはそれほどまでに罪悪感を抱えてしまう過ちだったんじゃないかって……」

そう言いながら亮介の様子を窺った。亮介が二本目の煙草に火をつけ、こちらから顔をそらして煙を吐き出す。

「どんなことがあっても亮介とはもう二度と会ってはいけないと二十一年前に誓ったそうだけど、ニュースで亮介が逮捕されたのを知って考えが変わったみたいだ」

弾かれたように亮介がこちらに顔を向ける。

「あいつはおれが起こした事件のことを知ってるのか?」

快彦が頷くと、亮介の顔色が変わった。

その表情に見覚えがある。

そうやって知り合って仲間になっても、過去を知ったら離れていく。つらくなるだけじゃないか——

いつだったか、亮介にとって厳しい言葉を投げつけたときに見せた悲しげな表情だ。

「……仮釈放が受けられるかもしれない二年ほど前から定期的に亮介の戸籍を調べて、うちで生活していることを知ったそうだ。どうして亮介と会わないのかと訊いたら、自分のせいで亮介はあんなふうになってしまったんだから、いまさら合わす顔なんかない、自分の顔などきっと見たくないだろうと言ってた。だけど、ぼくは……」

会うべきだと思っている。

「まったくそのとおりだよ」

遮るように亮介に言われ、快彦は口を閉ざした。

「あいつのせいでおれはこんなふうになっちまった。こっちに来てからようやく見つけた大切なものをたくさん失ったんだ。あいつの顔なんか二度と見たくねえよ」

亮介が言った大切なものとは何だろう。

こっちに来てからということは上京した後の話だろう。傷害致死事件を起こしたことによって失ったリサや府中の仲間たちとの思い出だろうか。

だけど、それは決して昌弘のせいばかりではない。いや、事件を起こしたことについては亮介自身の責任だ。

父親である昌弘が自分のせいだと言うのは理解できるが、亮介があいつのせいだと口にするのは違和感がある。

「とりあえず話はわかったよ。もう帰ろうぜ」

亮介が吸っていた煙草を灰皿に押しつけた。前屈みになって地面に捨てた吸殻を拾い上げ、メモ紙と一緒に灰皿に捨ててベンチから立ち上がる。

「ちょっと待ってくれ。まだ話があるんだ」

快彦が言うと、「何だよ?」と立ったまま亮介が訊く。

「昌弘さんが犯したという過ちに心当たりはないか?」

こちらを見つめる亮介の表情が瞬時に引きつったのがわかった。心当たりがあるにちがいない。

「どんな過ちなんだ? 心当たりがあるんじゃないのか?」

亮介は何も答えない。

「何か心当たりがあるなら話してくれ。ぼくの母親と関係があるんじゃないのか?」

さらに必死に訴えかけたが、亮介は苦しそうに口もとを歪めるだけだ。

「なあ、話して……」

「叔母さんが亡くなったのはおまえのせいじゃないってことだ」

その言葉を聞いて、はっとする。

「……どういうことだ?」

「オープンカレッジの講義の後に叔父さんに会ったとき、叔母さんが亡くなったことを聞いた。おまえが小六のときに電車に飛び込んで自殺したって」

以前、快彦がその話をしたときには特に何も言わなかったが、本当は父から聞いていたのだ。

「それまでは快活な息子だったのに、叔母さんが亡くなってからは人が変わってしまったと叔父さんは寂しそうに話してた。どうやら……母親が自殺してしまったのはもしかしたら自分の行動や発言のせいかもしれないと思い続けているようで、そのせいか人と関わるのをひどく恐れているみたいで、今までおまえの口から友人の話を聞いたこともないって。必死に勉強して弁護士になったのはとても誇らしいけど、社会人になっても自分の殻に閉じこもっているように感じるって叔父さんはおまえのことをすごく心配してた。まるで籠《かご》の中にいる一羽の鳥のようだと」

亮介の言葉を聞いているうちに、なぜだか視界が滲んでいく。

「自分が死んだ後に、もしおまえが籠の中にいたままだったら、何とかして出してやってくれないかと叔父さんに頼まれた」

「それで……ぼくに身元引受人を頼んだのか？」

「そういうことだ。ずっと話したいと思っていたが今まで切り出せなかった。叔母さんが亡くなったのはおまえのせいじゃない」

「じゃあ、誰のせいなんだ？　昌弘さんのせいだっていうのか？」

「……どうでもいいだろう」

「どうでもいいわけがない！」袖口で涙を拭って快彦は立ち上がった。

視界の中にいる亮介の姿が鮮明になる。悲しげな表情でこちらを見つめていた。

「母親が亡くなったのがぼくのせいじゃないと断言するってことは理由を知ってるんだろう。どうして自殺したんだよ！」

快彦が詰め寄ると、「……もう、いいじゃないか」と初めて聞くような優しげな口調で亮介が見つめ返す。

「もうこの世にいない人のことで一生思い煩って生きていくつもりなのか？　今のおまえはひと

りじゃない。織江ちゃんがいて、グリッパーの仲間や清美ちゃんや和希くんやロウに囲まれて楽しく生きてる。それでいいんじゃないのか。それで満足できないのか？」

「たとえ仲間がいたとしても……母親がどうして亡くなったのかを知りたいと思うのは当然のことだろう」

「おれは話すつもりはない。どうしても知りたいっていうんならあいつに訊くんだな。連絡先は控えてるんだろう？」

先ほど家に戻る前に昌弘の連絡先をスマホに登録した。

「……これでおれの役目は終わりだ。さっさと家に戻ろうぜ」亮介がこちらに背を向けて歩き出した。

24

裁判所を出ようとしたときに立ち眩みがして、快彦は思わず近くの壁に手をついた。しばらくその場から動けずにいると、「……大丈夫ですか？」と肩を叩かれた。ゆっくりと振り返ると、警備員が目の前に立っている。

「具合が悪いんですか？」と心配そうな表情で警備員に訊かれ、「いえ、大丈夫です。ちょっと寝不足なだけで」と答えた。

「少し休まれたほうがいいんじゃないですか」

受付のベンチを手で示され、「ありがとうございます」と快彦はそうすることにした。ベンチに腰を下ろすと同時に大きく息を吐いた。

昨晩は一睡もできなかったうえ、今日は二件の裁判をこなしたのでさすがに疲労困憊《こんぱい》だ。

寝られなかったのはずっと母のことを考えていたからだ。

どうして母は自殺してしまったのか。その原因に昌弘はどのように関わっているのか。

何も話してくれなかった亮介を恨めしく思う反面、それは自分に対する彼なりの思いやりなのではないかとも感じた。すべてを知ったうえで自分に身元引受人を頼んだのだろう。

話すつもりはないと亮介が言うからには、きっと自分は知らないほうがいいことなのだ。

それを知るのが自分でもどうしようもなく怖い。

子供の頃の記憶でしかないが、母と昌弘は仲のいい兄妹に思えた。昌弘のせいで母が自殺をしたとは考えたくないが、昨日の昌弘と亮介の言動でそうにちがいないと確信している。

昌弘はいったい母に対してどんな過ちを犯したのか――

やはり知らないままではいられないと、鞄からスマホを取り出してアドレス帳を開いた。

今日にでも昌弘と会って話を聞きたい。

ふいに着信音が鳴った。画面を切り替えると小泉からLINEのメッセージが届いている。

『今日、グリッパーに来てくれないか?』

都合がつけば今日は昌弘に会いたい。いや、強引にでも会うつもりでいる。

『ごめん。今日は予定があるから違う日にしてくれないかな』

メッセージを送ると既読がつき、すぐに返信があった。

『無理は言えないけどできるだけ早く村瀬と話がしたい。緊急事態だ』

『緊急事態?』

『蓮見亮介のことで』

そのメッセージを見て違和感を抱いた。小泉はいつも亮介のことを「亮ちゃん」と呼んでいるのに。

『わかった。今日行く。亮介に何かあったの？』

『会ったときに話す。何時頃に来られそうだ？』

時刻表示は17時4分だ。

『6時頃には行けると思う』

メッセージを送ると快彦はスマホをポケットにしまい、ベンチから立ち上がった。


階段を上って二階に行くと、グリッパーのドアに貼り紙がされている。『勝手ながら本日は夜8時から営業します』と書かれているが、快彦はかまわずドアを開けた。

カウンターの中にいる小泉とその前に座っていた女性がこちらを見る。恵だ。

こちらに向けられる重苦しいふたりの表情に戸惑いながら店内に入り、恵の隣に座った。

「緊急事態って、いったいどうしたの？」

快彦が訊くと、小泉が封筒を目の前に置いた。封筒に書かれた宛て名を見て、訝しい思いに駆られる。

グリッパーという店名と小泉洋一郎様と書かれているが、そのどれもが定規で引いたような直線的な文字だ。切手は貼られておらず、封筒を裏返すと差出人も書かれていない。

「これがいったい……？」さらに訝しく思いながら快彦は顔を上げた。

「中を見てくれよ」

小泉に言われて、封筒の中身を取り出した。二枚の紙が折り畳まれている。紙を広げて一枚目に書かれた『蓮見亮介は人殺しだ』という直線的な文字を見て、血の気が引いた。うろたえながらも二枚目の紙を見る。新聞記事のコピーで、亮介が傷害致死の容疑で逮捕されたと伝えている。

「……本当に彼なのかな？」

その声に、快彦は小泉に目を向けた。

「記事に写真は出ていない。だけど新聞の日付を考えると容疑者はおれたちと同い年だろう」

何と言葉を返していいかわからず快彦は手に持った紙に視線を移した。

いったい誰がこんな手紙を送りつけてきたのか。

「なあ、何とか言ってくれよ。おまえの従兄弟なんだろう。こんなのはデマだってきっぱりと否定しろよ！」

荒い声にびくっとして、快彦は顔を上げた。

ためらいながら呟くと、小泉の表情が大きく歪んだ。

「……本当だ」

「どうして今まで黙ってたんだよ！」

「ごめん……亮介がこの店に来てすぐにみんなと仲良くなったから……話すきっかけをなくしてしまって……」

言い訳でしかない。仮に仲良くなっていなくても自分は言わなかっただろう。同居している従兄弟に傷害致死の前科があるとは絶対に知られたくなかったから。

「せめておれにだけは言ってほしかったよ。バーテンダーにも守秘義務があるとおれは思ってるから、それを聞いたとしても他の客に言いふらすことはしない。だけど傷害致死の前科がある人間を雇ってるってなったら、この店の評判はいったいどうなるんだよ？　何年も他所の店で下積みしてようやく開いた大切な店なんだよ！」

「小泉くん、ちょっと落ち着いてよ。店の外まで聞こえちゃうかもしれないじゃない」

頬を紅潮《こうちょう》させて仁王立ちしている小泉から恵に視線を移した。

「これが落ち着いていられるかよ。松重のところにも手紙が届いてるんだろ」

「そうなの？」

驚いて快彦が訊くと、暗い表情で恵が頷く。

「うちの会社のポストにわたし宛てで届いてた。内容はそれとまったく同じ」

「人を死なせて刑務所に入ってた人間と親しくしてるって近所で噂になったら、松重だって困るだろう」

小泉に言われ、「それはそうだけど……」と恵が弱々しい口調になって答える。

「わたし自身はともかく、家業が江戸時代から続く醤油の蔵元だからね。ネットとかに下手な書き込みされたら実家や会社の人たちにすごい迷惑をかけちゃうだろうな」

「いったいこれからどうすりゃいいんだろうな……こんな手紙が届いたなんて彼に言うのはためらっちゃうし、かといってたいした理由もないままいきなり店を辞めてくれって告げたら何をされるかわからないし……」

「仮に店を辞めてくれと言っても亮介は何も変なことはしないと思う」

かろうじてその言葉を口にすると、「それはわたしもそう思う」と恵が同調した。

「おれもそう思いたいけどさあ……警察の厄介になった人と今まで知り合ったことはないし、ましてや……」

「それにしてもいったい誰がこんな手紙を送ってきたんだろう。村瀬くん、心当たりはないの？」小泉の言葉を遮るように恵が訊く。

「いや、わからない……」

自分が関わった人の中で亮介の過去を知っているのは弁護士の新田と昌弘とリサだけだ。新田や昌弘がこんな手紙を送るとは思えない。

リサはどうだろう。府中に戻りたいと亮介に思わせるため、彼と親しくしている川越の人たちに手紙を送ったとは考えられないか。

いや、この店のことはともかく、リサは恵が働いているところなど知りようもないはずだ。それ以前に、たとえ自分のもとに戻ってきてほしいと思っていたとしても、今でも亮介を深く愛している彼女がこんなことをするとは考えづらい。

手紙を送りつけてきたのはどんな人物だろうと想像を巡らせているうちにひとつの可能性に行き着き、新聞記事のコピーに視線を移した。

『被害者　石倉《いしくら》祥次《しょうじ》さん（52）』

彼の遺族か、もしくは関係者ではないか。だが、もしそうだとしたらその人たちはどうやって亮介が川越で暮らしていることを知ったのだろう。

被害者等通知制度というものがあり、犯罪の被害者やその家族が検察庁に申し出をすれば加害者の刑務所などからの出所の予定時期を事前に通知してくれる。また、再被害を防止する必要があるときは、出所の予定時期だけではなく出所後の帰住地を通知してもらえる場合もあるという。

だが、被害者である石倉祥次はすでに亡くなっているので、再被害を防止するという観点には当たらないはずだ。加害者が住んでいる場所がわかれば被害者の遺族が報復を考えてしまうおそれがあるので、出所の予定時期はともかく帰住地まで報せることはきっとしないだろう。

やはり、この手紙を送りつけたのは石倉祥次の遺族や関係者ではないのか。それ以外に思い当たる人物はいない。

「……村瀬くんはどうして蓮見くんと一緒に暮らすことになったの？」

快彦は手に持った手紙から恵に視線を移した。

「亮介の裁判を担当した弁護士からいきなり連絡があったんだ。刑務所で服役している亮介が仮釈放の申請をするので身元引受人になってもらえないかって」

「それで従兄弟だから身元引受人になったんだ」納得したように恵が頷く。

「従兄弟だといっても亮介とはそれまで二十年以上会ってなかったからずいぶん悩んだよ。亮介はぼくが身元引受人になるのを望んだけど、どうしてほとんど他人のようなぼくを指名するのか不思議だった。事件を起こすまで暮らしていた府中では今でも亮介を支えたいっていう仲間がたくさんいたそうだから、その人たちの誰かに頼めばいいじゃないかと……ね」

「蓮見くんのご家族は？」恵が訊く。

「父親は亮介が子供の頃にいなくなって、母親は彼が二十歳のときに亡くなった」

「兄弟は？」

「いない。亮介の母方の親戚のことはよくわからないけど……おそらく彼の親族は一応ぼくだけなんだろう」

「村瀬はあいつの事件のことを誰かに話したか？」小泉が身を乗り出して訊いてくる。

「誰にも話してないよ。小泉くんや松重さんや、一緒に暮らしている吉本さんにすら話してなかったんだから」

「じゃあ、いったい誰がこの手紙を送りつけてきたんだ？」

「ぼくもずっとそれを考えてるけどわからない。亮介が起こした事件を知っていて、なおかつ彼が川越にいるのを知っているのは担当した弁護士と、あと……この間の彼女ぐらいだ」

亮介の父親の昌弘もそのひとりだが、彼が近くにいることを小泉たちに伝えると話がややこしくなるので伏せておいた。いずれにしても昌弘がこんな手紙を出すとは考えられない。

「この間の彼女って……亮介を訪ねてこの店に来た？」

小泉に訊かれ、快彦は頷いた。

「相田リサさんといって、亮介が事件を起こすまで同棲していたそうだ。どうにも気になって彼女に会いにいっていろいろと話を聞いてきた。結婚も考える間柄だったらしい」

「そういうことだったのか……」

あのときのふたりのやり取りを思い出しているようで、小泉と恵が顔を見合わせながら表情を歪める。

「亮介を担当した弁護士も相田さんもこんな手紙を出すとは思えない」

「そうだね。弁護士が依頼人の情報をこんな形で漏らすとは考えられないし、その相田さんって人もこの前の様子を見てたら蓮見くんのことをそうとう思っていそうだったから、彼の不利益になるようなことはきっとしないよね」

恵の言葉に快彦は頷きかけた。

「相田さんは今でも亮介が自分のもとに戻ってくるのを望んでる」

「それにしても……そんな人がいるのに蓮見くんはどうしてわざわざ川越に来たんだろうね」

恵が呟くと同時にドアが開く音がして、快彦は振り返った。店内に入ってくる亮介を見てぎょっとする。今日はバイトではないはずだ。

いる。

「八時から営業ってどうしたの？　それにみんなで集まっちゃってさ」

決まりの悪い思いで快彦は小泉に視線を移した。こちらと目を合わせた小泉は顔を引きつらせていてすぐに言葉が出てこないようだ。隣にいる恵も気まずそうな顔で亮介から視線をそらしている。

「ちょっと相談事に乗ってたんだよ」

ふたりの代わりに口を開くと、「相談事？」と亮介が訊く。

「小泉くんの友人が家業を継ぐことになったそうでね、相続や今後の経営のことなんかでぼくと松重さんから話を訊きたいって」

とっさについた嘘だったが、「そ、そうだよ……」と小泉が話に乗ってくる。

「他のお客さんの前でできる話でもないから八時まで開けないことにしたんだ。おま……亮ちゃんこそどうしたんだよ。今日はバイトじゃないだろう」

「ちょっと飲みたくなってさ。それで話は終わったの？　終わってないなら洋ちゃんたちは話してていいからおれが代わりに開店準備をしてやるよ」

そう言いながら亮介がカウンターに入ろうとすると、「もう話は終わったから大丈夫だよ。何を飲む？」と小泉が手で制しながら訊く。

カウンターに入られるよりは外で飲んでくれたほうがマシだと思ったのかもしれない。

「じゃあ、ビール」無邪気な笑みを浮かべながら亮介が快彦の隣に座った。

顔を引きつらせたまま小泉がビールを注いでグラスを置くと、まわりの気まずい空気を感じることもないように亮介がうまそうにビールを飲む。

「じゃあ、話も終わったからわたしは帰ろうかな」恵がそう言って席を立つ。

「えー、もう帰っちゃうの？　一杯おごるから飲んでいかない？」

亮介が引き留めるが、「今日は仕事で疲れてて。今度ごちそうして」と言って恵がそそくさとドアに向かう。

精一杯繕っているのだろうが、恵の表情はあきらかに硬い。

恵が出ていってドアが閉まると、快彦は正面を向いた。自分もこのまま帰りたいところだが、そういうわけにはいかないだろうと小泉にビールを頼んだ。


ドアを開けて玄関に入ると、快彦は電気をつけた。亮介の靴はないのでまだどこかで飲んでいるのだろう。

小泉をひとり置き去りにしていくのは気が引けて、亮介がチェックするまでグリッパーにいた。小泉なりに平静を保つよう努めていたのが窺えたが、傍から見ていて亮介に対するよそよそしさは拭えないようだった。それまでが昵懇《じっこん》の仲に映っていたぶん、余計にそう感じられたのかもしれない。

亮介自身もいつもと違う小泉の様子に居心地がよくなかったのか、二杯目のビールを半分ほど飲んだところで店を出ていった。快彦が誘われることは当然なかった。

清美と和希は上の部屋にいるようでリビングダイニングは真っ暗だった。電気をつけて、崩れるようにソファにもたれる。

クレートからロウが出てきて快彦の膝の上に飛び乗ってきた。以前までは自分の言うことをまったく聞かなかったが、今ではそれなりに懐いている。

ロウの頭を撫でているうちに、重い溜め息が漏れた。

こいつと親しくなっていくのに比例して、亮介が自分のもとからどんどん離れていっているような気がしてならない。一時は彼のことを理解したつもりでいたが、本当のところは何もわかっていないのではないかと。

亮介の心がわからない。彼はどうして快彦のもとにやってきたのだろうか。

最初のうちはうっとうしくてしょうがなかったが、亮介がそばにいたからたくさんの仲間とつながりができ、自分の心が変化したことで織江との関係も修復できた。

亮介はそれまで頑なに閉ざしていた自分の心を開かせてくれた。だけど、亮介は自分に心を開いていないと漠然とだが感じている。

彼は本当の自分の姿を快彦には見せていないし、重大な何かを隠している——と。

ドアが開く音がして、快彦は振り返った。

「おかえりなさい」と言いながら清美がリビングダイニングに入ってくる。

「和希くんは？」

「もう寝たわ。蓮見くんと一緒じゃなかったの？」

「グリッパーで少し一緒になったけど先に帰っていった。まだどこかで飲んでるんだろう」

「そう……村瀬くんにちょっと話があるんだけど」

深刻そうな清美の表情を見て、嫌な予感に駆られる。

ロウを膝の上からどかしてソファから立ち上がった。ダイニングテーブルで向かい合わせに座ると、「こんなものがポストに入ってたの」と清美が封筒を目の前に置く。

定規で引いたような直線的な文字で、吉本清美様と書かれている。

封筒をしばらく見つめていると、「中を見てもいいよ」と声が聞こえて快彦は顔を上げた。

「見なくてもわかってる。これと同じものが小泉くんと松重さんのところにも届いてる」

清美の肩が跳ね上がった。

「この中に新聞記事のコピーが入ってた。傷害致死事件で蓮見亮介という二十六歳の男性が逮捕されたって。あれは本当にわたしたちが知ってる蓮見くんなの?」

快彦が頷くと、「そう……」と清美が肩を落とした。

「……今まで黙っててごめん」

清美が首を横に振る。

「言えるわけないよ……でも……」清美が視線をそらす。

「亮介のことが怖い?」

清美がこちらに視線を戻した。ためらうようにしながら口を開く。

「……まったく怖くないと言ったら嘘になる。わたしは前の旦那からさんざん暴力を受け続けてきたから……しかも、相手はお亡くなりになってるんでしょう……」

「そうだね」

「だけど……蓮見くんがわたしのことを救ってくれたのも事実……」

清美を見つめ返しながら快彦は頷いた。

「だから……蓮見くんが事件を起こしたことを激しく悔いていて、被害者やそのご遺族に対して償いの気持ちを持って更生しようと頑張っているなら、友人として応援したい……今までと変わらず接したい」

何も言葉を返せずにいる。

虫唾が走るほど嫌なやつだったから殺してやるつもりで殴りつけたんだ——

少なくともあの言葉から、亮介が事件を起こしたことを激しく後悔しているとは感じられない。それに被害者やその遺族に対して償いの気持ちを持っているとも思えない。

「わたしはきっと村瀬くんほど蓮見くんのことを知らない。だから村瀬くんに訊きたい。わたしはこれからも蓮見くんの友人でいていいのかな?」

悩んだ末に快彦が首を横に振ると、落胆したように清美がふたたび肩を落とした。

「……友人でいるべきではないという意味じゃない。ぼくにもわからないんだ。だけど……」

――友人でいたいと思いたい。

25

渋谷の道玄坂にある六階建てのビルに入り、快彦はエレベーターに乗って三階のボタンを押した。ドアが開いてエレベーターを降りる。目の前に『道玄坂法律事務所』とプレートが掲げられた入り口があり、来客用の電話機が置いてある。

受話器を持ち上げて耳に当てると、女性の声が聞こえた。

「村瀬と申しますが、新田先生をお願いします」

受話器を置いてしばらくすると女性が入り口にやってきて、「こちらにどうぞ」と近くにある部屋に通された。四人掛けのソファセットが置かれた応接室だ。

「すぐに参りますので、お掛けになってお待ちください」

女性が部屋から出ていくと快彦はソファに座り、これから新田に話すことを頭の中で整理した。

わたしはこれからも蓮見くんの友人でいていいのかな?――

清美から問いかけられた後、どうすればそれに答えられるかを明け方近くまで考え続け、ひとつの方法に行き着いた。

それを実行するためには自分の知らない情報を集めなければならないとその日の午前中に新田に連絡したが、先方の都合のつくのが翌々日の木曜日である今日だった。

ノックの音がして、ドアに目を向けた。新田が入ってくるのと同時に快彦はソファから立ち上がった。

「お忙しいところお時間をいただいて申し訳ありません。つまらないものですが後で皆さんでお召し上がりください」

頭を下げながら言うと、新田が恐縮したように菓子折りを受け取り、「いやいや、わたしも蓮見さんの様子を伺いたいと思っておりまして。逆にこちらまでご足労いただいて申し訳ありません」と返した。

向かい合わせに座ってすぐに先ほどの女性がやってきてふたりの前にお茶を出した。女性が部屋を出ていきドアが閉まると、「それで……蓮見さんは元気にしていますか？」と新田がこちらに身を乗り出してくる。

「まあ……元気といえば元気です。静岡刑務所で面会したときとそれほど様子は変わりません」

そういうわけでもないが、とりあえずそう答えた。

「仕事は決まったんでしょうか？」

「定職にはまだ就いていません。ただ、わたしの小学校のときの同級生がやっている飲食店で週四日アルバイトをしています」

「アルバイト？」

「ええ……店主やそこに集う人たちが気に入ったみたいですね。楽しそうに働いてますよ」

「そうですか。とりあえずよかったです。週四日のアルバイトでは自立するためのお金は稼げないのでいずれは定職に就かなければならないでしょうが、六年間刑務所に入っていたことですしね……新たに社会生活を送っていくためのリハビリ期間と考えればいいんじゃないでしょうか」

「わたしもそう思っています。定職に就くことも大切だと思いますが、それ以上にこれから亮介くんがまっとうな社会生活を送っていくうえで、世間の人たちとの関係を深めていくと同時に他にもやらなければならないことがあると考えています。それをするために新田先生にいくつかお訊きしたいことがあって、こうして今日はお伺いした次第です」

「わたしに訊きたいこと、ですか？」

「ええ……亮介くんにはまだ話をしていないんですが、いずれは被害者のご遺族に謝罪をするよう促そうと思っていまして……」

　今の亮介に最も必要なのは、被害者やその遺族に対しての贖罪の思いを深めることだと強く思っている。

　清美が言ったように、亮介が事件を起こしたことを激しく悔い、被害者や遺族に対して償いの気持ちを持って更生しようと努めるのであれば、自分や彼女はもちろんのこと、もしかしたら小泉や恵や事件のことを知っている他の人たちもこれからの彼の人生を支えていきたいと思ってくれるかもしれない。

　そしてそれと同時に、もしあの手紙を送りつけてきたのが被害者の遺族や関係者だとしたら、これから亮介がこの社会で更生の道を歩むためにもあんな嫌がらせをやめてもらわなければならないという思いもある。

そのためにも亮介の真摯な謝罪が不可欠だ。

「……もしご存じでしたら、被害者である石倉祥次さんのご遺族の連絡先を教えてもらえないでしょうか」

快彦の言葉に反応したように新田が表情を曇らせる。

「もちろん先方のご迷惑になることや、ましてや神経を逆撫でするようなことは絶対にいたしません。亮介くんにもすぐにそれを促すわけではなく、じっくりと時間をかけながら、しっかりと事件について内省できるようになったと見極めてから話すようにします。ただその前に、一緒に彼と暮らしている従兄弟としてご遺族にわたしの思いを伝えるために連絡をさせていただければと……」快彦は頭を下げた。

いつか亮介が心からの謝罪ができるよう従兄弟として努めていくので、今は彼の更生を妨げるようなことはしないでほしいと遺族に直接会って懇願するつもりだ。

「なるほど……村瀬先生がお考えになっていることはわかりました。たしかに被害者やご遺族に対する謝罪は必要だと思います。ただ、残念ながらそれを直接伝えることはできません」

「……どうしてですか？」

「石倉祥次さんのご家族はもういらっしゃらないんです」

「いらっしゃらない？」

新田が頷く。

「蓮見さんの弁護を担当した当初にわたしも村瀬先生と同じことを考えました。まずはご遺族のかたに謝罪の手紙を書くよう蓮見さんに促そうと思って、警察のかたに石倉さんのご遺族についてお訊きしました。石倉さんは一人っ子で、お母さんは子供の頃に亡くなり、お父さんも二十年ほど前に他界されたそうです」

「親戚は？」

「奄美大島にお父さんのお兄さん、つまり石倉さんの伯父さんに当たるかたが住んでらっしゃるとのことでしたが……」

「奄美大島？」その地名に反応して快彦は思わず声を上げた。

「ええ……被害者の石倉さんご自身も奄美大島の出身だそうです。蓮見さんも奄美大島のご出身でしたが、ふたりは年もだいぶ離れていて接点もまったくありませんでした」

亮介と被害者の石倉祥次は同じ奄美大島の出身——

以前、被害者はその日に知り合ったばかりの見ず知らずのおっさんだったと亮介は話していたが、同じ奄美大島の出身というのは単なる偶然なのか。

いや——

あの日、亮介は恋人のリサの誕生日という大切な予定を直前でキャンセルしてまで石倉祥次と一緒に飲んでいた。リサの話を聞いた後も感じたことだが、ふたりがそれまで見ず知らずの他人だったというのはどうにも不自然だ。

それに亮介は石倉祥次のことを「どうせ人に迷惑をかけて、ろくでもない人生を送ってきた男だろう」と罵っていた。その日初めて会ったにもかかわらず、まるで被害者の人生を知っているような口ぶりが気になってもいた。

「……どうされました？」

その声にはっと顔を上げ、「……いえ、続けてください」と先を促した。

「警察のかたの話によると、奄美大島にいる伯父さんに連絡をしたそうですが、東京に来て石倉さんの遺体の確認をすることや、さらに荼毘《だび》に付された後の遺骨の引き取りも拒否されたそうです。石倉さんには他に親族はおらず、しかたなく都内にある寺に無縁仏として埋葬したと」

「どうして伯父さんは遺骨の引き取りを拒否したんでしょう？」

「ここだけの話ということで警察のかたが教えてくれましたが……伯父さんにとって石倉さんはかなり問題のある甥《おい》だったみたいですね」

「問題のある甥？」

「ええ……故人とはいえ、プライバシーに関わることですので、村瀬先生もここだけの話ということで聞いていただけますか？」

「もちろんです」

「石倉さんは若い頃から素行の悪い存在としてまわりから迷惑がられていたそうで、実際に重大な事件を起こして刑務所に入っていたこともあると」

おれと同じように人を殺して刑務所に入ってたってさ。しかもふたりな――

以前、亮介が被害者について語っていた言葉が脳裏によみがえってくる。

「遺骨の引き取りさえ拒否されているということでしたが、わたしは一応警察のかたに連絡先をお訊きして石倉さんの伯父さんに手紙を出しました。甥御さんを死に至らしめた蓮見さんからご親族に対しての謝罪の手紙を送りたいと思っていますが、受け取ってもらえるでしょうかと。すると伯父さんはすぐに返事を送ってくれましたが、被害者とはいえ彼とは遠い昔に縁を切っているので謝罪の必要はいっさいありませんという石倉さんを突き放すような内容でした。さらに手紙に書かれていることから、石倉さんのお父さんも伯父さんも石倉さんのせいで地域でずっと肩身の狭い思いを強いられていたのが窺えました。そういうこともあって今さら甥の遺骨を引き取る気にはなれなかったのでしょう。もしくはすでに亡くなっていた弟さんから絶対に自分たちの墓に入れないでくれと言われていたのかもしれません」

石倉に家族はおらず、唯一の親族である伯父も甥の死を悲しんでいないとすれば、あの手紙はいったい誰が出したのか。

「石倉さんが起こした重大な事件というのは……ふたりを殺した事件ですか？」

快彦が訊くと、「どうしてそう？」と新田が眉をひそめる。

「いや……以前、亮介くんと被害者の話になったときにそのようなことを……」

「石倉さんがふたりを殺して刑務所に入っていたと蓮見さんが話したんですか？」

「まあ、そうですね。自分と同じように人を殺して刑務所に入っていたと。しかもふたり……と」

「たしかに石倉さんは蓮見さんと同じく傷害致死事件を起こして、ひとりお亡くなりになっています」

「ひとり？」

快彦が訊き返すと、「ええ……」と新田が頷く。

「鹿児島にある天文館《てんもんかん》という繁華街で飲み屋の店員に因縁をつけて暴行を加えて死なせてしまったと。警察からはその事件しか聞いていませんし、伯父さんの手紙にも他の事件のことには触れられていませんでしたが……」

「そうですか……」

どうして亮介はふたりだと言ったのだろう。しかも、より強調するような口ぶりで。

「それにしても……どうして蓮見さんは石倉さんが事件を起こして刑務所に入っていたのを知っ

ていたんでしょうね」

「どうして、と言いますと?」快彦は訊き返した。

「わたしは警察のかたからここだけの話ということで石倉さんが起こした事件について知りましたが、警察や検察が被疑者に被害者の前科についてわざわざ話すとは思えないんですけど。蓮見さんが起こした事件に何か関係があるのであればともかく……」

たしかに自分もそう思う。

「新田先生はその話を亮介くんには?」

「もちろんしていません。それに裁判でも被害者の前科について触れられることはありませんでした」

「……考えられるとしたら、事件のあった日に石倉さんと飲んでる際にそういう話を聞かされたんでしょうかね」

新田が両手を組んで考え込むように唸り、口を開く。

「普通であれば出会ったばかりの人間にそのような話はしないと思いますが。いや、出会ったばかりではなくてもしないんじゃないですか? 人を死なせるような罪を犯して刑務所に入っていたなんて」

「たしかにそうですね……」

だけど、そうであればどうして亮介は石倉が人を殺して刑務所に入っていたことを知っていたのか。

しかも、ふたり、と。

前々から不可解に思っていた事柄が急速に胸の中で広がっていく。

「あの……亮介くんと石倉さんが知り合いだったということはありませんか？」

「同じ奄美大島の出身だからですか？」

「そうです。亮介くんは被害者のことをその日に会ったばかりの見ず知らずの他人だと話していましたが……直接会ったことはなかったとしても、石倉さんのことをどこかで知っていたとは……」

「それは考えづらいですね」新田が即答する。

「どうして、そう？」

「石倉さんが天文館で事件を起こしたのはかなり昔なんです。警察もしっかり調べたでしょうし。たしか……ちょっと待っててていただけますか」

そう言って新田がソファから立ち上がり部屋を出ていく。しばらく待っていると、ドアが開いて新田が戻ってきた。何冊かの手帳を持っている。

ソファに座ると新田が前のめりになってテーブルに置いた手帳を開いて次々とページをめくっていく。

自分が担当した案件について丁寧にメモしているようだ。

「やっぱりそうです……」

その声に、快彦はテーブルに置かれた手帳から新田に視線を戻した。

「石倉さんが天文館で事件を起こしたのは一九九〇年の六月です」

今から三十三年前——

「蓮見さんは今おいくつでしたっけ？　たしか……」

「三十二歳です」

快彦が答えると、新田が満足そうに頷いた。

「蓮見さんが生まれる前に石倉さんは逮捕されて刑務所に入れられています。伯父さんの手紙によるとそれ以降奄美大島には戻っていないはずとのことですので……」

事件以前に亮介と石倉が出会っている可能性はないということか。

「……もちろん奄美大島にいればどこかで石倉さんの噂話ぐらいは耳にしたことがあるかもしれません。ただ、奄美大島からはるか離れた東京の府中でたまたま知り合った人が、顔も知らないその人物だと思い至ることはないと思いますが」

新田の言うことはもっともだと自分でも思う。だけど、石倉に対する亮介の言動やリサから聞いた事件当日の話から、あの日に出会う以前にふたりは何らかの関わりがあったのではないかという疑念がどうしても拭えない。

「……石倉さんの伯父さんの連絡先は控えてらっしゃいますか?」

快彦が訊くと、「控えていると思いますが……」と新田が答えた。

「新田先生や石倉さんの伯父さんが必要ないとおっしゃったとしても、やはりいつか亮介くんに謝罪の手紙を出させたいと考えています。それが彼の更生への第一歩になると、いつかは必ずそれをしなければならないとわたしは強く思っていますので」

石倉祥次がどんな人物だったのかがどうしても知りたい。

もし、ふたりに何かしらの関わりがあったとして、亮介にそれを問い質《ただ》してもきっと何も答えないだろう。それならば自分の手で石倉祥次について調べるしかない。彼のことを調べていけば亮介との接点が見つかるのではないか。

「新田先生にご迷惑をおかけすることはしませんので、亮介くんの更生のためにもどうかお願いします」

快彦が訴えると、新田がふたたび前のめりになって手帳をめくった。しばらくすると連絡先を見つけたようで、メモした紙をこちらに差し出す。

「ありがとうございます」

快彦は受け取ったメモ紙を折って上着のポケットに入れ、「今日はこれで失礼いたします。お時間を作ってくださってありがとうございました」とソファから立ち上がった。新田とともに部屋を出てエレベーターに向かう。

「蓮見さんが手紙を書いて伯父さんに受け取っていただけたら、わたしにも報せてもらえますか?」

新田の言葉に「もちろんです」と快彦は頷いてエレベーターに乗った。

法律事務所が入っているビルを出ると、スマホを取り出してスケジュール帳を表示させる。

明日の金曜日は裁判も依頼人との打ち合わせも入っていない。仕事を休めば土日と合わせて三日間の時間が取れる。土日が入っているとはいっても十一月のオフシーズンなので、直前であっても航空券や宿を押さえられるのではないか。

虫唾が走るほど嫌なやつだったから殺してやるつもりで殴りつけたんだ——

亮介はどうしてあんな事件を起こしてしまったのか。正直なところ、それを知るのが無性に怖くもある。だけどそれを知らなければ、本当の意味で亮介の友人ではいられないだろうと感じている。

快彦はスマホに指を添えて航空会社のホームページにアクセスした。

26

着替えなどを詰め込んだリュックを背負って部屋を出ると、快彦は音をたてずにドアを閉めた。みんなが起きないよう静かに階段を下りる。

一階に着くと廊下の電気をつけた。玄関に亮介の靴がないのでまだ帰ってきていないようだ。清美には出張で三日間家を空けると昨晩伝えていたが、亮介に何も言わないまま旅立つことに若干の後ろめたさがある。

快彦は靴を履いて家を出た。鍵をかけて外門を抜けたとき、「――夜逃げでもしようってのか?」とふいに男の声が聞こえてぎょっとした。声がしたほうに目を向けると、薄闇の中に佇んでいる亮介が視界に映った。

「こんな時間に大きなリュックを背負ってこそこそと家から出ていくなんてさ」

「どうしてぼくが夜逃げしなきゃいけないんだ」

快彦はすぐに言い返したが、そう茶化されてもしかたがない。

まだ午前四時半にもなっていない。始発電車に乗らなければ朝の飛行機に間に合わないのでこの時間に家を出ることにした。

「出張で北海道に行かなきゃならなくなったんだ」

面と向かって嘘をついたことにさらに罪悪感が煽られる。

「弁護士でも遠方への出張なんかあるんだな」

「まあね……ごくたまにしかないけど。バイトが終わってから今まで飲んでたのか?」

快彦は訊いたが、亮介は答えない。

「せっかく稼いでも飲んでばかりいたら金が貯まらないだろう」

「しかたねえだろ。最近、くさくさしたことが多くてな」

小泉が直接亮介に、自分のもとに怪文書が届いたことや前科の話をするとは思えないが、ここ数日仕事で一緒にいる中で、もしかしたら彼の様子から何か不穏な空気を感じ取っているのかもしれない。

「あまり飲みすぎないようにな。じゃあ、行ってくる」

歩き出してすぐに、「あのさ……」と亮介に声をかけられ、快彦は足を止めて振り返った。

「何？」

「いや……気をつけて帰ってこいよ」

亮介の目を見て胸が疼いた。優しい言葉とは裏腹な物悲しそうな眼差しに思えた。

「仕事に追われて時間がないだろうから土産は期待しないでくれ」

昨晩、清美にも伝えたことを言い残して、快彦は薄暗い住宅街を歩き出した。


予定通りに午前十一時過ぎに奄美空港に着いた。

快彦は到着口を抜けると空港の建物を出てタクシー乗り場に向かった。タクシーに乗り込むと、

「ここまでお願いします」と言って住所を書いた紙を運転手に渡す。

「龍郷町《たつごうちょう》ですね」

メモを見ながら運転手が言って、ドアを閉めて車を走らせた。

まずは龍郷町に住む石倉祥次の伯父の石倉久則《ひさのり》を訪ねるつもりでいる。

自分は石倉祥次のことをほとんど知らない。わかっているのは名前と年齢、それに亡くなったときには首もとにコブラの刺青を入れていたということだけだ。

帰りの飛行機は明後日の午後七時発だから、自分に与えられた猶予は五十五時間ほどしかない。島といっても奄美大島の面積は東京二十三区よりも広く、人口は五万七千人以上いる。やみくもに石倉祥次のことを調べようと思ってもなかなか難しいだろう。

自分が知りたいことを久則がどこまで話してくれるかはわからないが、せめて祥次が奄美大島のどのあたりで生活していたかぐらいは聞いておきたい。

だが、いきなり見ず知らずの快彦が訪ねて甥の話を聞かせてほしいと言っても、怪しまれて門前払いを食らうかもしれない。いや、その可能性のほうが高いように思える。

車窓に広がる海を見つめながら、どのようにして久則に話を切り出すべきかをひたすら考えた。

道路沿いに置かれた小さな看板が目に留まり、はっとした。以前、夢に出てきた明神崎《みょうじんざき》展望台の入り口を示す看板だ。

またあの雄大な風景を目にしたいという思いが一瞬よぎったが、そんな余裕はどこにもない。

それから三十分ほど車を走らせ、「このあたりだと思います」と運転手が言って住宅街でタクシーが停まった。

「ありがとうございます」

会計をして先ほど渡したメモ紙を返してもらい、快彦はタクシーを降りた。

しばらく周辺を歩くとメモ紙にある『コーポ龍郷』が見つかった。築年数がかなり経っていそうな上下に五部屋ずつある二階建てで、石倉久則の住所はこのアパートの一〇三号室となっている。

アパートの前までたどり着いたがどのように話を切り出すべきか定まっておらず、なかなか足が踏み出せずにいる。

今日一日考えてまた明日訪ねようかと思い、すぐにそんな悠長《ゆうちょう》なことを言っている場合ではないだろうと自分を窘める。出たとこ勝負で行くしかないと、快彦は足を踏み出して一〇三号室に向かった。

インターフォンのボタンを押そうとしたが、ドアの横についている表札が目に留まってとっさに手を止めた。表札は『川畑《かわばた》』となっている。

新田が部屋番号を書き間違えたのではないかと考え、階段脇にあるポストに向かった。

十個あるポストのすべてに名前が記されているが『石倉』はない。

もしかしたら『川畑』という人物と同居しているのかもしれないと一〇三号室の前に戻り、思い切ってインターフォンのボタンを押した。すぐに「はい」と男性の声が聞こえた。

「あの……わたくし村瀬と申します。大変失礼ですが石倉さんのお宅ではありませんか?」

「違いますが」素っ気ない声が返ってくる。

否定するということは同居人にも石倉はいないのだろう。

「実はわたくし……以前この部屋にお住まいだった石倉久則さんというかたをお訪ねしたのですが、どちらに転居されたかお心当たりはありませんか?」

「ないです」

「あの……大変申し訳ないのですが、このアパートの大家さんか仲介している不動産会社を教えていただけないでしょうか」

「大家さんは三軒隣にある里《さと》さんというかたです」

「ありがとうございます」と言い終える前にインターフォンが切られた。

快彦はアパートを出て三軒隣にある一戸建てに向かった。外門の脇にある『里』という表札を確認してインターフォンのボタンを押す。しばらく待っていると、「はーい」と女性の声が聞こえた。

「お忙しいところ申し訳ありません。あちらにあるコーポ龍郷についてお訊きしたいのですが」

「ごめんなさい。今空き部屋はないんですよ」

「いえ、そうではなく……そちらの一〇三号室に住んでおられた石倉久則さんのことについてお伺いしたくて」

「石倉さん？」

「ええ……石倉さんをお訪ねしたのですが違うかたが入居されていて、どちらに転居されたかご存じないでしょうか」

「お亡くなりになりましたよ」

快彦は息を呑んだ。

石倉祥次につながる唯一の糸が切れてしまったと落胆する。

「……いつお亡くなりになったんですか？」

「二年ぐらい前です」

「石倉さんにはご家族はいらっしゃらないでしょうか？」諦めきれずにさらに快彦は訊いた。

「長い間ひとりであそこに住んでたからいなかったんじゃないかしら」

「あの……石倉さんには祥次さんという甥がいましたが、そのかたについて何かご存じではないでしょうか」

「さあ……大家と店子といってもそれほど親しかったわけではないから、親族のこととかはわからないわね」

「長い間とおっしゃいましたが、石倉さんはどれぐらいあそこにお住まいだったんですか?」

「三十年近くいたかしら。こっちに移るまでは名瀬にいたっていうことだけど」

名瀬市は奄美大島の中で一番栄えている地域で、自分が泊まるホテルもそこにある。

甥の石倉祥次は三十三年前に傷害致死事件を起こしたということだから、もしかしたらそれが原因でその地域に居づらくなって龍郷町に移ってきたのかもしれない。

以前に久則が住んでいたところの近隣住民であれば祥次について何か知っているのではないか。

「石倉さんが名瀬に住んでいたときの住所はおわかりにならないでしょうか」

「わからないわね」

「そうですか……」万策尽きた思いで快彦は肩を落とした。

「もういいかしら?　ちょっと忙しいので」

「はい。ありがとうございます」

インターフォンが切れると、快彦はその場から離れた。スマホを取り出して名瀬について調べる。一番栄えている地域とあって人口は約三万五千人と、奄美大島の人口の半数以上を占めている。

石倉祥次も名瀬にいた可能性が高いとも考えられるが、何の当てもないまま三十三年前から島にいない人物を知っている者を探すのはかなり困難ではないか。

快彦は頭を振り、スマホでタクシー会社を調べて電話をかけた。アパートの前までタクシーを呼ぶ。

タクシーが到着して後部座席に乗り込むと、「ずいぶん早く用事が終わったんですね」と運転手に声をかけられた。先ほどここまで自分を乗せた運転手だ。

「ええ、まあ……サニーホテル名瀬までお願いします」

快彦が告げると、ドアが閉まってタクシーが走り出した。

先ほどとは違って外の景色を見る余裕もないまま、これからどうするべきか考える。

奄美大島にある中学校や高校を回って石倉祥次の同級生の連絡先を調べるというのはどうだろうかと思いついた。だが、たとえ弁護士である自分の名刺を差し出したとしても、個人情報保護に敏感なこのご時世に正当な理由がないままそれを教えてもらえるとは考えづらい。しかも今日はともかく、明日と明後日は土日だから職員がいるかどうかもわからない。

石倉祥次につながりそうなヒントはないだろうかと、今までに亮介と交わした会話を必死に思い出す。

仕事が休みだったおれはばってんの近くの店でひとりで飲んでた。そしたらそのおっさんと知り合った。近くでやってた競馬で大穴を当てたとかで、ずいぶんと上機嫌でな……それで一緒にはしご酒をすることになった――

初めて亮介に被害者の話を訊いたとき、ふたりが出会ったきっかけについてたしかこのようなことを言っていた。

亮介と出会った際の石倉は酒を嗜《たしな》み、ギャンブルを好んでいた。若い頃から趣味嗜好が変わっていないとすれば、飲み屋やギャンブルができる場所に行けば石倉祥次を知っている者に出会えるのではないか。

六年前に亡くなった際の新聞記事に出ていた被害者の年齢は五十二歳だった。現在生きているとすれば五十八、九歳ということになる。それぐらいの年齢の人に手当たり次第に訊いていけば、石倉祥次を知る人物に巡り合えるかもしれない。

時計を見ると、もうすぐ午後二時になろうとしている。飲み屋が開くにはまだ早いだろう。

スマホで調べると、奄美大島には競馬場や競輪場など公営のギャンブル施設はない。だが、パチンコ店や雀荘は複数ある。

「運転手さん、行き先の変更をお願いします」

快彦が呼びかけると、「どちらに向かいますか?」と運転手が返した。

「名瀬にあるパチンコ店に行ってください」

27

上皿に入れていた玉がなくなり、パチンコ台から腕時計に目を向けた。もうすぐ午後七時になろうとしている。

ここで切り上げて飲みに行こうと思い、快彦は椅子から立ち上がった。

今日は午前十時にホテルを出てからこの時間まで複数の店を巡ってパチンコを打っていたので腰が痛い。

昨日に続いてフロアで見かけた六十歳前後に思える客に手当たり次第に声をかけたが、石倉祥次を知っている人はいなかった。それは飲み屋でも同様だ。昨夜は酒に強くない身体に鞭を打ちながら五軒の飲み屋をはしごしたが、いずれの店でも石倉祥次という名前はもとより、首もとにコブラの刺青をした男に心当たりがある人はいなかった。

帰りの飛行機は明日の午後七時発だ。パチンコ店は明日も来られるが、飲み屋で石倉のことを探れるのは今夜しかない。

フロアでパチンコを打っている客たちの中で、ひとりの男性が目に留まった。派手な柄のシャツを着ているが年齢は六十歳ぐらいに思える。

あの男性とはまだ話をしていないと、快彦は近づいた。空いていた隣の席に腰を下ろし、さりげなく様子を窺いながら話しかけるタイミングを計る。

上皿に入っていた玉がなくなって、「くそっ」と男性が箱から取り出した煙草をくわえて火をつけるのを見て、「……あの、ちょっとよろしいでしょうか」と快彦は声をかけた。驚いたように男性がこちらに顔を向ける。

「突然、申し訳ありません。ちょっとお訊きしたいことがありまして」

快彦の言葉に反応して、男性が眉をひそめる。

「三十三年ほど前まで奄美大島にいらした石倉祥次さんというかたに心当たりはないでしょうか。年齢は今年五十八歳になります」

六年ほど前にすでに亡くなっているが、現在の年齢で伝えたほうがわかりやすいだろうと思ってそうしている。

その名前に心当たりがないようで男性が首をひねった。

「首もとにコブラの刺青をしているんですが……」

さらに言うと、「ああ……そういえば……」と思い出したように男性が呟く。

「その男性に心当たりがおありですか?」

思わず身を乗り出して訊くと、男性がパチンコ台の左側に指を向けた。

昨日初めて知ったがサンドと呼ばれる玉貸機で、そこに金を入れると右側のパチンコ台に玉が補充される。話を聞きたいのであれば金を入れろということだろう。

快彦はしかたなくズボンのポケットから財布を取り出し、サンドに千円札を投入した。パチンコ台の上皿に玉が補充され、男性がにんまりと笑って口を開く。

「石倉祥次ってやつも、首もとにコブラの刺青を入れた男も知らねえなあ」

「でも、さっき……そういえばっておっしゃいましたよね？」騙されたと思っていくぶん語調が強くなった。

「そういえば……昔、同じようなことを訊かれたことがあったなって思っただけだよ」

「同じようなこと？」

「二十代ぐらいの兄ちゃんから首もとにコブラの刺青を入れた男を知らないかって。ちょうどおれぐらいの年だと思うけどってさ」

「どれぐらい前の話ですか？」

「どうだったかなあ。たしか七、八年ぐらい前だったかな。そういえば東京の府中から来たって言ってたな」

その地名に反応した。

「府中に住んでるなんて羨ましいねって言ったのを覚えてる。おれはパチンコだけじゃなく競馬も好きだけど、実際に競馬場に行ったのは数えるぐらいしかないからね」

亮介だろう。八年ほど前、自分の父と会った後に亮介は急に奄美大島に行くことになったとリサが話していた。

亮介は石倉祥次を捜すために生まれ故郷である奄美大島に戻ったのだ。

「その二十代の男性は他に何か話していませんでしたか？　その刺青の男性との関係とか、どうして捜しているのかとか」

「いや……そんな男は知らねえなあって答えたら、ありがとうございましたって礼を言って居合わせてた他の客にも同じことを訊いていったよ」

「その男性は石倉祥次という名前を出してあなたに訊いたんでしょうか」

「名前は言ってなかったなあ。首もとにコブラの刺青を入れてる、おれと同世代の男ってだけで」

どういうことだろう。亮介は捜している男性の名前を知らなかったということか。そうであるとするなら、わざわざ奄美大島まで来て名前すら知らない石倉祥次をどうして捜す必要があったのか。

「せっかく神様からのお恵みがあったんだから、そろそろ打ちたいんだけどなあ」男性がパチンコ台のハンドルを指さす。

「……ありがとうございました」快彦は男性に礼を言って立ち上がった。

パチンコ店を出るとコンビニを探し、栄養ドリンクを買った。店前で飲んで瓶をごみ箱に捨て、奄美大島最大の繁華街である屋仁川《やにがわ》通りに向かう。

島にある繁華街ということでそれほど栄えていないだろうと勝手に想像していたが、屋仁川通り周辺だけでも二百軒近くの飲食店があるのをここに来て知った。

二日間で訪ねられる店はかぎられていると策を考え、真っ先にこのあたりで老舗のバーに向かった。そこの老マスターは石倉祥次のことを知らなかったが、代わりに六十歳前後の人たちが店主をしていたり、好んで利用している飲み屋を十数軒教えてもらった。

昨晩はへろへろになる身体に鞭を打ちながら五軒の店をはしごしたが、成果はなかった。

もう今夜しかないので、石倉祥次に行き当たるまでは教えてもらった残りの店を回りたい。

会計をして店を出ると、ふらふらした足取りで快彦は階段を下りた。建物から出るとよろけそうになる身体を支えるため電柱に手をつき、もう片方の手でスマホを取り出した。

先ほど出た店が今夜の四軒目だったが、今までのところ石倉祥次を知る人とは会えていない。

精一杯セーブしながら飲んでいたつもりだが、頭の中がくらくらしている。

快彦は電柱から離した手で頬を何度か叩き、スマホのメモ帳を開いた。視界がぼんやりしているが、何とか次に行く店と住所を確認して歩き出す。

目当てである『順子《じゅんこ》』という店の看板を見つけ、ドアを開けて中に入った。カウンター席とテーブル席がふたつのこぢんまりとした店だ。カウンター席にひとり、テーブル席に三人の年配の男性客がいて、テーブル席のひとりがマイクを片手にカラオケを熱唱している。

「いらっしゃいませ」とすぐに年配の女性がカウンターから出てきてこちらに近づいてきた。

「おひとり様ですか?」と陽気な笑顔で女性に訊かれ、快彦は頷いた。

南国らしい色鮮やかなワンピースを着ていて、年齢はここにいる客と同じぐらいの六十歳前後に思える。

「カウンターにどうぞ」と促され、男性客からひとつ離れた席に座った。女性がカウンターの中に戻っておしぼりを出し、「何にしますか?」と訊いてくる。

本当は酒を欲しくないが、「とりあえずビールをお願いします。あとお水ももらえますか?」と頼む。

目の前に生ビールのジョッキと水を入れたコップが置かれ、まずは水のほうを口にする。

「初めてのかたですよね。近くにお住まいかしら?」

女性に訊かれ、「いえ……埼玉から来ました」と答える。

「じゃあ、観光かしら」

「観光というわけではなく……ある人のことを知りたくて来ました」

長々と会話をしながら切り出すタイミングを計るといった余裕はなく直截《ちょくさい》に言うと、胡散臭《うさんくさ》そうに女性がこちらを窺う。

「三十三年前まで奄美大島にいらした石倉祥次さんという男性をご存じないでしょうか」

ぎょっとしたように女性がカウンター席の男性客と顔を見合わせる。

知っているようだと、瞬時に酔いが醒めた。

すぐに女性がこちらに視線を戻し、「あなた、石倉の知り合い?」と眉間に皺を寄せて口を開く。

「知り合いというわけではないんですが……石倉祥次さんのことを調べていまして」

「調べてるって、もしかして警察のかた?」

「いえ、違います。それに探偵というわけでもありません。ただ、個人的な事情で石倉さんについて知りたくて……ご存じなんですね?」

女性が頷く。

「中学校のときの同級生だったから」

「石倉さんがどのようなかただったか、あと……石倉さんと親しかった人をご存じでしたら教えていただけないでしょうか」

「どのようなかただったかって言われても……もう何十年も会ってないけど、チンピラみたいなやつだったとしか……」

女性の言葉を遮るように、「順子ちゃん、よく知らない人にあまり変なことを言わないほうがいいんじゃない」とカウンターの男性客が口を挟む。

「たしかにミヤモトさんの言うとおりかも。自分の悪口を言ってたって知られたら、後で祥次に何をされるかわかったもんじゃないもんね」

弁護士の新田から聞かされていたが、やはり地元での評判はよくなさそうだ。

「石倉さんから何かされることはありません」

快彦が言うと、ふたりがこちらに視線を向けた。

「六年ほど前にお亡くなりになったので」

驚いたようにふたりがふたたび顔を見合わせ、「どうして？」と順子が訊く。

「東京の府中で飲んでいるときに傷害致死事件の被害に遭ったんです」

「傷害致死事件の被害……因果応報ってやつかな」ミヤモトと呼ばれた男性が呟くように言う。

「鹿児島の天文館で起きた事件はご存じですか？」

快彦が訊くと、「もちろん」とふたりが大きく頷く。

「いつか何かやらかすと思ってたから、ニュースでその事件を知っても特に驚かなかったけどね」

ミヤモトの言葉に順子が相槌を打つ。

「ねえ、順子──次、『島唄』かけて！」

男性の声が聞こえて、快彦はテーブル席を見た。

「悪いけど、今お客さんと大事な話をしてるからちょっとだけ待っててくれる？」

順子に言われて、テーブル席の客たちがしょうがないなあという表情で酒を飲み始める。

「祥次はわたしよりもふたつ年下でね……」

その声に、快彦はテーブル席から視線を戻した。

「家が隣だったから子供の頃はけっこう一緒に遊んだりしたんだけど……昔はあんなふうじゃなかったんだけどなあ」ミヤモトが嘆息する。

「お母さんが出ていっちゃってからだよね。祥次が変わったのは」

その言葉に順子に目を向け、「お母さんが出ていった?」と快彦は訊いた。

「そう……祥次の家は夫婦でラーメン店を営んでたんだけど、彼が中二のときにお母さんが常連客とできちゃって、旦那と子供を捨てて本土に移ったんだよね」ミヤモトが語り出した。

「石倉さんのお母さんは子供の頃に亡くなったと聞いていたんですが」

たしか新田がそう言っていた。

「そういえばそんな噂が流れたね。家を出ていってから一年も経たないうちに交通事故に遭って亡くなったって。ふたりで店をやっていたときには近所の人や客たちにおしどり夫婦で通っていたから、旦那と子供を捨てた天罰だなんて口さがないことを言う人もいたな」

「お母さんが家を出ていってから石倉さんは変わってしまった?」

「そうだね。それがきっかけだとしか考えられないね。中学にも行かなくなって、そのうち地元の不良とつるんで悪さをするようになって……」

「悪さって、どんなことを?」

「主に喧嘩や恐喝だね。十七、八歳の頃にはヤクザも顔負けな感じで、このあたりにある店にみかじめ料みたいなものを要求して、それに応じない店は閉店後に看板やドアを破壊したり、後輩の子分に料理の中に虫が入ってたって大騒ぎさせて店の信用を落とすような嫌がらせをしたりしてね……その頃には外で見かけてもとても声をかけられないほど粗暴な感じになっていたね」

「でも、そんなことをすれば警察が動くんじゃないですか？」

「まあ、今と違って防犯カメラもほとんどない時代だからね……警察から目はつけられていたみたいだけど事件にできるだけの証拠を押さえられなかったんだろう。それに祥次の伯父はその頃に市議を務めていたから、表沙汰にならないよう被害に遭った店に弁償したりして内々で処理してたんじゃないかな。だけど、ここらへんの飲食店を中心にして祥次の悪評が広がって親父さんも肩身が狭くなったのか、けっきょく店を畳んじゃったんだよね」

「わたしは一、二回しか行ったことがなかったけど、うちのお父さんは常連だったみたいだから残念がってたなあ」順子が口を挟んだ。

「親父さんもお母さんのことで不甲斐なさを感じていたのか祥次に厳しくできなかったのかもしれないけど、もうちょっと何とかしてたらあんな事件を起こさないで済んだかもしれないのになあ。市議だった伯父さんも含めて祥次を甘やかしてしまったから」

おそらく石倉祥次が傷害致死事件を起こしてしまったことで久則は市議を辞めることになり、名瀬からも離れることになったのだろう。

「天文館での事件で逮捕されてから石倉さんは奄美大島に戻っていないんでしょうか」

「わたしは見かけたことない。普通の感覚だったら戻ってこられないよね。あんな事件を起こしてここら中の噂になっているのは目に見えてるから」

順子が言うと、「わたしも会ってないな。祥次だけでなく親父さんも伯父さんも」とミヤモトが思い返すようにして答える。

「あの……蓮見亮介という男性に心当たりはないでしょうか」

快彦は訊いたが、心当たりがないようでふたりが首をひねる。

「ぼくと同じ三十二歳で、二十歳のときまで奄美大島で暮らしていたんですが」

「知らないなあ。その人がどうしたの?」順子が訊く。

「石倉さんと何らかの関わりがあったと思われるんですが……」

「だけど、三十二歳ってことは祥次があの事件で捕まった後に生まれたってことじゃ……たしかあの事件があったのって」ミヤモトが順子を見る。

「わたしが二十五歳のときだったのを覚えているから三十三年前」

「そうなんですが……あの……当時、石倉さんと親しかったかたをご存じでしたら教えてもらえないでしょうか」

その人たちに訊けば、亮介と石倉祥次の接点が見つかるかもしれない。

「祥次のことを知ってる人はそれなりにいるだろうけど、親しかった人っていうとねえ……」順子が考え込むように唸る。

「祥次があんな事件を起こして居づらくなったのか、当時つるんでた連中はいつの間にか島から出ていったよね」

「そうですか……」快彦は肩を落とした。

石倉祥次を知る人たちに出会えたが、亮介とのつながりを確かめるのは難しそうだ。

「――順子さあ、いつまで待たせるんだよ」

ふたたびテーブル席から声がして快彦はそちらに顔を向けた。

「あのさあ、あんたたち……蓮見亮介って子を知らない?　三十二歳で、二十歳まで奄美大島で暮らしてたそうだけど」

順子が訊いてくれたが、三人とも知らないと首を横に振る。

「その子がどうしたんだよ」男性のひとりが訊く。

「中学のときの同級生に石倉祥次っていたでしょう。祥次の知り合いかもしれない子なんだけどさあ」

「石倉って……ずいぶん懐かしいというか、忌まわしい名前が出てきたな」

「同級生のかたたちなんですか？」

カウンターに視線を戻して快彦が訊くと、順子が頷いた。

「たしかあんたたち祥次と同じサッカー部だったよね？」

「そうだけど。もっとも祥次は途中でやめちゃったけどな」

「このお客さんが祥次のことを知りたいっていうんだけど……そのためにわざわざ埼玉から来たんだって。祥次と親しかった人で今でも島にいる人に心当たりはない？」

「なんであんなやつのことを知りたがるんだ？　あんなのに関わるとろくなことにならないぞ」

「祥次、六年ぐらい前に亡くなったんだって。東京で傷害致死事件の被害に遭って」

順子の言葉に驚いたようにテーブル席の男性たちが顔を見合わせる。

「……東京にいたんだな。あの事件から何十年も見かけたことなかったけど」

「そういえば二十年ぐらい前だったか島で会ったよ」

ひとりの男性の言葉が耳に留まり、快彦は思わず身を乗り出した。

「石倉さんと奄美大島でお会いになったんですか？」

快彦が訊くと、眼鏡をかけた男性が頷く。

「あんな事件を起こしてよく戻ってこられたわね。いったい何しに島にやってきたの？」順子が呆れたような口調で訊く。

「わかんねえ。ただ、これから『ルイード』に行くって言ってたな。ヒサエはまだ店で働いてるのかって訊かれたから、彼女に会いにいったんじゃないか？」

「ルイードというのは？」

「ダルマ市場通りにある喫茶店。六十年以上やってるお店で、ヒサエは先代のマスターの娘で、わたしと同じ高校の後輩なの」

順子がそこまで話すとテーブル席に視線を向け、「ヒサエに何の用があったの？」と眼鏡の男性に訊く。

「聞いてないからわからない」

「あの……石倉さんと会った正確な年は覚えてらっしゃいませんか？」

快彦が訊くと、思い出そうとするように眼鏡の男性が唸りながら顔を伏せる。しばらくして顔を上げて口を開く。

「何年っていうのはわからないけどワールドカップがあった年だった。日本と韓国で共同開催した……祥次に声をかけられたけど、あいつとどんな話をすればいいのかって戸惑っちゃってね。一応サッカーをやってたから、日本でワールドカップをやるなんて嬉しいなって当たり障りのない話をして別れた。たしか開幕する一ヵ月ぐらい前だったと思う」

快彦はスマホを取り出して検索した。

日本と韓国で行われたＦＩＦＡワールドカップは二〇〇二年の五月に開幕している。

何年だったかを知って暗澹《あんたん》とした気持ちになった。

今までの自分の人生の中で最もつらい経験をした年だ。

28

チェックアウトを済ませると、快彦はホテルを出てダルマ市場通りに向かった。

ルイードはすぐに見つかった。三階建てのビルの一階にあり、六十年以上営業している喫茶店というだけあって年季の入った看板が掲げられている。

ドアを開けた瞬間、何故だかわからないがとても懐かしい感じがした。店内に足を踏み入れ、今どきあまり見かけないようなゲームテーブルや壁に飾られた絵に目を留め、そう感じた理由に行き着く。

自分はかつてここに来たことがある。祖母の葬儀が終わった後、亮介や互いの両親と立ち寄った喫茶店だった。

「いらっしゃいませ。おひとり様ですか?」と女性の声が聞こえ、快彦は目を向けた。カウンターの中から緑色のエプロンをした年配の女性がこちらに微笑みかける。

十年ほど前に先代のマスターが隠居してからはひとりで店を切り盛りしていると順子が話していたので、彼女が沢口久恵《さわぐちひさえ》だろう。

快彦が頷くと、「お好きな席にどうぞ」と言われてカウンターの端に座る。ホットコーヒーを頼んでしばらくすると目の前にカップが置かれた。コーヒーをひと口飲んで、「あの……」と女性に呼びかける。

「失礼ですが、沢口久恵さんでしょうか」

一応確認すると、女性が頷いた。

「ぼくは埼玉からやってきました村瀬快彦と申します。実は沢口さんにちょっとお訊きしたいことがあって伺いました」

快彦が切り出すと、「はぁ……」と女性が少し身構えるような眼差しになる。

「昨日、屋仁川通りにある順子というスナックにいらっしゃったお客さんからお聞きしたんですが……二十一年前に石倉祥次さんという男性がこちらを訪ねてこなかったでしょうか」

こちらを見つめながら久恵が顔を引きつらせた。

「それが……何か？」動揺したように久恵が問いかける。

「どのような用事で石倉さんがこちらを訪ねたのかお聞かせいただけないでしょうか」

「どうしてあなたにそのような話をしなければならないんですか」

自分が入ってきたときの柔和な表情とは打って変わり、顔中に警戒心を滲ませている。

「あなた、石倉とどんな関係なんです？」

「石倉さんとは直接の関係はありません」

「申し訳ありませんが、あの男についての話なんかしたくありません。ただ……」

あからさまに拒絶の態度を示され、快彦は言葉に窮した。

「それでは……蓮見亮介という男性をご存じないでしょうか」

亮介と何らかの接点があったとすれば石倉が島に戻ったその時期ではないかと思って訊ねると、瞬時に久恵の表情から険しさが薄れた。

「あなた……亮介くんとどのような関係なの？」興味を持ったというように久恵が少し前のめりになって訊いてくる。

「友人です」

「そう……彼は元気にしているかしら？」

いくぶん穏やかになった口調で久恵に問いかけられ、快彦は頷いた。

「沢口さんは亮介くんとどういったご関係なんでしょうか」

「以前、ここでアルバイトをしていたの。高校に入学してから一年ほどだったけど」

おそらく家計を助けるために学校に行きながらここでアルバイトをしていたが、それだけではとても足りなくなり、十七歳で高校を中退して違う職に就いたのだろう。

「彼は十七歳のときに高校を中退したと聞きましたが、その後はどんな仕事をしていたんですか？」

「漁協の仕事を始めたわ。過酷な仕事だけどお金になるから」

「そうでしたか……もしかして八年ほど前に彼はここを訪ねてきませんでしたか？」

快彦が訊くと、「どうしてそれを？」と久恵が驚いた顔をする。

やはりそうだ。

「八年ほど前に奄美大島に行ったと彼の恋人から聞いたことがあったので。お世話になった沢口さんに挨拶に来たのではないかと」

「もちろん懐かしいという思いで来てくれたのもあったんでしょうけど……お客さんと同じように石倉のことを訊ねられてひどく戸惑ったわ。亮介くんがどうしてあんな男のことなんかを訊ねるんだろうって。もっとも亮介くんは石倉の名前は知らなくて、首もとにコブラの刺青をしたわたしと同世代ぐらいの男という訊きかたをしていたけど。それで石倉の名前を教えて、あの男が島にいたときの悪行なんかを話したの」

「亮介くんが生まれる前に傷害致死事件を起こして逮捕されたこともですか？」

久恵が頷く。

「亮介くんは他にどんなことを訊いていましたか」

「石倉が今どこにいるかをしきりに知りたがっていたわね。わたしは二十一年前……亮介くんが訪ねてきた当時からすると十三年前にここを訪ねてきてから石倉とは会っていないし、どこにいるかも知らなかったからそう答えた。そしたら石倉と親しかった人物に心当たりはないかってさらに訊ねられて。昔つるんで悪さをしていた人たちはみんな島からいなくなっていたし、親もずいぶん前に亡くなったって噂で聞いてたから、石倉の所在を知っている人は島にはいないんじゃないかって話した」

亮介はどうして石倉のことを捜していたのだろうか。

その理由を今の自分にはわかりようもないが、それから二年ほど経って亮介が石倉を死なせてしまったという事実を踏まえると、ふたりの間に何か深い因縁があったと思わざるを得ない。

少なくとも亮介が語っていたような事件の態様《たいよう》ではないだろうと。

「あの……しつこいようで申し訳ないのですが、二十一年前にどうして石倉さんがここを訪ねたのかを教えていただくことはできないでしょうか」

二十一年前――

自分の人生の中で最もつらかった年に石倉が十二年ぶりに島に戻ってきたという暗合が、昨晩からどうにも気にかかっている。

「どうしてそんなこと知りたいのかよくわからないけど、亮介くんの友人とのことだから……以前、ここでアルバイトをしていた女性に連絡を取らせようとしたの」

快彦は首をひねった。

「石倉が傷害致死事件を起こすまで付き合っていた女性。彼女は高校の同級生で、わたしの一番の親友だった。高校を卒業後は家業を手伝う傍ら、ここでも週に何回か働いてくれていたの。刑務所を出て彼女に連絡を取ろうと思っても、ふたりが付き合っていた頃はほとんどの人が携帯電話なんか持っていない時代だったし、実家に電話したとしても親が出れば自分ではつないでもらえない、もしくは彼女と話せたとしても避けられると石倉は思ったんでしょう。だから、わたしに連絡をさせて彼女を呼び出そうとしたというわけ」

「それでどうされたんですか?」

「彼女はとっくの昔に結婚して島を出ていったから実家に電話をかけても無駄だと言ったわ。それに今の連絡先も知らないと言うと、『本当だろうな。嘘だったらただじゃおかないからな』って捨て台詞を吐いて店から出ていった」

「それにしてもその女性はどうして石倉さんのような男と付き合っていたんでしょうか? 若い頃から素行のよくない人物だとこのあたりでは知られていたみたいですけど」

「芝居に引っかかってしまったのよ」

「芝居?」

「石倉はもともとこの店の客で、アルバイトしていた彼女を気に入ってアプローチ……というよりも『おれと付き合えよ』って脅すような感じでしつこく迫っていてね。ただ、彼女も石倉の評判は知っていたからやんわりと断り続けていたの。そんなある日、ここでアルバイトを終えて家に帰る途中に二人組の暴漢に襲われて……刃物を向けられながら暴行されそうになったときに、たまたま近くを通りかかった石倉に助けられたって。相手に刃物で腕を斬りつけられながらも自分のことを助けてくれた石倉に彼女はすごく感謝して、まわりからの評判は悪いけど根はいい人なんじゃないか、悪さをしているのはお母さんが家を出ていった寂しさからで自分と付き合ったらまっとうな人に変わるんじゃないかって考えるようになってね」

「それで石倉さんと付き合い始めたんですね」

久恵が頷いた。

「だけど彼女と付き合い始めても石倉は変わらなかった。いや、むしろさらにひどくなっていってね……彼女に対しても乱暴で、そのうち首もとに目立つ刺青なんかも入れたりして。わたしは何度も石倉と別れたほうがいいって言ったけど、彼女はそれでも命がけで自分を守ってくれた人だからっていう思いで付き合い続けてた。でも、街でたまたま石倉とつるんで騒いでる連中を見かけて、そこでようやく自分が騙されていたっていうことに気づいたの」

彼女を襲った二人組の暴漢とは石倉の仲間か子分だったのだろう。

「石倉の自作自演だったわけですね」

今までの話を聞いてさすがに敬称をつけられなくなった。

「そういうこと。それを知って彼女は石倉と別れる決心をしたんだけど、あの男は許さなかった。『おれと別れたら家に火をつけてやる』とか『家族をぶっ殺してやる』とか『おれから逃げられると思うな』って彼女を脅して関係を続けさせた。まあ、今でいうストーカーみたいなものかな。別れ話を切り出してから石倉の凶暴さがさらに増したそうで、彼女は心底別れたいと願っていたけど、そんなことをすれば家族に危害が及ぶかもしれないってひたすら耐えてた。当時の彼女の苦労は相当なものだったけど、さらに石倉との子供を身ごもっちゃって……」

久恵の話を聞きながら溜め息が漏れそうになった。

「自分に子供ができたと知ったら、もしかしたらまっとうになろうと思ってくれるかもしれないって彼女は一縷《いちる》の望みを託して妊娠していることを石倉に伝えた。だけど返ってきた言葉は『堕ろせ』の一言だったそう。しかもそんなひどいことを言っているのに彼女と別れるつもりはないって……そんな話をした数日後に石倉は鹿児島の天文館で傷害致死事件を起こして逮捕された」

そして刑務所に服役することになった。

どれぐらいの懲役が科されたのか自分は聞いていないが、刑務所を出所してすぐにここに来たのであれば十二年近く服役していたことになる。

「その女性は子供をどうされたんですか」その後の彼女が気になって快彦は訊いた。

「石倉が逮捕された後に彼女は家族に本当のことを打ち明けたそう。石倉の子供を身ごもっていることや、あの男から脅され続けていたことなんかを。家族の誰からも堕胎したほうがいいと説得されたみたいだけど、彼女自身は自分の身体に宿った尊い命を奪いたくないと思っていて……だけど、石倉もいずれ出所する。そしたら彼女に会いに実家に押しかけてくる可能性があるし、自分の子供を産んだって知ったらそれをダシにしてどんなことを要求してくるかわからないって思い悩んでた。そんなときにずっと相談に乗ってくれていた男性からプロポーズされたそうで、彼女はいろいろ悩んだみたいだけど結局その人と結婚して島を出ていった」

よかったと安堵すると同時に、得体の知れない動悸に襲われた。

いや、その動悸の理由に自分は思い当たっている。

その女性の名前を知ればもしかしたら息苦しさがやむかもしれないが、それを訊くのがどうしようもなく怖い。

「その女性が島を出ていってからお会いになったことはありますか?」

ためらいながらそのような訊きかたをすると、「一度だけだけど」と久恵が笑みを浮かべた。

「石倉が訪ねてきた数年前だったけど、旦那さんと息子さんを連れてこの店に来てくれたことがあった。それこそ亮介くんとご両親も一緒に。たしか息子さんは九歳って言ってたかな。すごく幸せそうな彼女の顔を見て安心した」

久恵の言葉を聞きながら視界が暗くなり、息苦しさに苛まれた。生物学上の自分の父親は石倉祥次だという事実が重くのしかかってくる。

「……どうしたの？　大丈夫？」

その声に何とか正気を取り戻そうとしながら快彦は顔を上げた。

「亮介くんに石倉とその女性との話はしたんですか？」

その言葉を絞り出すと、久恵が頷いた。

「彼の叔母さんに当たる人だから。もちろん彼女の息子さんには絶対に言わないよう釘を刺しておいたけど」


航空券の変更を終えると、スマホをポケットにしまって目の前のグラスを手に取った。半分ほど残っている日本酒を一気に喉に流し込む。

喫茶店を出て二時間ほどになるが、真綿で首を締められるような息苦しさがいっこうにやんでくれない。

けっきょく久恵には自分が彼女の息子だとは告げられなかった。

自分が石倉祥次の子供だと知ったときの彼女から向けられる憐憫《れんびん》の眼差しに触れるのが怖かったのかもしれない。

それに自分が彼女の子供だと知ればきっと母の近況を訊かれるにちがいない。久恵の笑顔を消してしまうのをためらった。

爆《は》ぜそうになる鼓動を少しでも鎮めたいと酒が飲める店に入り、日本酒を何杯かあおったが無駄だった。

久恵の話を聞いて自分の中で嫌悪感をあふれさせていた男が快彦の本当の父親だった。

どうしようもなく粗暴で、まわりの人たちを傷つけて苦しめ、やがては人を死なせるような罪を犯した男と同じ血が自分にも流れている。

自分が今まで忌避してきた被疑者や被告人と同じような粗暴で野蛮な血が。

さらにもうひとつの思いが濁流のように胸の中に渦巻いている。

亮介はどうして快彦の生物学上の父親である石倉祥次を死なせるに至ったのか。

自分の胸の内に蠢《うごめ》いているものを払うにはすべての事実を知る以外にないが、面と向かって問い詰めなければ亮介はきっと何も答えないだろう。

少しでも早く自宅に帰らなければならないと、午後七時発だった航空券を三時十分発のものに変更した。

快彦は伝票をつかんで立ち上がり、レジに向かった。会計をして店を出ると目の前の通りを走っていたタクシーを捕まえる。

「空港までお願いします」

快彦が告げると、「もうお帰りですか?」と返されて運転手に目を向けた。

空港から名瀬まで自分を乗せた運転手だ。よく当たる運転手だと思わず運転者証に目を向けた。

『東一郎《あずまいちろう》』という名前に目を留めながら「ええ」と答える。

車が走り出してしばらくすると、ポケットの中が振動してスマホを取り出した。織江からのL

ＩＮＥの着信だが、メッセージではなく音声通話だ。珍しいなと思いながら、「もしもし……」と電話に出た。

「――快彦さん、今どこにいるの？」

いきなり織江に言われて答えに窮した。

「――旅に出てるっていうことだけど」

清美が報せたのだろうか。

北海道に行っていることになっているが、今さら嘘をついてもしょうがないと「奄美大島にいる」と答える。

「――今日中にこっちに戻ってくるの？」

「うん……三時十分発の飛行機で羽田《はねだ》に戻る」

「――わかった。気をつけて帰ってきてね」

その言葉を最後に電話が切れた。

いったい何の用だったのだろうかと不可解な思いに駆られながら快彦はスマホをしまった。


出口を抜けて到着ロビーに入ると、意外な光景が視界に映って快彦は足を止めた。

目の前に織江が立っている。

不思議に思いながら織江に近づき、「いったいどうしたの？」と快彦は訊いた。

「どうしたって……迎えに来たのよ」

それはそうだろうが、どうして羽田空港まで迎えに来たのか理由がわからない。

「今日のお昼に蓮見さんから留守電のメッセージが入ってたの」

「留守電のメッセージって……亮介は織江の連絡先を知らないんじゃないの？」

グリッパーでリサを追い返した日から織江と亮介は会っていないはずだ。

「メッセージの中に吉本さんからわたしの連絡先を訊いたってあった」

織江の連絡先を知りたいのであればＬＩＮＥで自分に訊けばいいのにと不審に思う。

「それで？」快彦は先を促した。

「旅から戻ってきたら快彦さんはひとりで酒をあおって誰かにボコボコにされちゃうかもしれないから、できればそばにいてやってほしいって」

織江の言葉を聞きながら、別れ際に見せた亮介の表情がよみがえってくる。

「気をつけて帰ってこいよ」とこちらに向けた眼差しはどこか物悲しそうに思えた。

北海道への出張だと嘘をついたが、本当は奄美大島に行くつもりだろうと亮介は予感していたのかもしれない。そして自分が死なせた被害者の石倉祥次が快彦の生物学上の父親だと知ってしまうのではないかと。

「どういうことだろうって着信履歴にあった番号に電話をかけたんだけど、つながらなくて……それで何だかすごく気になっちゃって、今日は仕事も休みだったから迎えに来ることにしたの」

快彦も亮介のことが気になり、ポケットからスマホを取り出した。亮介に連絡してみようとＬＩＮＥを表示させて唖然とする。

それまで使用していた亮介のアカウント名が『Ｕｎｋｎｏｗｎ』と表示されている。

「何だろう、このＵｎｋｎｏｗｎって……」その表示が理解できず織江にスマホの画面を向けた。

「アカウントを削除したみたい。ねえ、いったいどういうこと？　快彦さん、奄美大島で何があったの？」

織江に問い質されて、快彦はスマホの画面から彼女に視線を移した。

織江には真実を知ってもらうしかない。

「ぼくの生物学上の父親が誰だかわかったんだ。亮介が死なせた被害者だって……」

こちらを向いたまま織江が視線を泳がせる。

亮介が起こした傷害致死事件を知らない彼女にとっては、まったく理解不能な話だろう。

「とりあえず早く家に戻りたいから、帰り道できちんと説明するよ。今まで黙っていたけど、亮介とぼくの本当の関係を……」

織江の目を見つめながら快彦は言ってターミナル出口に向かって歩き出した。


ドアを開けて中に入ると、快彦はすぐに視線を落とした。玄関に亮介の靴はない。

物音を聞きつけたのかリビングダイニングのドアが開いて清美が出てきた。

「おかえりなさい。あら、白鳥さんも一緒だったの？」

「亮介は？」快彦は清美に訊いた。

「お昼頃にどこかに出かけたけど」

快彦は靴を脱いで階段を駆け上った。亮介が使っている部屋のドアを開ける。壁際にきちんと折り畳まれて置かれた布団以外に荷物はなく、自分がこの部屋の片づけをしたときとは比べようもないほどフローリングの床がきれいになっている。

部屋に入ると、布団の上に一枚の紙が置かれているのに気づいて手に取った。『今まで世話になったな。ありがとう』と書かれている。

その時期になったらたとえどんなにおまえがいてくれと望んでも、いなくなるから安心しろ

――いつだったか亮介が自分に言った言葉を思い出しながら、いなくなるのが早すぎるじゃないかと唇を嚙み締めた。


リビングダイニングのドアが開き、清美が入ってくる。

「ようやく寝てくれたわ」と清美が暗い顔で快彦たちの向かいに座り、「ごめんなさいね、遅くまで」と織江に頭を下げる。

「いえ、わたしも蓮見さんのことが気になるので……」

時刻は午後十時を過ぎていた。

「ぼくがタクシーで送っていくよ。ところで……この数日の亮介の様子はどんな感じだったの？」

「どんな様子って……いたって普通に思えた。わたしもできるかぎりそう努めて……」そこではっとしたように清美が口を閉ざす。

亮介が過去に起こした事件について織江に聞かせるのはまずいと思ったようだ。

「話して大丈夫だよ。彼女には亮介が起こした事件のことを伝えたから」

織江にはさらに自分と被害者の石倉祥次との関係もすでに話している。

「そう……職場で恵とも蓮見くんのことについていろいろと話してたんだけど……自分も小泉くんもできるかぎり普通に接しているつもりだけど、蓮見くんは何か異変を感じ取っているかもしれないって。木曜日に三船くんが店に来たそうで、そのときに自分の部屋にもあの手紙が届いたって言ってたって」

「三船くんのところにも？」

驚いて快彦が訊き返すと、表情を曇らせて清美が頷く。

「それで……三船くんは何て？」

「最近、店が終わってから一緒に飲みに行く間柄になってたそうだから、かなりショックだったみたい。だけど、蓮見くんがそういう事件を起こしていたっていう以上に、あんな手紙を送りつけてきた相手に対して嫌悪感を抱いていて……」

あの手紙を送りつけた人物はどうやって三船が住んでいるところを知ったのか。

亮介が働いているグリッパーや住んでいるここはともかく、恵の職場や三船の部屋にまで送りつけていることに相手の執拗さを感じる。

「もしかしたら……親しくなった人たちに誰かが自分の過去を知らせているかもしれないってどこかで感じて、居づらくなってここから出ていってしまったんじゃないかしら……」

清美の言葉を聞きながら、それもあるかもしれないと感じている。だけど、それだけではないような気もする。

「恵とも話していたんだけど……蓮見くんが自分の起こしたことについて贖罪の思いを抱いているなら、これからも近くにいて彼のことを友人として支えたいって。その気持ちは小泉くんも三船くんも同じみたい。それなのにみんなの前からいなくなっちゃうなんて……」

「わたしも同じ気持ちです」

その声に、清美が織江に目を向ける。

「さっき快彦さんから蓮見さんと被害者の関係を聞いて、その事件を起こしてしまったのには何かやむにやまれぬ事情があったんじゃないかって……少なくとも粗暴さが引き起こしたことじゃないだろうってわたしは思いました」

「蓮見くんと被害者の関係って？」清美がこちらに視線を戻して訊く。

織江だけでなく、亮介を好きになった人には自分が知り得た事実を正直に話すべきだろう。

「亮介が死なせた石倉祥次はぼくの生物学上の父親なんだ」

29

アパートの鉄階段を上り、快彦は二〇二号室に向かった。ドアの前に立ち、深呼吸してからインターフォンのボタンを押す。しばらくすると、「はい……？」と警戒するような男性の声が聞こえた。

「快彦です。ちょっとよろしいでしょうか」

「悪いけど、何も話すことは……」

「ぼくの生物学上の父親は石倉祥次なんですね」

昌弘の言葉を遮るように快彦が言うと、少しの間の後にインターフォンが切られた。

ふたたびボタンを押そうか迷っていると内側から物音がした。チェーンロックをかけたままドアが少し開き、隙間から昌弘が顔を覗かせる。

「本当のことを聞きに伺いました」

どんよりと沈んだ目を見つめながら決然と告げると、昌弘が顔を伏せてドアを閉めた。すぐにドアが全開になり、「散らかっているけど」と言って昌弘が奥に向かう。

「失礼します」と快彦は中に入り、靴を脱いで玄関を上がった。昌弘に続いてミニキッチンの前を通って奥の部屋に入る。

散らかっていると昌弘は言っていたが、むしろ何もない部屋だった。カーテンレールに何着かの服が乱雑に掛けられていたが、六畳ほどの部屋にある家具は小さな棚と座卓だけで、寝袋が置いてあるということは布団もないようだ。座卓の上にはコップとつまみにしていたらしいスルメの袋があり、脇に焼酎の大きなペットボトルが置いてある。

あまりに侘《わび》しく感じる部屋を見回しながら昌弘の二十一年間に思いを巡らせる。

そこにある酒を飲む以外に何の楽しみも持たず、幸せを感じることもなく、ひとりきりで生きてきたのだろう。

自分を罰するために。

「飲み物は焼酎ぐらいしかないけど」

「お気遣いなく」

快彦が言うと、昌弘が座卓の前で胡坐をかいた。

「飲んでもいいかな?」と昌弘に問われ、「もちろんです」と快彦は向かいに腰を下ろした。

昌弘の背後にある棚の上に置かれた写真立てが目に入った。若い頃の昌弘と妻の早苗、そして自分の母が一緒に写っている写真だと気づき、胸が苦しくなる。

「……昌弘さんはどんな過ちを犯したんですか?」

写真の中の母の笑顔を視界の隅にとらえながら切り出すと、コップを口に持っていこうとしていた昌弘の手が止まった。

「知世を裏切ってしまった」口もとを歪めながら昌弘がコップの酒を飲む。

「二十一年前……石倉が実家にやってきたんですね」

しばしの間の後、「そうだ……」と昌弘が呟く。

「買い物があって家を出たときにやつに捕まってしまった。いきなり胸倉をつかんできて知世がどこにいるのか教えろと脅してきたが、やつがどんな人間なのかわかっているので絶対に教えるわけにはいかない。勝手に家を出ていったのでどこにいるのか知らないと答えると、『嘘つくんじゃねえ』と言って何度も殴ってきた。さらに地面に倒されて足蹴にされたが知らないとシラを切りとおした。だけど……最終的には川越にいるとやつに教えてしまった」

「亮介のことで脅されてしまったんですか?」

想像していたことを言うと、昌弘が弱々しく頷いた。

「知世の居場所を教えないと、おまえの息子がどうなっても知らねえからなと脅された。刑務所はそう悪いところじゃなかったから、また人を殺してもおれはいっこうにかまわないんだぜと笑いながら言って……それで思わず……」

「ぼくの母と父にその話はしなかったんですか?」

「そうしていればよかった……今でも激しく後悔してる……だけど、当時はとても言えなかった。知世や安彦さんに、兄なのに裏切ったと失望されるのが怖かった……それに……まさか知世があんなことになってしまうとはあのときは想像していなかった……」

「母が亡くなったのはそれからどれぐらい後なんですか」

「五ヵ月ほど経った頃だ。安彦さんから電話があって知世が電車に飛び込んで自殺したと聞かされておかしくなりそうになった。やましさを必死に隠しながら早苗と葬儀に出席すると、安彦さんから詫びられた。知世は遺書を残していなかったそうで、自殺の原因が自分にあるかもしれないと思っていたみたいでひどく苦しんでた。わたしはどうにも耐えられなくなって自分の過ちを安彦さんに告白した。石倉に知世の住所を教えてしまったと。おそらく石倉が現れたことが原因で知世は自殺してしまったんじゃないかと……知世が死んでしまったのは自分のせいだ……すまない……すまない……と、泣きながら安彦さんに詫びた」

以前、母の葬儀のときに昌弘がむせび泣きながら父に詫びていたと伯母も話していた。

「罵詈雑言を浴びせられて当然なのに安彦さんはわたしを責めなかった。むしろ妻が何かに追い詰められていたことに気づけなかった自分の責任だと話していた。それまで石倉の存在を感じたことはなかったけど、もし息子に近づこうとするなら命を懸けて、たとえ石倉と刺し違えたとしても絶対に守ると……」

自分の知っている父は争いごとを好まない人だ。

「父がそんなことを?」

意外に思って快彦が訊くと、昌弘が頷いた。

「そうすることを妻へのせめてもの罪滅ぼしにすると……自分のことを責めないでくださいと安彦さんは言ってくれたが、とてもそんな気持ちにはなれなかった。わたしのせいできっと知世は亡くなり、快彦くんたちの家族を不幸にしてしまった。そんなわたしが自分だけのうのうと家族とともに幸せに暮らしていくわけにはいかないと。奄美大島に戻るとわたしは早苗に本当のことを話して家を出ていくことにした。早苗も知世とは仲がよかったので、わたしに深く失望したんだろう。すぐに納得した」

「昌弘さんが石倉から脅されているときに亮介はそばにいたんでしょうか?」

快彦が訊くと、「いや……」と昌弘が首を横に振った。

「ただ……亮介が起こした傷害致死事件の被害者があの石倉だというのが偶然だとは思えない。

亮介は何らかの形で石倉と自分たち家族との関わりを知ったんだろう。六年前に亮介が起こした事件とその被害者の名前をニュースで知って、どうにも苦しくなった。亮介に会いたくてたまらなかったが、そうするのが怖かった。亮介があの事件を起こしてしまったのはきっとわたしのせいだろうから……」

「でも……会いたいという気持ちが抑えられなかったから亮介の居所を調べたんじゃないですか？」

快彦が問いかけると、昌弘が頷いた。

「詫びたかった……わたしのせいで本当にすまないと言いたかった。だけど、その勇気がなかなか持てなかった。快彦くんにも詫びたかった。いつか本当のことを話して心から……でも、喫茶店で話したときも言えなかった……」

以前会ったときに昌弘が犯した過ちについて具体的に話さなかったのは、きっと自分のやましさを隠そうという気持ちからではなかったのだろうと今では感じている。

真実を話すには快彦の出生の秘密にも触れなければならない。

昌弘は快彦の質問に答える前に、亮介が起こした事件の内容についてどれぐらい知っているかを確認してきた。川越で一緒に生活を始めた亮介が快彦に石倉との関係や、出生の秘密を伝えていたとしたら、昌弘も真実を話して詫びるつもりだったのではないだろうか。

「快彦くん……本当に申し訳なかった……」昌弘が涙ぐみながら深く頭を下げた。「わたしのことを許してほしいなんてとても言えない……ただ、それでも心から詫びさせてほしい……」

「ぼくは昌弘さんのことを憎んでなんかいません。むしろ……もう苦しまないでほしいと思っています」

ゆっくりと昌弘が頭を上げた。

「できれば亮介とまた親子に戻ってほしいと」

真っ赤に充血した目をこちらに向けながら昌弘が唇を嚙む。

「ただ、亮介は昨日ぼくの家を出ていってしまいました。『今まで世話になったな。ありがとう』という置き手紙だけ残して。今どこにいるかもわからず、連絡も取れません」

「そうか……」

昌弘に驚いた様子はない。

「……もしかしたら知っていたんですか？」

昌弘が頷く。

「昨日の夜、亮介から電話があった」

意外だった。昌弘の連絡先を書いた紙は亮介が灰皿に捨てたが、後で拾ったか電話番号を覚えていたのだろう。

「それで……彼は何と？」

「自分も大きな過ちを犯してしまったと言っていた。だからわたしと同じように自分も大切な人たちと離れてひとりで生きていく、それを自分への罰にする、と……ずっと前から考えていたことだったそうだ」

それを自分への罰にする——

その言葉を聞いた瞬間、今まで理解できなかった事柄がすべて腑に落ちたように感じた。

そういうことだったのか……

「彼がどこに行ったかは知りませんか？」

快彦は訊いたが、わからないと昌弘は首を横に振るだけだった。

30

ドアを開けると、カウンターの中にいた小泉がこちらに目を向ける。「いらっしゃい」という気のない声を聞きながら快彦は店に入った。

カウンター席には恵と三船、それにテーブル席に自分の知らない男性客がふたりいる。

恵と三船に挟まれるように座り、ハイネケンを頼んだ。

無言で目の前に瓶が置かれ、口をつける。三口ほどビールを飲んで視線を巡らせた。小泉も恵も三船も物思いに耽《ふけ》るような顔で押し黙っている。

快彦も一言も発しないままビールを飲み切り、「おかわり」と瓶を小泉の近くに置いた。だが、いっこうに気づいてくれる様子はない。

「マスター、チェック」

テーブル席の男性客から三回同じ言葉を繰り返され、ようやく小泉が自分の目の前から離れた。カウンターから出て会計する。男性客が店を出ていくと、テーブルにあるグラスを下げることなくカウンターの中に戻ってぼんやりと立ち尽くす。

「お代わりを」

快彦がふたたび言うと、「あ、すまん……」と緩慢な動きで小泉がようやく冷蔵庫に向かう。栓を抜いた瓶を目の前に置き、「何だか心にぽっかりと穴が開いたみたいだな……」と呟く。

亮介のことを言っているのだろう。彼がいなくなってから三日が経つ。

快彦が奄美空港を発ったのと同じ頃、この店にやってきた小泉はドアに挟まれていた亮介からの手紙を見つけたという。快彦が見つけた置手紙と同じような文面だったそうだ。

小泉が溜め息を漏らして厨房に入っていく。すぐにカウンターに戻ってきて、手に持っていたノートを快彦の目の前に置く。

「何？」

見てみろと小泉に目で促され、ノートを広げてページをめくっていく。料理のレシピがびっしりと書き込まれている。

「亮介の忘れ物？」

顔を上げて問いかけると、小泉が首を横に振った。

「たぶん違う。あの手紙が届いてから、亮ちゃんはバイトのときもカウンターにはほとんど出ないで厨房にこもってたんだ。おれたちによそよそしくされていると感じて顔を合わせるのが気まずいのかと思ってたけど、どうやらその間にこれを書いてたみたいだ。おそらくバイトを辞めるつもりでいたけど、そうする前にこの店のためにこれを残してくれたんじゃないかな。恵が食べたがってた和風パスタのレシピもある。調味料には松重醬油の甘露醬油を指定してさ。ご丁寧に他の醬油との特徴の違いを記して、この醬油じゃないとだめだと……」

ページをめくっているとたしかに和風パスタのレシピがあり、そのように記されている。

「何気なく小泉くんに言っただけなのにね。そんなこと覚えてたんだ」

寂しそうな恵の声が聞こえる。

「だけど調理の方法がおれには難易度が高いから店で出すことはできない。あいつじゃなきゃ……事件のことを知ったときには感情的になっちゃったけど……でも……」唇を引き結んで小泉が顔を伏せる。

「まったく……こんなおいしそうな料理のレシピだけ残して作っていかないなんて、何とも罪作りだよね。せっかく清美も交えてみんなでいろいろと話し合ったっていうのに……」

「話って……被害者やご遺族に対して贖罪の思いを抱いているなら、亮介と今までどおりの付き合いをしようと？」

快彦が問いかけると、三人が頷いた。

「たしかにひとりの人間の命を奪ってるわけだから、亮ちゃんの罪は重いと思うよ。事件のことを知ってからは、亮ちゃんが無邪気に笑っているのを見るたびに何とも複雑な心境になったのもたしかだ。だけど、だからといって一生笑わないで生きろっていうのは……」

「亮介はここで一度も笑っていないよ」

遮るように言うと、小泉が口を閉ざして首をひねる。

少なくとも心では一度も笑っていなかったはずだ。

「みんなと知り合ったのが贖罪の第一歩だったんだと思う」

「どういうことだよ……」

小泉に問いかけられ、快彦は口を開いた。

三人から食い入るように見つめられているのを感じながら、自分が思っていることを話す。

快彦の話を聞いて三人は呆然とし、その後長い沈黙が流れた。

「……今頃どこでどうしてるんだろう」

ようやく絞り出すような恵の声が聞こえた。

「府中に戻ったのかもしれないな。相田さんだっけ？　以前、この店にやってきた女性のところに……」

小泉に向けて、それはないと快彦は首を横に振った。

リサに連絡をしたが亮介は戻っていないということだ。大切な人たちと離れてひとりで生きていくと昌弘に話していることから、今後もそうするつもりはないのだろう。

「このままなんて嫌だよ。何とかして連絡が取れないのか？」

自分も小泉と同じ思いだが、ＬＩＮＥのアカウントは削除され、それまで使っていたスマホの番号も解約されているのでどうしようもできない。

「あのさ……」と声が聞こえて、三船に目を向けた。

「ちょっと前に蓮見からわけのわからない話を聞かされたことがあって」

「わけのわからない話？」

「そう……来年の三月にヨシくんの家から出ていった後はどうするんだって聞いたことがあったんだけど……そしたら……子供の頃の思い出の場所に立ち寄って、これからどう生きていくか考えるつもりだって」

三船の言葉を聞きながら、ひとつの風景が脳裏に浮かんでくる。

違うかもしれない。だけど、自分には他の場所は思いつかない。

「ねえ、三船くん……」

快彦が声をかけると、三船がこちらを向いた。

「三船くんにどうしてもお願いしたいことがあるんだ」

三船が微笑む。

「待ってました……ヨシくんの頼みなら、たとえ火の中水の中」

31

小さな看板が見えて車が左折し、両側に木々が鬱蒼《うつそう》と生い茂った砂利道をしばらく進んでいく。駐車場とは名ばかりの空き地でタクシーが停まり、ドアが開いた。

「ここでしばらく待っていてください」

快彦が声をかけると、運転席にいる東が頷いてメーターを下ろした。

「上げたままでいいですよ」

「何だかいつも悪いから今日はサービスしますよ。昨日なんかここで待っている間に弁当を食べちゃったし。まあ、わたしも休憩ってことで」東がグローブボックスから文庫本を取り出す。

「すみません」と頭を下げてタクシーを降りると、『明神崎展望台入口』と看板が立てられているほうに向かって歩いた。

木々が生い茂る小道を慎重な足取りで進む。急勾配な坂道のうえに舗装された地面は奄美大島特有の間歇《かんけつ》的に降る雨と枯れ草によって滑りやすくなっている。おまけに地面には小さなトカゲが無数に這《は》っているので、踏まないよう気をつけなければならない。

息を切らせ、顔中にびっしょりと汗をかき、太腿《ふともも》の痛みを感じながら今日こそはという願いを込めて薄暗い山道をひたすら上っていく。

やがて前方から明るい日差しが差し込んでくる。あたりを飛び交う無数のとんぼに迎えられるように展望台にたどり着いた瞬間、鼓動が激しくなった。

青い景色に導かれて足を進めていくと、展望台のベンチに座って海を見ていた人物がこちらを向いた。快彦と目が合い、亮介が驚いたように肩を震わせる。

「やっと会えたね」快彦は立ち止まって声をかけた。

亮介はこちらを見つめながら何も言わない。

「この一週間、何度もここに来たよ。いつか亮介の口から真実が聞けると信じて」

「……仕事はどうしたんだよ」ようやく亮介が口を開いた。

「同僚や依頼人に迷惑をかけながら何とか休ませてもらってる。おかげで足腰が強くなったよ」

「馬鹿じゃねえか」

「そうかもね。だけどここできみに会わなきゃぼくも前に進めない」

快彦はさらに近づいて亮介の隣に座った。

「亮介もそうじゃないのか。だからずっと奄美大島にいたままなんだろう?」

亮介がこちらから視線をそらしたので、快彦も同じように海を見つめた。雄大な景色に身を委ねながら長い沈黙を嚙み締める。

「……前にここで過ごしたときのことを覚えてるか?」

ふいに亮介の声が聞こえた。

「ああ。だからここにいる」

「あのときはまさか自分の人生がこんなふうになっちまうなんて思ってもいなかった」

「二十一年前に……昌弘さんが石倉に脅されてるところを目撃したのか?」

隣に目を向けて訊くと、亮介が小さく頷いた。

「首に刺青をした怖そうな男が親父を何度も殴りながら『知世はどこにいるんだ! 言えッ! 殺すぞッ!』って叫んでた。それに『ガキを産んだそうじゃねえか。生まれたって時期からおれとのガキだってことは調べがついてるんだよ』ってまくし立てた。十二歳だったおれはどうにも怖くて、その場から逃げることも、助けを呼ぶこともできず、ただ物陰に隠れているしかなかった。おれにとってはいつまでも忘れられないおぞましい記憶だったけど、それと親父がいなくなったこととを結びつけて考えることはなかった。おれはある時期まで親父は自分たち家族を捨てて出ていったものと思っていたし、そのせいでお袋は苦労させられて死んだって親父を憎み続けてた。それは東京に行って自分にとって大切な存在ができた後でも変わらなかった」

リサや長谷川のことだろう。

「ぼくの父親と話したことがきっかけだったのか？」

「そうだ……オープンカレッジの講義の後に叔父さんに会ったとき、お互いの近況なんかを語り合ってる中で、初めて叔母さんが自殺したのを知った。しかも、時期的におれの親父が失踪する少し前だったってことも。それを聞いたことであのときのおぞましい記憶と結びついた。あの男は叔母さんがどこにいるのかを知ろうとしてた。そしてその五ヵ月ほど後に叔母さんが自殺してしまい、その直後におれの親父が失踪した。もしかしたらあの男が叔母さんを苦しめるようなことをして自殺に追い込んで、その責任を感じて親父は家を出てしまったんじゃないかとおれは考えた」

「八年前、それを確かめるために石倉を捜そうと奄美大島に行くことにしたんだね」

亮介が頷く。

「首もとにコブラの刺青をしてて親父と同世代ぐらいだろうっていう手がかりしかなかったけど、石倉祥次っていう地元でも評判の悪かった男だってことがわかった。それに……」そこで亮介が言いよどむ。

「ぼくが石倉祥次の生物学上の子供だってことを知ったんだろう?」

はっとしたように亮介がこちらと目を合わせる。

「やっぱり知ってしまったのか……」亮介が呟く。

「ルイードの沢口さんからいろいろと話を聞いた。ひさしぶりに亮介が訪ねてきたときのことも」

「石倉を見つけて何があったのかを問い詰めて、場合によっては痛めつけてやりたかったけど、いろんな人に訊いて回ってもやつが今どこにいるのかわからず、諦めるしかなかった。やつにしても親父にしてもどこにいるのかおれにはわかりようがない。どうしようもできないことを考え続けてもしかたがないと……もう石倉と親父のことは忘れ去って、これからは自分たちが幸せになるために生きようって思うことにした」

「亮介と相田さんの幸せか……」

「もうひとりいる」

亮介を見つめ返しながら快彦は首をひねった。

「おまえにも幸せになってほしかった。いつか自分に余裕ができたら、叔父さんとの約束どおりにおまえを籠から出してやりたいと思ってた」

その言葉を聞いて胸が熱くなる。

「だけど……そう思っていたおれ自身が籠の中に入ることになった」亮介が呟いて顔を伏せる。

「亮介が事件を起こしたときのことを聞かせてくれないか」

だいたいの想像はしているが、亮介の口から事実を知りたい。

亮介が溜め息を漏らして顔を上げる。

「あの日はリサの二十四歳の誕生日で、夜に一緒に食事をしようと地元で評判のいいイタリアンの店を予約してたんだ。その店でリサにプロポーズするつもりで指輪を用意してさ」

やはりそうだったのか。

「買いたい本があったから先にひとりで家を出て府中駅の周辺を歩いているときに、首もとにコブラの刺青をした中年の男とすれ違って……十二歳のときの記憶で顔まではっきりと覚えてなかったから石倉かどうかわからなかったけど……どうにも気になって男の後をつけることにした。男は駅の近くにある立ち飲み屋に入っていった。おれもそこに入ってしばらく男のそばで飲んでた。思い切って『その刺青格好いいですね』って声をかけたら、気をよくしたみたいでこちらの話に乗ってきた。名前を聞いたら石倉だった。おれはこの男を逃がしてなるものかと思って、リサに連絡してその夜の外食をキャンセルしてもらった」

「それで石倉と飲むことにしたのか」

「そうだ。おれはやつの本性を引き出そうと若い頃に暴走族に入っていたとか、今は振り込め詐欺の手伝いをしているとか、悪い男に憧れを持っていると思われるような嘘の話をした。しばらくすると石倉も自分がやってきた悪事を得意げに話し始めた。虫唾が走る思いで石倉の話を聞いているうちに、どう考えても叔母さんとしか思えない人の話になった。それを聞いて思わずカッとなって……ということだ」

「具体的にどんな話をしたのか教えてくれないか」

「知らないほうがいい」亮介が首を横に振る。

「頼む……知らなきゃいけないんだ」

快彦が訴えかけると、亮介がふたたび溜め息を漏らして口を開いた。

「叔母さんは石倉に脅されていたんだ……おまえに人殺しの血が流れていると知らされたくなかったら、これから一生自分の言うことを聞けと」

想像していたことではあったが、実際に亮介の口から聞いて全身の血が逆流しそうになる。

「叔母さんは石倉が用意した男との売春を強要されていた。叔父さんには絶対に気づかれないようにしていたって石倉は得意げに言ってた。それに……おれから逃げた復讐《ふくしゅう》だとも……」

「復讐……」呟きながら思わず拳を握り締める。

「そのことが自ら命を絶とうと思った一番の理由なのかおれにはわからないけど……だけど、叔母さんを死に追いやったのは間違いなく石倉だとおれは思った」

以前、亮介は石倉がふたりの人間を殺したと話していたが、そういう思いからだったのだろう。

「石倉は叔母さんが自殺したことを知っていた。金づるが死んじまったせいでしばらく生活に不自由したと言って笑ったあいつを見て、どうにも許せなくなって……」

「それで殴りかかったのか」

「ああ……おれに殴られて転倒したあいつは頭の打ちどころが悪くて死んだ。殺すつもりはなかった……だけど……あいつが憎くてたまらなかったのは事実だ。あいつはおれたちの家族を壊し、おれたちの人生を狂わせた……おまえの実の父親だとしても、おまえならきっとおれの……」そこまで言って亮介が視線をそらす。

「そのときの亮介の気持ちがぼくにはよくわかる」

その言葉にはっとしたように亮介がこちらを見る。

「いくら生物学上の父親とはいっても、あんなろくでもない男だ。ぼくも同じことをしたかもしれない……どうして警察で本当のことを言わなかったんだ？」

それらの事情を話していれば情状を酌量されて量刑が軽くなっていたかもしれない。

「その話をすれば警察は叔父さんに事実関係を確認するだろうし、そうなれば苦しむことになる」

母が石倉にされたことを知れば、たしかに父は激しく苦しんだにちがいない。

「それに裁判でもいろいろ話をしなきゃいけなくなるかもしれない……おまえが被害者の石倉と生物学上では親子であることも含めて。叔父さんからおまえが弁護士を目指しているというのは聞いてたけど、もしかしたら検察官や裁判官になった可能性もあると思った。どの地域で活動してるのかも知らなかったから、何らかの形でおまえの耳に入ってしまうんじゃないかって……」

「そうか……」

今まで何も知らなかっただけで、自分はずっと亮介に守られてきたのだ。

そして……

「ぼくを身元引受人に指名して川越で暮らし始めたのは……ぼくを籠から出すだけじゃなく、自分を罰するためでもあったんだろう?」

黙ったまま亮介がこちらを見つめてくる。

「あの事件の記事のコピーを同封した手紙をみんなに送ったのは……亮介なんだろう?」

ずっと亮介の気持ちが理解できなかった。

どんなに仲良くなっても、おれの過去を知れば軽蔑して離れていくことぐらい、おれが一番よくわかってる。そうなったらどんなに自分が傷つくかってことも――

それを自覚しているのに、どうして川越で積極的に親しい人を、大切な人を、作ろうとしたのか。

「おれはこの手で人を殺してしまった……」亮介が自分の両手を上げて見る。「殺すつもりはなかったけど……ひとりの人間の命を奪ったのは間違いないことなんだ……」

亮介の目から涙があふれ、上げていた手を下ろして膝の上に置く。

「石倉のことが憎い……叔母さんやおれたち家族を不幸にした石倉のことが憎くてしょうがない……だけど、警察で拘留されているときに沢口さんが昔言っていたことを思い出して……」

それから口を閉ざした亮介に、「沢口さんとどんな話をしたんだ?」と問いかけた。

「石倉が叔母さんに執着して、苦しめるようなことをしてまで自分のもとから離れないようにさせたのは母親の影響があったんじゃないだろうかって。自分を捨てて母親が消えてしまったから力ずくでも二度とそんな思いはしたくないって……親に捨てられた悲しみや苦しみや憎しみはおれもわからないではないから……ただ、おれは運がよかったんだと思う。親父に捨てられたと思って、さらにお袋が亡くなって、ひとりぼっちでどうしようもなく孤独だったけど、まわりにいた人たちのおかげでおれは自暴自棄にならなくて済んだ」

それは運ではなく、亮介自身が一生懸命に生きていたからだと自分は思う。

「接見した新田先生から石倉には家族はいないと知らされた。唯一の親族である伯父は石倉が死んだことを特に悲しんでいないってことも察した。殺した相手に家族がいればその遺族から憎まれ、それ相応の苦しみを感じただろう。だけど、おれはそういう苦しみを感じることはなかった……警察官や検察官からはそれなりに厳しいことを言われたけど、おれは石倉の関係者から責められることもなく、裁判でも憎しみの目を向けられることはなかった……ひとりの命を奪ってしまったのに……それからはおれが受けた懲役七年という刑は本当に妥当だったんだろうかという思いがずっと胸にこびりついて離れない」

刑期を終えて府中に戻れば亮介を迎え入れてくれる人がたくさんいる。でも、それでは人を死なせてしまった自分への罰にならないと、川越で生活を始めて新しい交友関係を築こうとしたのだろう。

そして、いずれその人たちに自らの手で過去の罪をさらし、みんなからの冷たい視線や侮蔑《ぶべつ》の思いを浴びせられることで自分の罪の重さを受け止めようとしたのではないのか。

その時期になったらたとえどんなにおまえがいてくれと望んでも、いなくなるから安心しろ——

本来であればもっと後にそうするつもりだったのだろう。ただ、昌弘が現れたことをきっかけに、このまま自分がそばにいれば快彦が出生の秘密を含めた事件の真相に気づいてしまうかもしれないと察し、予定よりも早くに罪を告発する手紙を送り、家を出ていくことにしたのではないか。

「おれは……おれは人を殺してしまった……その罪は消せない……だから……おれはこれからひとりぼっちで生きていくって決めたんだ……」嗚咽しながら亮介が呟く。

もういいじゃないか——

亮介もそろそろ籠から出よう。

きみが自分の罪を激しく悔いているのはぼくにはよくわかる。

自責の念に苦しむきみが、自分の居場所に戻るのをためらう気持ちがまったくわからないわけじゃない。

自分が犯してしまったことで、これから苦しいことや悲しいこともあるにちがいない。

それはぼくもきっと同じだろう。

石倉祥次の子供であるという事実に思い悩み、苦しむことも、これからだってあるはずだ。

だけど、どんなに傷ついたとしても、誰かがきっと癒してくれるって今なら信じられる。

亮介がそうしてくれたように、ぼくもきみにそうしたい。

さあ、ふたりで籠から出よう。

そしてこれから先ずっと、ぼくはきみがどう生きていくのか、立ち直っていく様を見届けたい。

そう思っているのはぼくだけじゃない。

きみの贖罪の思いの深さを知った人たちみんながこれから立ち直ってほしいと願っている。

それに、いつになるかわからないけど、それでもいつの日か昌弘との親子の絆を取り戻してほしい。

「もうこの世にいない人のことで一生思い煩って生きていくつもりなのか？」

その言葉に反応したように亮介がかすかに顔を上げる。

快彦はポケットからスマホを取り出した。ユーチューブで検索したサムネイル画像をタップして、スマホの画面が見えるように亮介の膝元に持っていく。

「――こんにちは。シンガーソングライターの姫野さゆりです」と画面に姫野さゆりの顔が映し出された。

三船に姫野さゆりを呼んでもらい、一週間前に自分が撮影した動画をすぐにユーチューブとグリッパーのＳＮＳにアップした。

「……今日は川越にあるグリッパーというカフェバーからのライブ映像をお届けしたいと思います。最初に歌う曲はこのライブに来てくださっているお客さんからのたってのリクエストで、デビュー前に路上で活動していたときに作ったものです。そういえば路上ライブをしていたときに、水曜日に必ず聴きに来てくれた素敵なカップルがいたなあ。今どこで何をしているのかわからないけど、あなたがこの動画を観てくれるのを願っています。タイトルは『あなたに会いたい』です」

姫野さゆりがギターをかき鳴らして歌い始めると、画面が客席のほうに移動する。

亮介、ぼくたちの居場所に戻ろう——

涙でかすんでよく見えないかもしれないけど、ここにはきみの大好きな人がいる。

きみが最も大切にしているリサさんだけではなく、ここできみとたくさん楽しい話をした小泉くんや松重さんや三船くん、それにきみが必死に助けようとした吉本さんと和希くん。そしてきみが慕ってきた長谷川さんと、きみや仲間によってつなぎとめてもらえたぼくにとって大切な存在の織江がいる。

ここにいる全員がぼくの持ったスマホのレンズではなく、その先にいるはずの亮介に向けて微笑みかけているのがわかるかな。

彼女が歌う歌詞を一緒に口ずさみながら、亮介と再会できるときを心待ちにしているんだよ。

画面に映し出された人たちがわかったみたいで、涙が垂れ落ちた両手を亮介がぎゅっと握り締める。

ここにいるみんな、きみが戻ってくるのを待ってるんだからさ。

「ロウがいねえじゃねえか……」涙声で亮介が言う。

「家で待ってる。さあ、早くみんなのところに帰ろう」

快彦はそう言って涙で濡れた亮介の手をつかんで立ち上がらせた。

本書は『小説推理』二〇二二年五月号～二〇二三年三月号に隔月掲載、五月号～一一月号に掲載された「孤独なふたり」を改題し、加筆・修正を加えたものです。

薬丸 岳《やくまる・がく》

一九六九年兵庫県生まれ。二〇〇五年『天使のナイフ』で第五一回江戸川乱歩賞を受賞しデビュー。一六年に『Aではない君と』で第三七回吉川英治文学新人賞を受賞。一七年に「黄昏」で第七〇回日本推理作家協会賞短編部門を受賞。著書に『刑事の約束』『友罪』『神の子』『ブレイクニュース』『罪の境界』『刑事弁護人』『最後の祈り』などがある。

籠《かご》の中《なか》のふたり

二〇二四年七月二八日　第一刷発行

著者　薬丸 岳
発行者　箕浦克史
発行所　株式会社双葉社
〒162−8540
東京都新宿区東五軒町3−28
電話　03−5261−4818（営業）
03−5261−4831（編集）
http://www.futabasha.co.jp/
（双葉社の書籍・コミック・ムックが買えます）
印刷所　大日本印刷株式会社
製本所　株式会社若林製本工場
カバー印刷　株式会社大熊整美堂
DTP　株式会社ビーワークス

ISBN978-4-575-24753-4 C0093

双葉文庫　好評既刊

鬼哭《きこく》の銃弾

深町秋生

警視庁捜査一課の刑事・日向直幸は多摩川河川敷発砲事件の捜査を命じられる。拳銃の線条痕が、二十二年前の「スーパーいちまつ強盗殺人事件」で使用されたものと一致。迷宮入り事件の捜査が一気に動き出す。その事件は鬼刑事の父・繁が担当した事件だった。警官親子が骨肉の争いの果てに辿り着いた真実とは——。